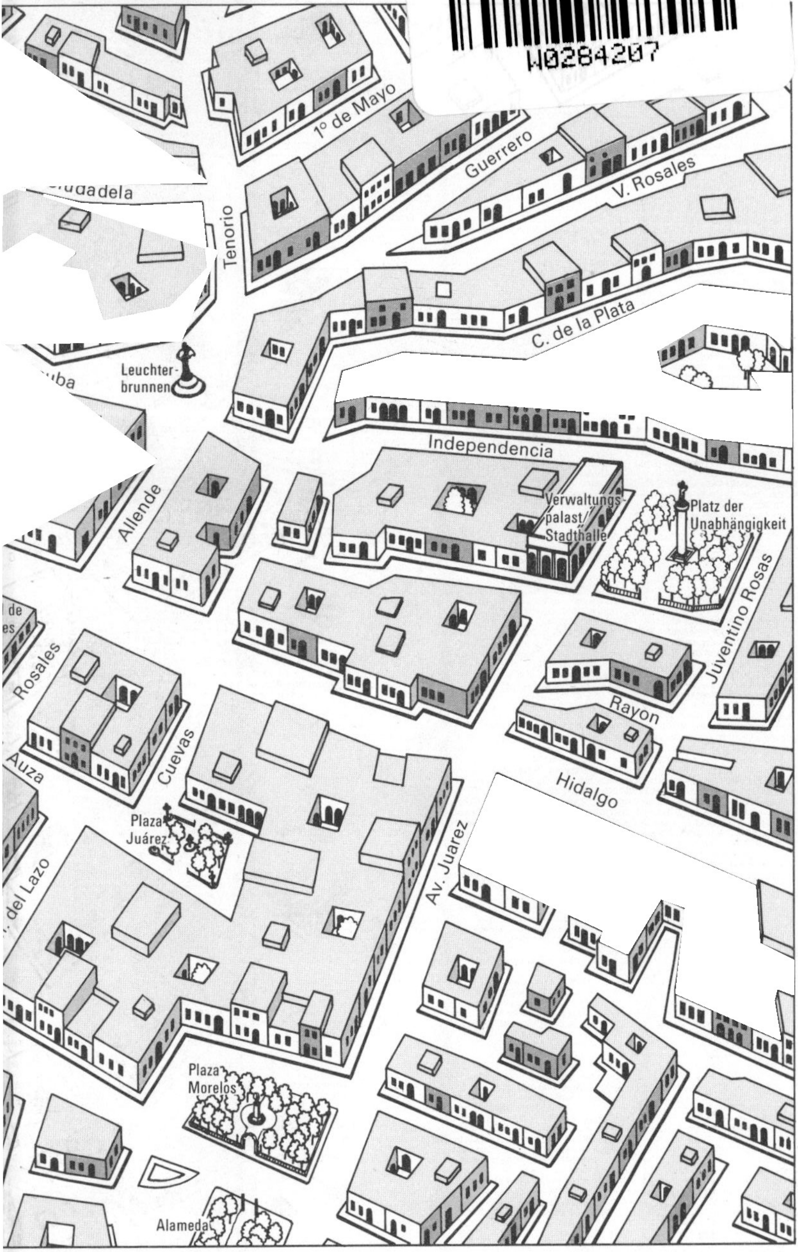
1° de Mayo
Guerrero
V. Rosales
Tenorio
C. de la Plata
Leuchter-
brunnen
Independencia
Verwaltungs-
palast/
Stadthalle
Platz der
Unabhängigkeit
Juventino Rosas
Allende
Rosales
Rayon
Hidalgo
Cuevas
Auza
Plaza
Juárez
Av. Juarez
Plaza
Morelos
Alameda

Mempo Giardinelli

Wie einsam sind die Toten

MEMPO GIARDINELLI

Wie einsam sind die Toten

ROMAN

Aus dem argentinischen Spanisch
von Willi Zurbrüggen

PIPER
MÜNCHEN ZÜRICH

Die Originalausgabe erschien 1985 unter dem Titel »Qué solos se quedan los muertos« bei Editorial Sudamericana, Buenos Aires.

ISBN 3-492-03324-5

Satz: Uhl + Massopust, Aalen
Druck und Bindung: Wiener Verlag, Himberg
Vosatz: Jutta Winter
Printed in Austria

Für Juan Rulfo und Edmundo Valadés, denen ich soviel verdanke.

Für Rafael Ramírez Heredia und Roberto Bravo; für die Herausforderung und die Freundschaft.

Für Claudia Bodek; für die Abschiede und die Geduld.

Erster Teil

Im Himmelreich ist keine Größe mehr zu erringen, dort hat alles seine festgesetzte Ordnung, ein wolkenloses Unbekanntes, eine Existenz ohne Ende, keine Möglichkeit mehr, sich aufzuopfern, nur Ruhe und Seligkeit. Darum gelangt der Mensch – von seinem Leid und seinen Lebensaufgaben niedergedrückt, schön in seinem Elend, fähig zu lieben inmitten aller Plagen – zu seiner Größe, zu seinem höchsten Maß einzig und allein im Reich dieser Welt.

Alejo Carpentier

Und über welche andere Sache kann der Mensch sprechen, als über Phantasiegespinste? *León Felipe*

I

Ich heiße José, und ich hasse es, wenn Leute, besonders solche, die ich gar nicht kenne, mich mit der größten Vertraulichkeit Pepe nennen. Jene Stimme am Telefon, es war offensichtlich ein Ferngespräch, ging sogar noch weiter: »Pepe!« schrie die Frau mit metallisch harter Stimme. »Marcelo Farnizzi ist ermordet worden. Carmen sagt, Sie sollen kommen. Es ist dringend!«

Bis zu diesem Zeitpunkt hatte ich an einem Bleistift kauend aus dem Fenster gestarrt und mich gefragt, ob ich mich zu irgendeiner Entscheidung würde aufraffen können. Falls es überhaupt etwas zu entscheiden gab. Das war nämlich das Problem: Ich stand vor dem Nichts, vor der absoluten Leere, hatte bei der Zeitung gekündigt, verfügte über ein paar Ersparnisse, mit denen ich recht bescheiden einige Monate überleben konnte und fühlte mich ansonsten wie ein Kind, dem man sein Lieblingsspielzeug weggenommen und kein Geld fürs Kino gegeben hat und das obendrein noch auf eine Tracht Prügel gefaßt sein muß, falls es sich darüber beschwert. Und das Kind weiß das.

»Wer spricht denn da?« fragte ich, noch immer mehr mit dem Ärgernis beschäftigt, daß man mich Pepe genannt hatte, als mit der Nachricht, die ich noch nicht ganz verdaut hatte.

»Das spielt doch keine Rolle, ich bin eine Freundin von Carmen... Carmen Rubiolo. Ich sagte, sie haben Marcelo getötet, und sie möchte, daß Sie kommen. Es ist dringend, Pepe!«

Immer nur zu mit der Vertraulichkeit. Aber jetzt fiel bei mir der Groschen.

»Wann denn, und wie?«

»Gestern abend. Sie haben ihn vor der Haustür erschossen. Carmen fürchtet sich zu Tode, verstehen Sie? Und sie hat niemanden außer Ihnen, Pepe. Kommen Sie, bitte!«

»Sagen Sie ihr, daß ich morgen bei ihr bin«, sagte ich ganz ruhig und mit einer Zuversicht, die nicht gespielt war. Dann fragte ich sie noch einmal nach ihrem Namen und nach Carmens Adresse und Telefonnummer in Zacatecas. Sie gab sie mir, und auch ihre eigene Telefonnummer, sagte, sie heiße Hilda Fernández und nannte mich noch dreimal Pepe. Ich haßte sie.

II

Ich hatte Carmen Rubiolo einmal geliebt. Vor zehn oder zwölf Jahren, als der Journalismus in Argentinien ein so heißer Beruf war, daß man unmöglich jemand in Ruhe lieben konnte. Carmen war ein Mädchen, das dazu geboren schien, ein Leben lang zu lieben, wen es einmal liebte, und in dem man keinen anderen Wunsch vermutete, als zu heiraten und Kinder zu haben. Aber ihre Persönlichkeit war doch um einiges komplexer: Sie war leidenschaftlich und romantisch, und sie war eine begierige Leserin, die eine Zeitung nicht las, sondern sie mit auf die Nasenspitze gerutschter Brille und einer Kippe zwischen den Lippen von der ersten bis zur letzten Seite studierte. Sie kleidete sich gerne modisch und liebte es, über die französischen Filme zu diskutieren, die in den Innenstadtkinos gezeigt wurden. In der Liebe war sie schweigsam und konzentriert bis sie ihren Höhepunkt erreichte; die Meinungen anderer versuchte sie zu verstehen, um ihnen dann um so hitziger zu widersprechen, und uns Männern warf sie alle möglichen machistischen Verhaltensweisen vor und konnte sich darüber endlos ereifern. Sie war nervös und sanft, zärtlich und spröde, verspielt und rebellisch, in kleinen Dingen sehr förmlich, und ihre panierten Schnitzel waren unvergleichlich, mit genau der richtigen Dosis Knoblauch und Petersilie; und sie gestand ihre Faszination darüber ein, von einem Journalisten geliebt zu werden. Sie glaubte, Journalist zu sein, wäre wichtig.

Vor zehn oder zwölf Jahren hatte ich sie geliebt. Doch ungefähr acht waren seit jener Nacht vergangen, in der sie mich wutschnaubend in der Wohnung Ecke Acevedo und Güemes erwartete und zu mir sagte: »Ich kann dich nicht länger ertragen, du bist der mieseste Egoist, dem ich je begegnet bin«, hinausrannte und die Tür hinter sich zuknallte, daß es im ganzen Haus zu hören war. Und das war für mich schmerzlicher, als mir hinterher die Beschwerden des Portiers und des Hausmeisters anzuhören. Später habe ich es bereut, sie nicht angerufen, sie nicht aufgesucht und mich nicht bemüht zu haben, die Angelegenheit zu klären. Ich habe nämlich noch nicht gesagt, daß ich Carmen Rubiolo bis zum Wahnsinn liebte. Es stimmt, ich habe sie nicht gut behandelt, ich habe sie vernachlässigt und manche Nacht aus beruflichen Gründen sitzenlassen, wegen unaufschiebbarer Redaktionsschlüsse, wegen Gewerkschaftsversammlungen oder hochdramatischer Reportagen, all der Dinge eben, die Argentinien in den siebziger Jahren in Unruhe versetzten. Aber ich liebte sie.

Eine ganze Zeit später, ungefähr vier Jahre nach dem Türknall, traf ich sie in Mexiko auf einer Exilkonferenz. Es war achtundsiebzig, glaube ich, und alle Welt lief herum und stellte alles in Frage und wurde selbst in Frage gestellt. Ich weiß nicht mehr, über was abgestimmt wurde, aber wir stimmten unterschiedlich. Sie ging am Arm eines mageren Mannes mit dunkelumränderten Augen, der wie ein Guerillero im Ruhestand aussah, nervös und voller Ticks, ein Fanatiker des Augenblicks für eine Sache, die morgen schon eine andere sein konnte. Nach der Konferenz stellte sie ihn mir vor: »Mein Begleiter«, sagte sie, »Marcelo Farnizzi.« Wir gaben uns die Hand. Der Typ wurde irgendwo verlangt und ging davon, und ich fragte sie, wie es ihr gehe. »Nach so langer Zeit«, sagte ich, »unglaublich, dich hier zu treffen«, und solche Dinge. Ich erinnere mich nicht mehr an ihre Worte. Aber in ihren Augen – so schien mir, oder ich wollte, daß es mir so schien – lag ein Hauch früherer Zärtlichkeit. Ich wollte ihr gestehen, daß mich das Wiedersehen mit ihr bewegte, und ich wäre sogar imstande gewesen, ihr zu sagen, ich hätte sie niemals vergessen. Die Worte lagen mir auf der Zunge, doch ich hielt mich zurück. Wir verabschiedeten uns ohne sichtbare Zuneigung und ohne irgendein Versprechen, uns wiederzusehen, doch ich wußte, daß sie in dieser Nacht an mich denken würde. Und Carmen würde wissen, daß ich in dieser Nacht nicht schlafen konnte, weil ich an sie denken mußte.

III

Ich fiel in einen leichten Halbschlaf, als der Bus Aguascalientes verließ, der letzten Station vor Zacatecas. Die Luft war schwer, und die Sonne ließ den Asphalt kochen. So ein Schwachkopf, wie man ihn in allen Überlandbussen antrifft, trug einen dieser dikken Pullover aus Chiconcuac, und ich fragte mich, wie er nach sieben Stunden Fahrt unter den Achseln riechen mochte. Während mein Blick über das Land neben der Straße schweifte, das an eine dürre, von den fernen Bergen umgrenzte Pampa erinnerte, dachte ich auch an den Feldzug von vierzehn und an Pancho Villa, der an Stelle von Pánfilo Nateras den Sturm auf Zacatecas vorbereitet hatte.

Bis Aguascalientes hatte ich mir viele Augenblicke meiner Beziehung zu Carmen in Erinnerung gerufen und konnte jetzt eine gewisse Erregung über das bevorstehende Wiedersehen nicht verleugnen. Seit mindestens fünf Jahren hatte ich nichts mehr von ihr gehört; bestimmt kam sie ab und zu in die Hauptstadt, aber wir hatten uns dort nie getroffen. Wir hatten keine gemeinsamen Freunde, zumindest keine, die ich kannte. Ich fragte mich, wie die Frau am Telefon zu meiner Nummer in Mexiko-Stadt gekommen war. Vielleicht hatten die vom argentinischen Solidaritätskomitee sie ihr gegeben, vielleicht hatte Carmen sie gehabt. Es war nicht so wichtig; längst nicht so wichtig wie das Gefühl, das mich immer mehr beherrschte: Die neuerwachte Sehnsucht nach Carmen bedeutete schließlich, daß ich sie mir noch immer schön vorstellte, vielleicht noch schöner als früher, denn jetzt würde sie diese Reife ausstrahlen, die den Frauen Glanz verleiht, wenn sie zwischen dreißig und vierzig sind. Carmen war ... dreiunddreißig Jahre alt. War sie immer noch so uneinsichtig und bestimmend, oder hatten die Jahre sie gemäßigt? War sie ruhiger geworden, eine zuverlässige Partnerin, zufrieden mit sich selbst? Oder neigte sie immer noch dazu, sich wild, unbändig, bockig, wie ich es genannt hatte, gegen alles und jedes aufzulehnen? Und wie erlebte sie ihr Exil? Hatte sie Kinder? Hatte sie Falten bekommen? Bei letzterem war ich mir sicher, daß nicht. Sie war eine von diesen Frauen, die als Kind und als Mädchen schön sind, die als junge Frauen vor Schönheit strotzen und in ihrer Blütezeit die Gewißheit haben können, bis ins Alter hinein attraktiv zu sein. Ich lächelte bei dem Gedanken an ihr Temperament, daran, wie sie reagierte, wenn sie verärgert war, wie leidenschaftlich sie war, wenn wir uns liebten und welche Lust sie empfand, wenn ich die Ansätze ihrer Brüste streichelte. Aber ihr Temperament ... sie konnte zum Beispiel eine ganze Nacht wachbleiben und darüber grollen, daß man beim Kaffee nach dem Essen eine Bemerkung gemacht und sich dabei angeblich im Ton vergriffen hatte. Sie war imstande, mich um drei Uhr morgens mit funkelnden Augen zu wecken, um die Angelegenheit auszudiskutieren, die für sie so entscheidend war wie für Napoleon die Schlacht um Moskau. Sie hatte mich vieles gelehrt, und ich hatte sie noch mehr geliebt.

In meiner Erinnerung war sie schlank, mit kleinen festen Brüsten, langen schmalen Händen, wie die einer Pianistin (oder wie man sich die Hände einer Pianistin gemeinhin vorstellt), und ganz unvergleichlichen Füßen. Die perfekte Harmonie ihrer runden Knöchel und herrlichen Waden fortführend, formten sie sich zart bis hin zu den gleichmäßigen, weder langen noch kurzen Zehennägeln, auf die sie so stolz war und die sie sich zweimal in der Woche lackierte. Für sie waren das die Augenblicke der Entspannung und Meditation. Mir riet sie stets, das gleiche zu tun und versicherte mir, ich sei so anstrengend und unerträglich, daß es sicherlich hilfreich für mich wäre, mir hin und wieder die Zehennägel zu lackieren und Ravels *Bolero* dabei zu hören. Es war bezaubernd, wie sie das aussprach. Wenn ich sie so ernsthaft in dieser Tätigkeit vertieft sah, erschien sie mir so verführerisch, daß der Wunsch, sie auf der Stelle zu lieben, mir jedesmal den Verstand raubte.

Als ich feststellte, daß wir uns Zacatecas näherten, verspürte ich eine gewisse Unruhe in mir. Der Wunsch, sie wiederzusehen, wurde immer stärker. Ich wußte, daß sie mich nicht am Busbahnhof erwartete, doch nachdem ich mich im Hotel Calinda einquartiert hatte (die Plumpvertrauliche hatte mir gesagt, sie würde dort ein Zimmer für mich reservieren), würde ich sie aufsuchen. Ich stellte mir das Wiedersehen vor. Sollte ich ihr das übliche Beileid aussprechen? Würden wir uns unter den gegebenen Umständen spontan und natürlich geben können? Wie würde ich mich verhalten? Was machte ich mit meinen Phantasien? Aus irgendeinem Grund war ich ja nach Zacatecas gekommen, war ich diesem Ruf gefolgt; und das nicht nur, weil ich gerade ohne Arbeit war. Wenn es sich um eine andere Frau gehandelt hätte, irgendeine andere Freundin aus alten Zeiten, die mich hätte rufen lassen, wäre ich vielleicht nicht gekommen. Aber Carmen ja, Carmen konnte mich rufen. Sie war die einzige Frau, die das konnte. Und in irgendeinem Winkel ihrer Seele wußte sie das: Sie hatte der Vertraulichen meine Telefonnummer gegeben und ihr gesagt, »rufe ihn an, er wird kommen«. Und ich kam.

Aber warum? Was hatte ich mit der Ermordung eines Kerls zu tun – Wahnsinn, mich da einzumischen –, der mir vollkommen gleichgültig war und den Carmen zweifellos mehr geliebt hatte als mich? Ich redete mir ein, nach Zacatecas gekommen zu sein, um sie einfach nur wiederzusehen. Ein Wiedersehen ist immer aufregend, wenn man einen Menschen wiedersehen will. Und wenn noch Phantasien dabei im Spiel sind, dann ganz besonders. Ich mußte mir eingestehen, daß ich jahrelang auf einen Anruf von ihr gewartet hatte. Egal unter welchen Umständen. Allerdings war dieser hier einer der ungünstigsten. Denn meine Phantasien hatte ich natürlich, und das hieß, obwohl es angesichts des Toten niederträchtig war, daß ich Carmen noch einmal verführen wollte. So etwas wie eine offene Rechnung, von der mir erst jetzt bewußt wurde, wie sehr es mich danach drängte, sie zu begleichen.

IV

Ich bekam ein Zimmer im zweiten Stock, und während ich mir Gesicht und Hände wusch und ein sauberes Hemd anzog, betrachtete ich die Höhen des Cerro de la Bufa. Ich war beeindruckt von seiner massigen, die Stadt überragenden Gestalt und von seinem zerklüfteten Eidechsenrücken mit diesem Kloster, das einer Burg oder Festung ähnelte, die wie eine verlorene Sandale Gottes die Landschaft zu beherrschen schien.

Ich rief sie gleich an. Meine Hand schwitzte, als ich den Hörer umklammerte. Ich erkannte ihre Stimme und verspürte eine Erregung, die ohne Zweifel aus weiter Ferne kam.

»Hallo, Carmen. Ich bin's, José.«

Sie zögerte ganz kurz.

»Wie gut, daß du da bist... Du bist doch hier, nicht wahr?«

»Im Calinda, Zimmer zweihundertunddrei. Wie geht es dir?«

»Schlecht. Ich bin ziemlich verzweifelt, aber... Ich weiß nicht, ich wollte sagen, es geht schon vorbei, aber ich bin ganz durcheinander. Nervös. Du weißt ja, wie ich bin...«

»Möchtest du herkommen, oder soll ich zu dir kommen?«

Sie überlegte oder sie weinte, aber sie gab keine Antwort. Nach ein paar Sekunden wiederholte ich meine Frage.

»Ich denke, du kannst kommen.«

Ich runzelte die Stirn. Ihre Stimme klang irgendwie verändert. Kälter.

»Ist bei dir alles in Ordnung?«

»Ja, ja, ich ... ich denke, wir haben viel zu besprechen, nicht?«

»Was du willst. Ich bin gekommen, um dir zuzuhören.«

»Ich habe Angst, Pepe.«

Und sie fing an zu weinen, in stockenden kleinen Schluchzern, so daß ich es gut hören konnte. Ich sagte, was man in solchen Fällen zu sagen pflegt und daß ich in einer Viertelstunde bei ihr sein würde.

V

Es war ein Bau aus den vierziger Jahren, mit weiß gekalkter Front und zwei Fenstern im Erdgeschoß, jeweils links und rechts von der Tür. Im Obergeschoß befand sich offenbar noch eine Wohnung, zu der einige Meter weiter links eine Tür führte. Das Haus stand in der Calle del Ideal, und das für das zacatecanische Stadtbild typische Straßengefälle war hier nicht so stark. Obwohl ich unserem Wiedersehen intuitiv eine gewisse Dramatik zumaß, fühlte ich mich kurioserweise in einen Zustand kindlicher Erwartungsfreude und geradezu lächerlicher Fröhlichkeit versetzt, war fasziniert von dieser unerwarteten Stadt, die – zum Glück – auf keiner der mexikanischen Touristenrouten verzeichnet ist und die jeden Augenblick, in jeder Gasse, an jeder Straßenecke und in jeder Kirche neue Überraschungen bereithält. Eine jahrhundertealte, im 19. Jahrhundert verharrende Stadt, in der Barock und Klassizismus sich willkürlich vermischen, in der es keine modernen Bauwerke und nur wenige elektrische Aufzüge gibt, in der die hier rechteckigen, dort sechseckigen Pflastersteine der Straßen noch nicht asphaltiert und in der Balkone, Straßenlaternen und sogar die Rinnsteingitter wunderschöne Zeugnisse handwerklicher Schmiedekunst sind. Eine Stadt wie auf einer alten, sepiafarbenen Fotografie, die mich in einen Zustand versetzte, in dem ich jeden Moment damit rechnete, einen von Pancho Villas Reitern durch die Straßen galoppieren zu sehen, der jubelnd den Sieg über Victoriano Huertas Bundestruppen verkündete.

Carmen öffnete die Tür und sah mich an. Ich weiß nicht, ob ich schon gesagt habe, daß sie honigfarbene Augen hatte und die Muttermale auf ihren Wangen eine Sensation waren. Ich spürte einen kleinen Tumult in meiner Brust, stammelte eine förmliche Begrüßung, aber sie erleichterte alles, indem sie mich stürmisch umarmte, meine Taille umklammerte und in Tränen ausbrach. Ich streichelte ihr zärtlich über den Kopf – ihr Haar erschien mir heller als vor Jahren – und klopfte ihr besänftigend auf die Schulter. Immer noch weinend, streckte sie ihre Rechte aus und schloß die Tür.

Sie nahm meine Hand, trocknete sich schniefend die Tränen und forderte mich mit einer Kopfbewegung auf, Platz zu nehmen. Ich gehorchte, ohne meinen Blick von ihr abzuwenden: Sie trug enge Jeans und eine leichte weiße Bluse; sie war wunderschön, schöner als in meinen schönsten Träumen. Sie hatte nicht ein Gramm zugenommen. Ihre offenen Sandalen ließen ihre frisch lackierten Fußnägel sehen. Ich mußte innerlich lächeln: Sie hatte meditiert. Ihre Augen waren leicht dunkel umrändert, vermutlich, weil sie so viel geweint hatte. Sie sah himmlisch aus.

»Du bist immer noch so groß wie eh und je«, sagte sie mit einem halben Lächeln, »kein bißchen gewachsen.«

Das war ein alter Witz; ich messe fast zwei Meter. Ich nickte und fühlte mich einigermaßen entspannt und von ihr wiedererkannt. Sie ging in die Küche, um uns Kaffee zu holen. Ich sah mich inzwischen um. Die Wohnung war klein und schien nur ein einziges Schlafzimmer zu haben; das Wohnzimmer war nicht besonders geräumig, aber sehr geschmackvoll eingerichtet. Auf einer Kommode stand eine Sammlung von Masken, die ich abstoßend fand; einige Regale voller Bücher, eine Miniaturensammlung in verschiedenen Glaskästchen mit Goldblechdeckeln, typische mexikanische Sessel, ein Liegestuhl mit vielen bunten Kissen und an den Wänden eine Menge gerahmter Plakate von Kunstausstellungen. Der Gesamteindruck war der einer gewissen raffinierten Schlichtheit. Neben der Tür zur Küche hing ein kleines gerahmtes Foto von Zapata und auf der anderen Seite, auf gleicher Höhe, eines von Che Guevara, als ginge dem Eintritt in die Küche die Revolution voraus. Oder als könne sie nicht hinein.

Carmen kam mit zwei Tassen Kaffee und einer Zuckerdose auf einem lackglänzenden Tablett zurück, das mit bunten Vögeln, Blumen und anderen kunsthandwerklichen Motiven aus Michoacán bemalt war. Sie setzte sich mir gegenüber, stellte mir eine Tasse hin, zündete sich eine Zigarette an, deren Rauch sie inbrünstig inhalierte und wie zornig oder nervös wieder ausstieß, als speie sie ihn von sich. Ich erinnerte mich, daß sie eine Zigarette nach der anderen geraucht hatte, wenn sie mich nachts streitlustig erwartete. Sie schlug die Beine übereinander und sagte: »Ich weiß nicht, wo ich anfangen soll, Pepe ... Ich bin ärgerlich und zornig, ich habe Angst und fühle mich unsicher, alles das zusammen und vermutlich noch mehr, was mir gar nicht bewußt ist. Ich habe dich gerufen, weil ...«

»Es spielt keine Rolle, warum du mich gerufen hast, Carmen. Erzähle mir, was passiert ist.«

»Nein, ich muß dir sagen, warum ich dich gerufen habe. Weil ich sonst niemanden mehr habe: keine Freunde, keine Bekannten, keine Angehörigen. Von meiner Familie in Argentinien habe ich seit Jahren nichts gehört. Sie wollte auch nichts mehr von mir wissen. Marcelo war alles, was ich hatte. Im guten wie im schlechten – und wenn ich ehrlich bin, mehr im schlechten – war er alles. Wir waren wie Geschwister, weißt du? In jeder Hinsicht –« Sie nahm den Blick von ihren miteinander ringenden Händen und sah mich mit ihren Honigaugen an. »Vorgestern abend, als er ... als er getötet wurde, war ich verzweifelt. Eine Nachbarin kam zu mir und fragte mich, ob ich nicht jemanden anrufen möchte. Ich sagte ihr, und ich will ganz ehrlich zu dir sein, daß ich niemanden anrufen möchte, aber der einzige Mensch, den ich anrufen *könnte,* seist du.«

Ich schwieg. Wir tranken unseren Kaffee. Ich zündete mir eine Zigarette an und wartete.

»Na ja«, sagte sie seufzend, und ihre Stimme klang plötzlich hart, »und jetzt, da du hier bist, weiß ich offen gestanden nicht mehr, warum ich das getan habe.«

Ich sah sie an, so wie man ein Fußballspiel im Fernsehen ansieht und dabei überlegt, was man tun kann, um einen ungedeckten Scheck, der am nächsten Tag eingereicht wird, nicht platzen zu lassen.

»Sag doch was«, flehte sie und zerknüllte ihr Taschentuch zwischen den Händen.

»Ich weiß nicht was, Carmen. Warum hat man ihn umgebracht?«

»Ich weiß nicht«, sie zögerte den Bruchteil einer Sekunde. »Sie haben dreimal auf ihn geschossen, hier vor der Tür.«

»Aber warum? Irgendeinen Verdacht mußt du doch haben. Vielleicht eine alte Geschichte, aus dem Widerstand?«

»Nein, ganz bestimmt nicht. Damit haben wir siebenundsiebzig aufgehört, waren aber schon vorher nicht mehr aktiv. Wir hatten Angst. Da sind keine Rechnungen offengeblieben. Wir sind auf legalem Wege nach Brasilien gegangen. Nein, das ist es nicht.«

»Aber was ist es dann?«

»Ich schwöre dir, ich weiß es nicht.« Sie sah mich nicht an. Sie wollte mich überzeugen, aber sie sah mich nicht an. »Möchtest du noch einen Kaffee?«

»Nein, danke. Und die Polizei?«

»Die war gleich da. Irgendwer muß sie gerufen haben, ich weiß nicht. Sie waren draußen und haben Fotos gemacht, was weiß ich, ungefähr zwei Stunden lang. Ich bin im Haus geblieben, zusammen mit der Nachbarin, die dich angerufen hat. Dann kamen zwei Typen in Zivil herein und haben Fragen gestellt: wie er heißt, und was wir machten, ob er Feinde hatte, und ob ich irgendwelche Vermutungen hätte. Alles Routinefragen.«

»Und was habt ihr gemacht, welche Feinde hatte er, und welche Vermutungen hast du?«

Sie warf mir einen unwilligen Blick zu. Ihre Lippen preßten sich leicht aufeinander, als unterdrücke sie eine kleine Mißstimmigkeit. Eine Sekunde lang glaubte ich, sie wollte, daß ich ging, sie würde mich hinauswerfen. Ihre Augen waren feucht geworden; sie hielt sich das Tüchlein unter die Nase.

»Ich weiß nicht, was wir gemacht haben«, seufzte sie und entspannte sich ein wenig. »Marcelo war in den Achtzigern zwei- oder dreimal in Zacatecas und beschloß eines Tages hierher zu ziehen. Wir waren, glaube ich, ziemlich am Ende. Argentinien war für uns so weit weg. Mir war es einerlei, und ich stimmte zu. Er wollte hier so eine Buchhandlung wie die Gandhi eröffnen, mit Café und Kunstgalerie und so. Aber zu mehr als Bücher verkaufen hat er es nie gebracht.«

»Und du?«

»Ich habe mich gelangweilt, ferngesehen, ab und zu was gelesen«, lächelte sie und zeigte mir ihre makellosen, blendendweißen Zähne, »und mir die Fußnägel lackiert.«

Ich merkte, daß ich immer noch verrückt nach ihr war. Sie wußte das und wollte sich nur noch einmal vergewissern. Aber ich lächelte nicht und sah ihr nach wie vor in die Augen.

»Ich weiß nicht, ob er Feinde hatte, ich schwöre es dir. Ich komme zu keinem vernünftigen Schluß. Ich weiß überhaupt nicht, was ich denken soll.«

»Und was sagt die Polizei?«

»Was weiß ich. Sie haben sich nie wieder sehen lassen, und ich habe nicht die Absicht, sie zu fragen. Ich habe weder Geld noch Interesse, daß sie sich in irgendwas einmischen. Und sie werden wohl gemerkt haben, daß bei mir nichts zu holen ist. Der Form halber sollte ich vielleicht hingehen und Anzeige erstatten, aber die beiden in Zivil würden mich sicher zum Teufel wünschen.«

Ich dachte, sie würden sich wahrscheinlich etwas anderes wünschen, aber ich schwieg. Ich konnte Carmens Verhaltensweise nicht verstehen. Schließlich hatte sie mich gerufen; das hieß, irgendwo in ihrem Innern gab sie zu, Hilfe zu brauchen. Wenn sie sprach, hatte ich manchmal das Gefühl, sie wollte noch etwas mehr sagen, bemerkte aber zugleich, daß sie zögerte. Ihre Nervosität war weder auf unser Wiedersehen noch auf den plötzlichen Tod ihres Lebensgefährten zurückzuführen, sondern vor allem darauf, daß sie sprechen und wiederum doch nicht sprechen wollte.

»Was gedenkst du also zu tun?«

»Nichts.«

»Was heißt nichts? Willst du nicht die Wahrheit herausfinden? Sie haben schließlich deinen Mann umgebracht.«

»Nun, ich habe einen Detektiv mit Nachforschungen beauftragt. Wenn er etwas herausfindet, gut, wenn nicht, ist es mir auch egal.«

»Einen Detektiv in Zacatecas?«

»Ja, es gibt hier einen, aber ...«

»Wie heißt er?«

»Sein Name ist unwichtig.« Sie war jetzt noch nervöser. Ich merkte es an der Art, wie sie ihre Zigarette ausdrückte.

»Ich würde es gerne wissen.«

»David Gurrola.«

»Und wie soll es jetzt weitergehen?«

»Ich weiß es nicht. Vorgestern nacht war ich entschlossen, Zacatecas und Mexiko zu verlassen, irgendwohin zu gehen, meinetwegen zum Teufel ... Gestern habe ich mich entschieden, hierzubleiben. Wohin sollte ich auch gehen?«

»Und heute hast du Zweifel. Und große Angst, Carmen, das hast du am Telefon gesagt, und das merkt man dir an. Du brauchst mir nicht zu sagen, was du mir nicht sagen willst, kein Problem. Aber ... was soll ich dabei tun?«

Sie sah mich an, und ihre Augen glänzten wieder hart. Die Tränen waren verschwunden, der Honig war trocken und spröde geworden. Sie preßte die Lippen aufeinander, und ich bemerkte, wie sie die Zähne zusammenbiß.

»Ich glaube, es ist besser, du gehst«, sagte sie langsam, »und ich hoffe, du verzeihst mir, daß ich dich gerufen habe.«

Ich ging tatsächlich und erkannte im selben Moment, daß wir beide aus einem fremden, unbegreiflichen Land hierhergekommen waren, aus einem unbarmherzigen Wunderland, Millionen Jahre entfernt, in einer anderen Galaxie, in dem Alice vergewaltigt und verstümmelt worden war. Ich verließ das Haus mit dem Gedanken, daß wir uns einst in einem Land geliebt hatten, das zwar auf der Weltkarte noch zu finden, in uns jedoch, im Laufe unserer beider Leben, verlorengegangen und nur noch Windhauch, Totengeraune, undeutliche Erinnerung und Nebel war. Ich konnte nicht anders, als diesen Gedanken weiterzuverfolgen. Mein Zusammentreffen mit Carmen hatte mich in eine rätselhafte Vergangenheit zurückversetzt und ich war nicht – und bin nicht – in der Lage, hierfür eine Erklärung zu finden. Das einzige, was ich aus dem Wiedersehen mit dieser widersprüchlichen, klugen, schwierigen, wunderschönen und unfaßlichen Frau eventuell gelernt hatte, war, daß die Liebe vielleicht nur eine Gelegenheit ist, sein Glück zu finden, und die, läßt man sie verstreichen, sich nicht wiederholt. Und der man später dann tapfer, jedoch vergebens hinterherläuft.

Mir kam der Gedanke, daß unsere Tragödie zu verstehen, so etwas sein könnte wie der Wind über Comala: eine Empfindung, eine Furcht, ein Schrekken, eine Summe von Zorn und namenlosen Toten. Ich bemerkte, daß ich meine Zähne ebenfalls zusammenbiß. Die von oben gegen die von unten. Wie im Leben.

VI

Der Callejón de Veyna führt steil auf die Avenida Hidalgo hinab, genau gegenüber dem Seitenschiff der barock überladenen Kathedrale, die in Zacatecas »Kleine Basilika« genannt wird und ein Juwel aus dem 17. Jahrhundert ist. Ihre Fassade ist eine einzige erstaunliche Filigranarbeit von in Stein gehauenen Engeln und Heiligen, und ihre Hauptglocke hat einen Klang, daß es – wie López Velarde in seinem »Suave Patria« dichtete – wirklich ein Jammer ist, daß der Papst sie nicht hören kann. Von der Avenida Hidalgo aus ungefähr zwanzig Schritte die Gasse hinauf, just vor einem dieser schmiedeeisernen Kunstwerke von Rinnsteingittern aus der Zeit des Porfiriats, stand eine gelbgestrichene Villa mit zwei sehr hohen gittergeschützten Fenstern, auf deren einem Flügel, der zur Avenida gerichtet war, mit schwarzen, gotischen aber lesbaren Lettern geschrieben stand: *Lic. David Gurrola – Privatdetektiv mit Lizenz.*

Ich mußte lächeln, als ich diese ungewöhnliche und naive Inschrift las. Ich hatte Carmen vor knapp einer Stunde verlassen, war ins Hotel zurückgekehrt – wo ich im Telefonbuch Gurrolas Adresse herausgesucht hatte – und dann durch die Innenstadt geschlendert, wobei ich mich fragte, was jetzt zu tun sei. Ich war zu dem Schluß gekommen, daß ich nichts verlöre, wenn ich den Detektiv aufsuchte. Es war sechs Uhr abends, als ich vor seiner Tür stand.

Ich betätigte einen riesigen Türklopfer, der den Kopf eines brüllenden Löwen darstellte, doch niemand antwortete.

Ich mußte mich auf die Zehenspitzen stellen, um durch die Fenster ins Innere spähen zu können. Drinnen war es dunkel, und ich konnte nichts sehen. Ich ging wieder zur Tür und versetzte ihr noch ein paar Schläge mit dem Löwenkopf. Ich wartete ein paar Minuten und war gerade im Begriff, mich wieder auf den Weg die Gasse hinunter in Richtung Kathedrale zu machen, als ich hörte, wie sich hinter dem Fenster jemand bewegte. Verwundert drehte ich mich um und schrie den Fensterflügel an: »Was ist, öffnen Sie mir oder nicht?«

»Was wollen Sie?« fragte eine zittrige Stimme zurück, wie die eines kranken, übellaunigen Alten.

»Ich suche den Detektiv David Gurrola.«

»Weswegen?«

»Wegen einer Information.«

»Was für eine Information?«

»Ist er da oder nicht?«

»Antworten Sie zuerst.«

»Über einen Fall, den Mord an Marcelo Farnizzi.«

Der Alte schien zu überlegen. Ich bemühte mich, ihn durch das Fenster hindurch zu Gesicht zu bekommen, sah jedoch nichts.

»Hören Sie, warum machen Sie mir nicht auf?«

»Darum nicht.«

»Und Gurrola? Ist er da oder nicht?«

»Nein, er ist nicht da. Er ist nie da, und er bezahlt mich auch nie. Er ist verreist.«

»Seit wann?«

»Ich weiß nicht, er ist immer auf Reisen.«

»Und wohin?«

»Warum fragen Sie soviel, eh?«

»Weil ich neugierig bin, Opa.«

»Und wer sind Sie?«

»Das Phantom der Oper.«

Verärgert ging ich zur Avenida hinunter und war entschlossen, es am nächsten Tag zu früherer Stunde noch einmal zu versuchen.

VII

Um halb sieben, als ich an der alten Markthalle entlangging, fragte ich mich, was ich eigentlich in Zacatecas tat. Ich betrachtete eine Weile das Portal der Kathedrale und warf einen bewundernden Blick auf den Cerro de la Bufa. Ich ließ mich von der Atmosphäre der Stadt einfangen, wunderte mich über den alten Markt, der offenbar frisch renoviert und zu einem Einkaufszentrum ganz nach dem Geschmack nordamerikanischer Touristen umgestaltet worden war, als setzte man in ihn einen guten Teil der Hoffnungen, dadurch den magischen Zustrom der Gringos, die ihre Taschen voller Dollars hatten, zu vergrößern, und sagte mir dann, das einzige, was ich Idiot zu tun habe, sei ein offenes Wort mit Carmen zu reden. Ich suchte eine Telefonzelle und rief sie an. Sie war sehr kühl und etwas gereizt; oder ungeduldig, als stehe sie im Begriff, das Haus zu verlassen. Ich sagte, ich wolle sie noch einmal sehen, sie antwortete, sie könne jetzt nicht, und ich wußte nicht, was ich darauf erwidern sollte. Ich fragte, ob sie Nachricht von der Polizei habe, und meine Frage schien sie zu überraschen.

»Nein ...« stammelte sie, »welche Nachricht?«

»Ich weiß nicht, irgendeine. Die Ermittlungen sind doch im Gange, oder?«

Sie gab keine Antwort. Ich fragte sie dann, ob sie etwas brauche, ob ich ihr helfen könne und wie. Nein, sie brauche nichts, sie sei nur immer noch ein wenig nervös, ich möge das bitte verstehen. Sie fragte, ob ich abreisen wolle, ich sagte, ich wisse es nicht, und sie antwortete, auf jeden Fall könnten wir uns morgen ja sehen. Es war merkwürdig, aber als wir unser Gespräch beendeten, kurz bevor eine Anzeige das Ende des Dreiminutentakts signalisierte, hatte ich das Gefühl, sie wollte nicht, daß ich mich einmischte und weitere Fragen stellte, obwohl ich zugleich den Verdacht hegte, daß sie aus irgendeinem unerklärlichen Grund auch nicht wollte, daß ich Zacatecas verließ.

Ich kam mir wie ein ziemlicher Idiot vor. Ich war mit dem Kopf voller Träume in diese Stadt gekommen, bereit, einzuspringen, wo es nötig war, und jetzt hatte ich das Gefühl, zu stören, zugleich aber auch nicht einfach abreisen zu können. Daß ich mich damit nicht abfinden konnte, war klar. Also entschloß ich mich zu einem Besuch auf dem Kommissariat. Zwei Typen wiesen mir den Weg, und am Eingang stand ein Uniformierter mit einem alten Mausergewehr über der Schulter, der mir sagte, ich solle hineingehen und fragen. Als ich drinnen mein Interesse für den Fall Marcelo Farnizzi bekundete, fragte mich ein unfreundlicher Mensch in Zivil, welcher Art mein Interesse sei.

»Ich war mit dem Toten befreundet«, antwortete ich, »und mit seiner Witwe bin ich es immer noch.«

Es hieß, ich solle warten, und später führte man mich in ein kleines Büro mit einem einzigen, schmalen, hohen Fenster. Der Raum war schlecht beleuchtet, hinter einem Schreibtisch saß ein Mann und blätterte in einigen Papieren. Schmales Schnurrbärtchen, dunkelhäutig, pomadisierte Haare, goldener Siegelring an der rechten Hand, man kennt diese Typen. Er hob fragend die Augenbrauen. Ich setzte mich, ohne seine Einladung abzuwarten. »Entschuldigen Sie, ich bin weder Journalist noch Privatdetektiv noch sonst ein Berufsschnüffler. Ich bin mit dem Toten nicht einmal verwandt. Aber mich interessiert, wenn eine solche Frage gestattet ist, wie weit Sie in dem Mordfall Marcelo Farnizzi vorangekommen sind.«

»Ein ehrliches Wort«, konstatierte der Typ, »ich freue mich, daß Sie so anfangen.«

Ich sah ihn wortlos an.

»Nun sagen Sie mir einmal«, fuhr der andere fort, »was Sie genau wissen wollen.«

»Wer der Mörder ist.«

»Ha, ha«, er lehnte sich belustigt zurück, als hätte ich einen außergewöhnlich guten Witz gemacht. »Wie heißen Sie?«

»José Giustozzi.«

»Yuswie?«

»Giustozzi«, ich buchstabierte ihm den Nachnamen. In Mexiko, das weiß ich seit Jahren, löst mein italienischer Familienname entweder Heiterkeit oder Verlegenheit aus. Der Typ sagte »Aha«, als hätte er irgendwas verstanden.

»Argentinier?«

Ich nickte.

»Emigrantenstatus?«

Da ich diese Frage erwartet hatte, konnte ich ihm in aller Geduld auseinandersetzen, daß dieser ordnungsgemäß geregelt war und eine Arbeitsgenehmigung als Selbständiger beinhaltete (ich sagte ihm nicht, daß ich Journalist und seit kurzem arbeitslos war). Ich versicherte ihm, ein pünktlicher Steuerzahler zu sein und ein überzeugter Guadalupaner, der sich seit seiner Ankunft in diesem gelobten Land der Heiligen Jungfrau nie versagt hatte. Ich sagte, ich sei ein Fan von den *Pumas* der UNAM und würde natürlich Mitglied der Regierungspartei sein, wenn ich in Mexiko geboren wäre, und daß dieses Land wunderbar sei, denn – und hier rezitierte ich – »das Jesuskind hinterließ ihm einen Stall, und der Teufel die Ölquellen überall«. Ich beendete meine Rede mit einem gewinnenden Lächeln. Manchmal gelingt mir das.

»Er wurde ermordet«, sagte er mit der ganzen Autorität seines Amtes.

»Gibt es Verdächtige?«

»Jeder ist verdächtig. Auch Sie könnten es sein, Señor Yusoti.«

»Giustozzi, Señor...«

»Alberto Carrión, Kommandeur der Staatspolizei.«

»Gibt es Verdächtige, Kommandeur? Außer mir, meine ich.«

Der Typ blies seine Backen auf und stieß die Luft langsam wieder aus. Ob er gelangweilt war, sich über mich lustig machte oder Sorgen hatte... ich fand es nicht heraus. Er nahm einen Bleistift und spielte damit herum: Er stellte ihn mit der Spitze auf den Tisch, ließ seine Hand an ihm hinuntergleiten und riß sie dann mit einer kunstvollen Bewegung hoch, so daß der Bleistift leicht federnd mit dem Radiergummi auf der Tischplatte landete. Einen Moment lang hatte es den Anschein, als seien wir beide von diesem Spiel fasziniert. Dann wölbte er wieder die Augenbrauen und sah mich mit seinen tiefschwarzen, glanzlosen Augen an.

»Um die Wahrheit zu sagen, mein Lieber, ich verstehe nicht recht, was Sie von mir hören wollen. Wer kommt schon auf die Idee, zur Polizei zu gehen und zu fragen, wie die Ermittlungen stehen?«

Er lachte wieder und kratzte sich mit dem rechten Zeigefinger am linken Ohr. »Ich verstehe Sie wirklich nicht...«

»Entschuldigen Sie meine Unbedachtheit, Herr Kommandeur«, sagte ich mit honigsüßer Stimme und setzte ein dummes Gesicht auf. »Ich bin nämlich heute erst angekommen, müssen Sie wissen, und die arme Witwe, eine alte Freundin von mir, macht sich solche Sorgen...«

Ich glaube, ich hatte den richtigen Ton getroffen, denn der Typ war gleich überzeugt, daß er die Situation im Griff hatte und ich tatsächlich der Trottel war, für den er mich hielt.

»Gut, gut... Ich glaube Ihnen, mein Lieber. Lassen Sie mich Ihnen nur noch eines sagen: Bei allem Respekt, aber hier in Mexiko kommen wir mit diesen Dingen sehr gut allein zurecht. Wenn Sie uns wirklich helfen wollen, dann bitte mit sachdienlichen Hinweisen. Aber Sie erwarten sicher nicht, daß wir Ihnen welche geben, nicht wahr?«

»Selbstverständlich, Herr Kommandeur, vielleicht habe ich mich mißverständlich ausgedrückt. Entschuldigen Sie bitte. Wie Sie sich vorstellen können, ist die ganze Angelegenheit sehr verwirrend und für Doña Carmen sehr schmerzlich, sie trauert sehr...« Der Typ blies wieder die Luft aus seinen aufgeblasenen Backen und kratzte sich am Ohr.

»Hmmm...« nickte er zustimmend. »Dann gehen Sie zu ihr und beruhigen Sie sie. Sagen Sie ihr, wir arbeiten unermüdlich an der Aufklärung des Verbrechens. Wir haben ein paar heiße Spuren, und alles ist in die Wege geleitet, um den Fall bald abschließen zu können.«

Noch bevor er das letzte Wort gesprochen hatte und die Pressekonferenz für beendet erklärte, um sich den Fotografen zu stellen, erhob ich mich demütig von meinem Stuhl, als hätte ich meine Niederlage anerkannt, nickte beflissen und sagte mit meinem dümmsten Gesicht, wobei ich die Endungen der Worte mexikanisch deutlich aussprach:

»Sehr wohl, Herr Kommandeur, wir halten uns stets zu Ihrer Verfügung.«

Als ich hinausging, ohne daß er sich die Mühe gemacht hätte, aufzustehen, drehte ich mich noch einmal um und fragte in demselben einfältigen Ton:

»Es war doch kein politisches Verbrechen, oder?«

Der Typ sah mir ausdruckslos ins Gesicht und kratzte sich mit vorgestrecktem Kinn am Hals. »Oder eine Eifersuchtstat?« Er hörte auf, sich zu kratzen.

Wir sahen uns an. Seine Augen waren sehr kalt, wie zwei kleine Kugeln aus Obsidian. Unter mehrfachem Kopfnicken und wie ein Japaner rückwärtsgehend, verließ ich sein Büro mit meinem dämlichsten Grinsen.

VIII

Ich nahm ein Bad, setzte mich danach ins Zimmer und las, ohne eine Vorstellung zu haben, was ich am nächsten Tag unternehmen sollte, bis mir nach zehn Minuten plötzlich klar wurde, daß ich immer wieder denselben Absatz las und noch immer nicht wußte, was darin stand. Ich griff zum Telefon und rief Carmen an. Sie hob nicht ab. Ich sah auf die Uhr, es war zehn nach neun. Ich wählte die Nummer der Vertraulichen.

»Hallo?«

»Hier spricht José Giustozzi.«

»Pepe!«

»Sozusagen.«

»Ich habe schon auf Ihren Anruf gewartet. Gefällt Ihnen das Calinda?«

»Etwas teuer, aber noch bin ich nicht pleite. Ich würde mich gerne mit Ihnen unterhalten.«

»Oh, aber gerne. Kommen Sie, oder soll ich?«

»Ich bin in einer Viertelstunde bei Ihnen.«

Sie wohnte ebenfalls in der Calle del Ideal, neben dem Haus von Carmen, das jetzt dunkel war. Ihre Haustür befand sich knapp fünf Meter entfernt zur Rechten. Ich hatte sie mir immer als eine häßliche Dicke vorgestellt. Vielleicht weil ich Leute, die allzu vertraulich tun, hasse; ich stellte mir sogar vor, daß sie Pickel und einen übelriechenden Atem hatte. Eine Harpyie, die vor nichts zurückschreckte, ein Klatschweib, das über Sein und Schein der ganzen Nachbarschaft Bescheid wußte, unsauber und schlecht gekleidet, mit dicken Titten, einem flachen Hintern und mageren Knöcheln. Als Hilda Fernández die Tür öffnete und »Pepe!« rief, als wären unsere Mütter mit uns beiden zum selben Kinderarzt gegangen, da sah sie genauso aus, wie ich mir ihr Äußeres vorgestellt hatte, nur trug sie zudem noch eine Brille.

»Kommen Sie herein, Pepe«, drängte sie mich, und ich wurde – immerzu beschnüffelt von einem Cockerspaniel, der sich vor lauter Freude, mich zu sehen, bepinkelte – durch eine Art Hofgang voller Gardenien in ein dahinterliegendes Wohnzimmer geführt, das unmittelbar an die Wohnung der Farnizzis stoßen mußte. Hier stand ein Fernseher, der für niemanden lief, und die Wände waren mit überquellenden Bücherregalen vollgestellt. Ein Tisch mit sechs Stühlen und über die ganze Tischdecke verstreut ein Haufen Zeitungen und Bücher.

Sie hatte Kaffee gekocht, und auf einem Rattantischchen lockten eine Flasche Anis *Cadenas*, mexikanisches Erzeugnis, und zwei Gläschen aus grünem Glas. Sie schaltete den Fernseher aus, und wir setzten uns einander gegenüber in zwei alte, wackelige Sessel, ebenfalls aus Rattan, mit angeknoteten Pölsterchen. Sie dehnte ihre Beine wie die Spieler beim American Football in den Pausen. Sie waren ungewöhnlich behaart.

»Ich habe es ja kaum erwarten können, Sie kennenzulernen«, begann sie, und ich richtete mich auf einen vertraulichen Schwatz ein, »denn wissen Sie, Pepe, ich mag die Kleine. Sie hat zwar dieses etwas sehr ausgeprägte Selbstbewußtsein der Argentinier, Sie werden entschuldigen. Aber sie ist ein guter Mensch. Ich will nicht sagen, daß wir intime Freundinnen sind, aber ich habe sie gern. Ich wohne schon seit vielen Jahren hier und weiß sozusagen, wo es langgeht, aber ich kann nicht behaupten, daß ich mit Freundschaften gesegnet bin. Sie ist jedenfalls ein sehr netter Mensch, und ich habe sie liebgewonnen. Und als ... als ihr Mann umgebracht wurde, habe ich sie gefragt, ob ich jemanden für sie anrufen soll, und sie gab mir Ihre Nummer. Mehr habe ich nicht aus ihr herausbekommen. Und da sitzen wir jetzt«, sie schenkte uns beiden Anis ein. »Sind Sie ein Verwandter?«

»Nein, nur ein alter Freund.«

»Und ihren Mann, haben Sie den gekannt?«

»Nein, ich habe ihn nur einmal kurz gesehen.«

»Das habe ich mir gedacht. Immer so geheimnisvoll die Kleine, nicht? In ihren Angelegenheiten, meine ich.«

»Was wollen Sie damit sagen? Mittlerweile kennen Sie sie ja besser als ich.«

»Nun ...« sie kippte ihren Anis in einem Zug

hinunter. »Ich weiß nicht, was ich sagen wollte. Sie ist nur sehr eigen.«

Sie machte eine kurze Pause und schenkte sich einen neuen Anis ein. Mein Glas war noch fast voll.

»Darf ich Ihnen einen Vorschlag machen, Hilda?« Sie sah mich aufmerksam an, und ihre sehr kurzsichtigen, aber auch sehr klugen Augen hinter den Brillengläsern sagten ja.

»Sehen Sie, ich bin ehrlich gesagt ziemlich ratlos. Marcelo habe ich praktisch nicht gekannt, und Carmen habe ich seit Jahren nicht mehr gesehen, bis heute nachmittag. Man kann sagen, ich habe sie einmal geliebt, aber das ist lange her. Ich erzähle Ihnen das ein andermal. Jetzt möchte ich Sie bitten, mir zu berichten, was passiert ist, wie es passiert ist, was Sie wissen und was Sie vermuten. Ich weiß nicht, ob es irgendwas nützt, aber... Ich glaube, ich fahre morgen zur Hauptstadt zurück, und ich möchte mir wenigstens ein Bild von der ganzen Sache machen können.«

Sie biß an ihrem Finger herum. Ich betrachtete ihre Hände: Die Nägel waren kurz, hatten aber Nagelhaut, und ihre Fingerknöchel waren vom vielen Daraufherumbeißen völlig verunstaltet. Es gab Dinge an dieser Frau, deren Alter irgendwo zwischen fünfunddreißig und fünfundvierzig liegen mochte, die mich abstießen, und dennoch war sie mir sympathisch. Sie schien mir ein Mensch zu sein, dem man vertrauen und auf den man sich verlassen konnte. Eine alleinstehende Provinzintellektuelle, stellte ich mir vor, vom Leben nicht gerade bevorzugt, aber klug, direkt und aufrichtig. Und wohl nur, weil sie so häßlich und schlampig war – sie trug einen nicht ganz sauberen altrosafarbenen Rock mit schiefem Saum, dazu einen abgetragenen, kanariengelben Pullover und ein schwarzes Schultertuch mit weißen Streifen –, konnte ein unsicherer Mensch voller Vorurteile wie ich sie abschätzig beurteilen.

Sie berichtete langsam, klar und verständlich von der Nacht des Verbrechens: Soviel gab es gar nicht zu erzählen, sagte sie, niemand habe das Auto gesehen, von dem aus auf Marcelo geschossen worden war, obwohl sie da einige Vermutungen hatte; die Polizei hatte natürlich nichts unternommen, und sie wollte nicht ungerecht sein, aber sie war doch überrascht, daß Carmen offenbar nicht den geringsten Wert auf die Aufklärung des Falles legte. Allerdings gebe sie zu, daß sie das vielleicht nur gesagt hatte, weil Carmen ihr seit jener Nacht ausweichende Antworten zu geben schien und ihr ängstlich und geheimnisvoller denn je vorkam. Ich fragte sie, welche Vermutungen sie habe, und sie antwortete, sie fürchte, daß ich mir ein falsches Bild von ihr machen könnte, aber etwas an diesem Mann, an Marcelo, hätte ihr zu denken gegeben. Sie bezeichnete ihn als »sehr merkwürdig«, als einen, der der Arbeit nicht gerade nachlief und sich trotzdem einen gewissen Lebensstandard leisten konnte. Er und Carmen hatten immer gesagt, er verkaufe Bücher, doch das war in Zacatecas keine besonders einträgliche Beschäftigung. Außerdem war Marcelo für ihren Geschmack zu kalt, und oft auch ziemlich daneben. »Verstehen Sie mich recht«, sagte sie. »Nicht, daß er hin und wieder ein bißchen Gras geraucht hätte, nein, dieser Mann hatte es mit härteren Sachen.« Über das gesellschaftliche Leben ihrer Nachbarn wußte sie so gut wie nichts, nur daß er nachts häufig fortging und Carmen dann ab und zu

»auf einen Kaffee« bei ihr hereinschaute – wie Carmen das immer nannte – oder sie zu Carmens Wohnung hinüberging. »Nachts verkauft man doch keine Bücher«, schloß sie im Brustton der Überzeugung und wies noch einmal auf das gute Auskommen der beiden hin.

»Können Sie mir ein Beispiel nennen?« fragte ich sie, vielleicht weil ich gerne mehr darüber erfahren wollte, wie Carmen lebte.

»Nun, gute Kleidung, gutes Essen, ein neuer Dodge. Nichts Umwerfendes, aber doch ungewöhnlich für einen Bücherverkäufer, der nie ein Buch verkauft.« In ihrer Stimme lag weder Neid noch Häme. Mir gefiel diese Frau, weil sie wirklich besorgt um ihre Freundin war. Ihr Interesse war aufrichtiger als meines.

»Was meinten Sie mit ›zu kalt‹? Kalt in welcher Hinsicht?«

»Wie jemand, der eine Blume im Haus hat und sie nicht gießt.«

»Homosexuell?« Ich wunderte mich über meine eigene Frage.

»Ich kann es nicht beschwören. Aber wenn man es mir versicherte, würde ich es glauben. Nicht, daß das für mich irgendeine Bedeutung hätte, aber Sie wollen alles wissen, Pepe, und ich will, daß Sie alles erfahren, damit Sie meiner Freundin helfen können.«

»Haben die beiden sich nicht verstanden?«

»Doch, im Gegenteil. Ich habe nie gehört, daß sie stritten oder auch nur eine Meinungsverschiedenheit hatten.«

»Aber Carmen ist nicht die Frau, mit einem solchen Mann zusammenzuleben.«

»Das war auch immer schon meine Meinung.«

Ich trank meinen Anis aus, zündete mir eine Zigarette an, und mein Blick war nicht hart, sondern voll ernster Neugier, als ich sie fragte: »Wollen Sie damit andeuten, Hilda, daß Carmen einen Liebhaber hatte?«

Sie ließ sich Zeit mit der Antwort. Sie knabberte an ihrer Nagelhaut und rückte die Brille auf der Nase zurecht. Ich merkte, daß sie bemüht war, jeden Eindruck von Schwatzhaftigkeit zu vermeiden. Sie spitzte die Lippen und sagte vorsichtig: »Glauben Sie mir, Pepe, ich weiß es nicht, Ehrenwort, und halten Sie mich bitte nicht für scheinheilig oder moralistisch oder für ein ordinäres Klatschweib. Ich weiß es nicht, aber ...«

»Aber Sie vermuten es ganz offensichtlich.«

»Mehr noch: Ich glaube, das ist der Grund für ihre Ängstlichkeit.«

»Das verstehe ich nicht.«

»Obwohl Sie es vielleicht nicht glauben, ich stehe nicht den ganzen Tag am Fenster und beobachte meine Nachbarn. Aber sie ist keine Frau, die unbemerkt bleibt. Und ich habe sie mehrmals mit jemanden wegfahren sehen: in einem schwarzen Mustang. Der Mann war eher klein und dick, sah aber sehr gut aus. Er war etwas älter als wir, in den Vierzigern. Ich habe ihn nie so genau gesehen. Denn bis auf zwei, drei Mal ist er immer im Auto sitzen geblieben, aber mir ist aufgefallen, daß er sehr hübsch und elegant war.«

»Wissen Sie, wie er heißt, was er macht?«

»Nein, keine Ahnung.«

»Und Marcelo, glauben Sie, daß er davon wußte?«

»Selbstverständlich. Das eine oder andere Mal wird

er ja mitbekommen haben, daß sie ausging. Sie immer hochelegant und kokett, wie eine Argentinierin eben. Ich sage das nicht, weil ich etwas gegen sie habe oder weil ich neidisch bin. Das brauchen Sie nicht zu glauben.«

»Das weiß ich«, und ich glaubte es ihr wirklich. »Erinnern Sie sich an das Kennzeichen, das Nummernschild des Mustang?«

»Darauf habe ich nie geachtet. Aber . . . ich weiß, es klingt unglaublich, doch meinen besagten Vermutungen nach wurde Marcelo aus diesem Auto heraus erschossen.«

»Warum sind Sie so sicher?«

»Ich sagte nicht, daß ich sicher bin. Ich habe hier gearbeitet, als es passierte, und nach den Schüssen hörte ich das Auto davonfahren.«

»Hatte Carmen es auch mit ›harten Sachen‹, wie Sie es nennen?«

Sie zog die Mundwinkel nach unten und war einen Moment lang unschlüssig. Sie trank den letzten Schluck Anis aus ihrem Glas.

»Ich weiß nicht . . . Ich glaube nicht. Mit Sicherheit kann ich es nicht sagen. Ich würde meinen, daß sie höchstens mal ein bißchen Gras geraucht hat, wie jeder. Aber ich glaube nicht, daß sie für andere Sachen zu haben ist.«

»Und für was ist Carmen zu haben?«

»He . . .« sie lachte, und sie hatte wirklich ein hübsches Lachen, gesund und offen. »Man muß sie doch nur ansehen, oder?«

Sie schenkte sich einen neuen Anis ein, während ich gerade bei meinem zweiten Glas war. Ich fragte sie, ob sie David Gurrola kenne. Sie sagte nein, sie kenne aber den Callejón de Veyna und habe das Schild dieses Privatdetektivs gesehen.

»Ich war immer der Meinung, das sei ein Witzbold. Warum fragen Sie?«

»Carmen hat mir gesagt, sie hätte ihn beauftragt. Aber heute nachmittag war ich dort, und man sagte mir, er sei verreist. Ich verstehe überhaupt nichts mehr.«

Sie auch nicht, versicherte sie und fragte mich, ob ich schon zu Abend gegessen hätte. Ich sagte nein, ich würde später im Hotel eine Kleinigkeit zu mir nehmen. Sie ließ es dabei bewenden. Ich fragte sie nach ihrem Leben. Sie sagte, sie habe immer in Zacatecas gelebt und sei Dozentin an der Universität. Ich erzählte ihr von meiner Arbeit in Mexiko-Stadt und daß ich seit kurzem als Journalist arbeitslos sei. Sie wollte wissen, ob ich Manuel Buendía gekannt hätte und meinte, man würde sicher nie erfahren, wer die Schweinehunde waren, die die Ermordung dieses Journalisten in Auftrag gegeben hätten. »Ay, México!« rief sie aus und imitierte dabei Tomás Mojarro, die Stimmungskanone von Radio Universidad.

»Sagen Sie, Hilda, wenn man in dieser Stadt harte Drogen bekommen will, Kokain oder LSD zum Beispiel, wie stellt man das an?«

Sie warf mir einen erstaunten Blick zu, wobei es ihr dennoch gelang, ein Lächeln anzudeuten.

»Also, jetzt verstehe ich dich nicht, Pepe.« Ihre Züge hellten sich auf, und ihre Äuglein blitzten hinter den Gläsern: »Woher soll ich denn das wissen? Sehe ich vielleicht aus wie eine Suchtnudel?«

Eine Sekunde lang starrte ich sie verblüfft an.

»Nein, so siehst du ganz bestimmt nicht aus«, lächelte ich und duzte sie ebenfalls.

Dann stand ich auf und sagte, ich wolle jetzt gehen. Ich wußte zwar nicht wohin, aber jedenfalls laufen und ein wenig nachdenken. Sie begleitete mich zur Tür, und der Cockerspaniel nahm die Gelegenheit wahr, sich zum Abschied wieder zu bepinkeln. Draußen auf der Straße, noch bevor sie mir förmlich, wie es die Anlageberaterin einer Bank im Werbefernsehen immer tut, die Hand geben konnte, fragte ich sie nach Freunden von Carmen und Marcelo. Sie antwortete, sie glaube nicht, daß sie Freunde gehabt hätten, nicht einmal Argentinier – nach Zacatecas verirrten sich keine Argentinier. Sie wisse zwar, daß die beiden so etwas wie Guerilleros gewesen seien und als Exilanten in Mexiko lebten, aber das sei doch eine Sache, die der Vergangenheit angehöre. »Die Vergangenheit holt einen immer wieder ein«, sagte ich. »Aber sie erklärt nicht immer alles«, entgegnete sie. Ich bat sie, nachzudenken, vielleicht erinnere sich sich an ein Gesicht oder an einen Namen, und sie sagte, Carmen und Marcelo hätten einige Male einen gewissen Liborio erwähnt.

»Ich weiß nicht, was die miteinander zu tun hatten«, sagte sie. »Aber das ist kein Name, den man gleich wieder vergißt. Hier in Zacatecas gibt es einen Drogenhändler, der so heißt.«

»Na klar«, sagte ich und machte mich auf den Weg in die Innenstadt, nachdem ich ihr ans Herz gelegt hatte, mich anzurufen, falls ihr noch etwas einfiele. Sie versprach, es zu tun.

IX

Ich war müde, als ich Hilda verließ, aber die Nacht war wunderschön, und Zacatecas ist eine Stadt, die man sich ergehen muß. Ich beschloß, weder was zu essen noch zu trinken und eine Zeitlang nicht zu rauchen, und so, leichtfüßig und vom Zufall geführt, diese Stadt zu erkunden, die mich seit meiner Ankunft betört hatte. Schon die Straßenecke meines Hotels an der Avenida López Velarde versprach Kirchen und verwinkelte Ecken, Treppchen und Arkaden, die an bestimmte Dörfer in Spanien erinnern. Herrliche Balustraden hier, Gassen mit ungewöhnlichen Namen dort. Und immer, von jeder Straßenecke aus und über jedem Gebäude, wie ein unbeirrbarer Zeuge, der Cerro de la Bufa, diese wildgezackte Echse, die durch die Nacht schimmerte und die Menschen daran erinnerte, daß sie klein und unwissend sind und aller Hochmut dumm und eitel ist.

Ich ging durch die Hauptstraße, die Avenida Hidalgo, und war bezaubert von der etwas kühlen, jedoch windstillen, frühherbstlichen Nacht. Ein paar Autos glitten langsam vorbei, lautlos fast, wie Küchenschaben, und auf der Straße waren nur wenige Menschen. Ein Arkadengang – alt, wie alles in Zacatecas – war vollgestellt mit Büchern und erinnerte mich an die Buchstände für Nachtschwärmer, die man in Buenos Aires findet. Ich blieb aufs Geratewohl stehen, blätterte viel herum, kaufte nichts, und vernahm kurz darauf eine leise Musik, die sich durch die Gassen schlängelte, ein vibrierendes Konzert, die Klänge einer Dorfkapelle. Ich unterschied den dicken, behäbigen Rhythmus der Tuba, zwei Saxophone, die sich im Duett um die falschesten Töne stritten, eine verbeulte Trompete, Becken und eine Pauke. Ich war fasziniert von diesem Klang, und ich sah hinter der Kathedrale, einen halben Häuserblock vom Markt entfernt, ein paar Touristen – zwei alte Gringoehepaare – die offensichtlich dem Ursprung dieser Klänge auf der Spur waren. Ich ließ mich von ihrer Neugier anstecken und gesellte mich hinzu.

Ein mexikanischer Freund hatte mir einmal von den typischen Straßenmusikern in Zacatecas erzählt. Und ich – nachdem ich durch die Gasse des Traurigen Indio und die Straße des Engels geeilt und an der Ecke Avenida 1. Mai in die Gasse des Geizigen Affen eingebogen war – begegnete ihnen prompt. Die Musik war hier schon sehr nah – für die Nordamerikaner und für mich, die wir einer Gruppe lachender und trinkender Menschen folgten.

Einen halben Block weiter kamen wir an der Bar La Oficina vorbei, einer von außen faszinierenden Spelunke mit dem typischen Schild der mexikanischen *cantinas*: »Eintritt für Frauen, Kinder, Schuhputzer, Priester und Soldaten in Uniform verboten«. Diese Ausschlüsse machten sie zum exklusiven Reich der Ehemänner, Büroangestellten, Taxifahrer und des ganzen übrigen Spektrums einsamer Menschen, zu dem mir unwillkürlich noch Lowrys Konsul einfiel. Wir hielten uns im Windschatten der ungewöhnlichen Karawane von etwa vierzig Personen, Intellektuelle aus der Hauptstadt, wie ich sogleich erfuhr, die zu irgendeinem Kongreß eingeladen waren. Sie marschierten ausgelassen vor der Kapelle her, die genauso war, wie ich sie mir vorgestellt hatte, nur daß noch ein alter Geiger dazugehörte, der gut und gerne seine achtzig Jahre zählen mochte. Er hielt sich stets in nächster Nähe zu dem falben Maultier, das ein halbes Dutzend Korbflaschen voller Meskal auf dem Rücken schleppte und von einem kleinen Mexikaner in Riemensandalen geführt wurde, der eine Plastiktüte voller Plastikbecher trug. Der Maulesel beschloß die Prozession, und die Gringos und ich reihten uns unauffällig in den Zug ein.

Als wir die Calle de Aguascalientes hinuntergegangen waren, den alten Markt hinter uns gelassen hatten und auf dem Platz neben der Kathedrale eine kleine Pause einlegten, spielte die Kapelle zuerst einen Pasodoble und danach eine Cumbia, und viele nutzten die Gelegenheit zu einem Tänzchen, während die Älteren sich ausruhten. Einer der vermeintlichen Intellektuellen kam zu mir und rief, von unserer solidarischen Anhänglichkeit begeistert: »Hey, ihr verdammten Gringos, kommt her, genehmigt euch einen Meskal, den guten aus Zacatecas, viva Mexiko, ihr Bande von ...«

Die Gringos fanden das aufregend, und einer von ihnen riß seine Polaroid hoch und schleuderte ihm einen Blitz entgegen, der ihn für einen Moment blind und benommen machte, worüber seine Freunde in lautes Gelächter ausbrachen. Ich trat zu ihm und sagte freundlich, mit leiser Stimme und sehr mexikanisch: »Hör zu, Bruder, Ochsen und Arschlöcher mußt du gut auseinanderhalten. Mit dieser Yankeebande habe ich nichts am Hut. Und jetzt laß mal den Meskal rüberwachsen.«

Der Typ sah mich eine Sekunde lang überrascht an. Er hatte mich wohl falsch eingeschätzt, weil ich groß und eher dunkelblond bin. Er sah aus wie ein Charro aus dem Kino der fünfziger Jahre, mit einem gewaltigen Schnauzbart, dessen Enden nach oben gezwirbelt waren, und war von kleiner, quadratischer Gestalt. Er musterte mich kurz und kam zu dem Schluß, daß ich ihm gefiel. Da warf er mir die Gallone zu, die ich mit beiden Händen auffing, und sagte: »Dann los, Compadre, sauf dir einen an, gleich geht's zu den Mariachis. Die Nacht ist lang, du verdammter...«

Ich sah die Flasche nicht das letzte Mal. Beim ersten Schluck hatte ich das Gefühl, ersticken zu müssen und eine Feuersbrunst fräße sich Millimeter für Millimeter durch meine Eingeweide. Ich sagte mir jedoch, wenn ich jetzt weich würde, hätte ich verspielt und ginge besser gleich ins Hotel zurück. Der kleine Schnauzbart wollte mich umarmen.

»Auf geht's«, schrie er euphorisch. »Diese Zacatecanos haben einen Schluck am Leib, verdammt...«

»Wieder falsch, Maestro. Weder Gringoarsch noch Zacatecano, den man verarschen kann.«

»Jetzt hast du mich aber verladen, du verdammter... Wo zum Teufel kommst du denn her?«

»Aus der Hauptstadt. Aber ich bin Argentinier.«

Der Kleine kratzte sich am Kopf.

»Scheiße«, sagte er, »nicht mal hier hat man seine Ruhe vor euch«, und wandte sich zu den andern. »He, Jungs, hier ist so ein Che, der uns alles wegsaufen will, verdammte Bande!«

Zum Glück beachtete ihn niemand. Ich gab ihm die Flasche zurück und bat ihn, etwas leiser zu sein und keine Vorurteile gegen Argentinier zu haben, mit mir könne man klarkommen.

Er war einverstanden und meinte, im Cono Sur seien nur die Porteños unerträglich – er fragte mich, ob ich einer sei, und ich sagte nein. Er schwor, sein bester Freund sei ein Schriftsteller aus Chile, und einen aus Veracruz möge er auch sehr gern, ja, sogar einen aus Yucatán. Ich könne ganz unbesorgt sein, versicherte er zwischen zwei Schlucken, und so gingen wir zusammen weiter, während die Gringos zurückblieben, als wir den Callejón del Lazo hinaufstiegen und die Calle del Estudiante und dann die Fernando Villalpando überquerten, eine Straße mit einem zwar mißtönenden Namen, aber mit einem wunderhübschen kleinen Platz voller Rosen und lauschiger Ecken für Verliebte um einen Brunnen herum. Und so bummelten wir gen Süden, zum Aquädukt.

Als der Zug an einer Ecke nach links abbog, sah ich unter einer nur schwach leuchtenden Straßenlaterne, wie zwei Burschen stehenblieben und sich eine seltsam bauchige Zigarette mit zusammengedrehten Enden anzündeten. Ohne weiter nachzudenken, ging ich zu ihnen und sprach sie in lässigem Ton an: »He, Jungs, laßt für mich noch was übrig, eh?«

Die beiden sahen mich etwas verdutzt an, und der mit dem Joint zuckte die Achseln und reichte ihn mir herüber. Ich nahm einen tiefen Zug, sog danach Luft durch die Nase ein, hielt sie einen Moment an und blies den Rauch dann so langsam wie ich nur konnte wieder aus. Es war erstklassiges Marihuana. Beste Qualität. Und ich sagte ihnen das. Die beiden nickten und setzten ihren Weg fort. Ich blieb bei ihnen. Wir drei waren ein Stück hinter der Gruppe zurückgeblieben, befanden uns aber immer noch vor dem Maultier, das sich von der Last des Meskals zunehmend befreite.

»He, wo kriegt ihr das Zeug her?« fragte ich, als

sie mir freundschaftlich einen zweiten Zug anboten. »Von Liborio etwa?«

Das war ein Schuß ins Leere. Und die Antwort ging ebenfalls daneben.

»Hast du 'ne Meise, Alter? Was ist denn mit dir los?«

Ich wußte nicht, was ich darauf erwidern sollte. Sie boten mir danach jedoch nichts mehr an, mischten sich unter die anderen, und ein paarmal beobachtete ich später, wie einer von ihnen argwöhnisch, vielleicht auch ängstlich, zu mir herübersah.

Eine halbe Stunde später fühlte ich mich von dem Marihuana und den paar Schlucken Meskal, die ich getrunken hatte, seltsam euphorisch.

Ich fragte mich, was ich hier tat, und was mit Carmen war. Ich hatte Lust, sie zu sehen. Ach was, ich hatte Lust, bei ihr zu sein, ihr zuzuhören, sie anzusehen, sie zu lieben. Ich nahm mich zusammen und dachte an Susana San Juan: Nichts währt ewig, sagte ich mir, jede Erinnerung, und sei sie noch so stark, erlöscht einmal. Doch ich sagte mir auch, daß Erinnerungen, wie das Feuer, manchmal wiederaufflammen.

In einer merkwürdigen Wohngegend mit absurd engen Gäßchen, von denen keines breiter als zwei Meter war, betraten wir die Plazuela de San Cayetano, auf der zwei einsame Bäume standen. Es war eher ein geräumiger Innenhof als ein Platz; in einer Ecke war neben einer zerborstenen Laterne ein einzelner Basketballkorb mit zerrissenem Netz in die Mauer eingelassen. Die Kapelle spielte *Sonora querida* und provozierte damit einige Pfiffe, doch die Musiker wechselten schnell auf *La toma de Zacatecas,* und da brach der allgemeine Wahnsinn aus – die Menge war beträchtlich angewachsen, da sich unterwegs immer mehr Leute hinzugesellt hatten –, und hier und da hörte man den weinerlich spitzen Mariachischrei, der mich an die Sapukays meiner Chacoheimat erinnerte. Dann regneten von den Filigranbalkonen rote Rosen herab, es war wie im Märchen, ja bestimmt, und einen Augenblick lang war ich glücklich, aber nur einen Augenblick, denn im selben Moment bemerkte ich, daß ich von einem, der zu dieser Prozession bestimmt nicht dazugehörte, scharf beobachtet wurde.

Ich entdeckte ihn, als mich eine kleine Dicke zum Tanzen aufforderte, zweifellos eine Literaturdozentin für die ersten Semester, die sicher *Unomasuno* abonniert hatte und eine begeisterte Barthesianerin war. Sie tat es mit einem lächerlichen »Koooomm, Cheee«, voller langgezogener Vokale, deren falscher Ton mich wie immer nervös machte. Nach einigen Drehungen im Freudentaumel der blühenden Gardenien und des Rosenregens stellte ich fest, daß der Typ kein Auge von mir ließ und sich dabei so unauffällig gab wie ein strickender Kosak. Er war groß, und seine Hände steckten in den Taschen einer abgetragenen Lederjacke, die beinah auseinanderfiel. Ich konnte sein braunes Gesicht nicht sehr deutlich erkennen, war mir jedoch absolut sicher, daß sein Interesse weder musikalischer noch touristischer Natur war.

Ich ließ die Dicke stehen, bevor die Kapelle ein neues Lied anstimmte und der Straßenzug weitermarschierte, wobei sie mir mit Sicherheit ein Gespräch über Todorov aufgedrängt hätte. Ich arbeitete mich an den schnauzbärtigen Schreihals heran, der mich in den fröhlichen Kreis eingeführt hatte. Ich wollte ihn um Hilfe bitten, denn nach dem sonderbaren Kodex bestimmter mexikanischer Rituale der improvisierten Freundschaft waren wir ja jetzt Brüder. Doch als ich ihn anstieß, um ihn auf meine Lage aufmerksam zu machen, sagte er, ich bin total abgefüllt, Argentinier, also nerv mich nicht, du verdammter . . .

Mir wurde mulmig zumute, und ich fühlte mich bedrohlich allein. Der Zug hatte sich wieder in Bewegung gesetzt und führte jetzt durch den Callejón del Rebote bergauf in ein Gewirr dunkler Straßen. Ich beschleunigte meine Schritte und setzte mich an die Spitze der Menge, die mittlerweile sechzig Personen zählen mochte. In der Calle de San Antonio bog ich ab und verschwand hinter einer Biegung, die auf eine abwärtsführende Treppe mündete, eine Art Durchgang unter den Häusern. Als ich zurückblickte, sah ich den Kosaken mit der Lederjacke hinter mir herrennen, um mich nicht aus den Augen zu verlieren. Ich hetzte durch alte Wohnviertel, zwischen Mietskasernen mit Torbögen und Innengärten hindurch, über Treppen und durch labyrinthische Gassen. Ich glaube, zuerst zeigte die Angst mir den Weg, und dann die Lichter einer großen Straße, der Avenida González Ortega, auf die ich stieß, nachdem ich durch einen Torweg gelaufen war, und die ich in wahnsinnigem Tempo bis zur Plaza de la Independencia hinunterjagte. Die Situation war verzweifelt, denn der verdammte Kerl rannte genauso schnell wie ich.

Ich erreichte das Calinda, und ohne meine Atemlosigkeit zu verbergen, knallte ich die Tür hinter mir zu, was mir einige vorwurfsvolle Blicke eintrug. Keuchend verlangte ich meinen Schlüssel und sah, wie der

Gorilla ebenfalls angerannt kam und durch die Fenster des Restaurants ins Innere spähte. Ich konnte sein Gesicht nicht erkennen, aber sein Blick hatte die Bösartigkeit der Idioten. Der Mann am Empfang sagte nein, es habe niemand angerufen. Ich ließ mir das Telefon geben und wählte Carmens Nummer. Niemand hob ab. Ich sah auf die Uhr: fünf Minuten vor drei.

Dann ging ich in die Bar, in der noch ein paar Gäste saßen und eine falsche Blondine *Mädchen von Ipanema* in einem Portugiesisch sang, das meinen Deutschkenntnissen in nichts nachstand. Ich bestellte einen doppelten Whisky und schwor mir, daß, wenn der Ärger losgehen sollte, ich dabei wäre. In Wahrheit glaubte ich selbst nicht an meinen Heldenmut, aber ich beruhigte mich auf diese Weise ein wenig. Ich sah einem einsamen Pärchen beim Tanzen zu. Er hatte ein Bein zwischen ihre Beine gestellt, und sie hielt es zwischen ihren Schenkeln fest. Sie küßten sich auf die Hälse, aber man merkte, daß sie müde waren. Für einige Menschen ist die Liebe ein Spiel. Ich beneidete sie. Eine dunkelhäutige Frau mit breiten Schultern, die als Gewichtheberin keine schlechte Figur gemacht hätte, sah gelangweilt zu mir herüber. Sie machte einen erschöpften Eindruck, und ich war um diese Zeit nicht attraktiver als eine faulende Garnele. Als eine Stunde später die Bar geschlossen wurde, ging ich in die Hotelhalle, von dem Gorilla war nichts mehr zu sehen, und ich fuhr mit dem Aufzug nach oben und legte mich schlafen.

X

Ich schlief sehr schlecht und wachte um acht Uhr morgens auf, weil sich auf dem Korridor zwei Zimmermädchen über ich weiß nicht welche Angelegenheiten einer gewissen Luisa stritten. Eine sagte, sie wolle es dem Etagenkellner melden, und die andere entgegnete, sie habe kein Herz, wenn sie das täte, sie sei immer schon ein altes Klatschweib gewesen, und wenn sie dem Zimmerkellner das von Luisa erzähle, könne sie getrost schon mal ihre Koffer packen und in aller Ruhe zum Teufel gehen.

Ich ging ins Bad und verpaßte mir eine heiße Dusche, drehte hinterher den Kaltwasserhahn voll auf und versuchte mich daran zu erinnern, was ich geträumt hatte. Vor zehn Jahren hatten Carmen und ich die Angewohnheit, morgens zusammen zu duschen und uns unsere Träume zu erzählen. Sie träumte oft von Pinienwäldern und von Schnee; und ich von Kindern, die während der Siesta und in sengender Hitze in Resistencia Murmeln spielten. Sie hatte ganz außergewöhnliche Alpträume von tödlichen roten Kugeln, die vor ihrem Gesicht explodierten. Sie sah sich selbst als kleines Mädchen, das auf der Flucht vor den roten Kugeln durch Patagonien irrte und zu einer großen Stadt kam, wo die Polizei sie mit argentinischen Wimpeln und roten Kugeln darin erwartete, die herauskamen und sie verfolgten. An solchen Morgen bat sie mich, ihre Träume aufzuschreiben, und ich antwortete ihr, sie solle lieber zum Analytiker gehen oder nicht mehr das politische Tagesgeschehen in den Zeitungen verfolgen, die sie nicht las, sondern regelrecht studierte. Meine Alpträume hingegen wiederholten sich und liefen immer wie ein und derselbe Film ab: Ich war eine Art reglose Pflanze, und die Ameisen krochen an mir herauf und fraßen mich auf. Carmen meinte stets, mein Alptraum habe die Atmosphäre von bestimmten Bergman-Filmen. Bei diesen morgendlichen Duschen kochte uns jedesmal und unweigerlich der Kaffee über. Aber wir waren glücklich.

Ich ging ins Zimmer zurück und nahm das Telefon. Carmen antwortete nicht. Beim vierten Gurrola, den ich anwählte, meldete sich eine alte Frauenstimme. Ich fragte sie, ob das die Privatadresse von David Gurrola sei oder ob sie sonst mit dem Privatdetektiv zu tun habe oder verwandt mit ihm sei, und sie wollte wissen, warum ich das wissen wollte.

»Ich muß mit ihm sprechen. Ich komme aus der Hauptstadt und möchte seine Dienste in Anspruch nehmen.«

»Und wie, sagten Sie, war Ihr Name?«

»Ich habe ihn nicht genannt, Señora. Ich bin Miguel Angel Asturias. Sind Sie die Gattin von Don David?«

»Die Mutter.«

»Ah, sehr erfreut. Ist er nicht zu Hause?«

»Er ist verreist.«

»Achduliebezeit«, lamentierte ich sehr mexikanisch. »Aber sagen Sie, könnte ich nicht mit Ihnen sprechen? Vielleicht können Sie mir weiterhelfen.«

»Ich wüßte nicht, wie«, antwortete sie kühl. Angesichts meiner Hartnäckigkeit willigte sie jedoch schließlich ein, daß ich sie besuchte. Sie nannte mir ihre Anschrift. Ich schaute ins Telefonbuch, das offen auf meinen Knien lag, und sie stimmte mit der Nummer überein, die ich gerade gewählt hatte. Ich sagte, ich sei in einer halben Stunde bei ihr.

Doña Refugio Hinojosa de Gurrola wohnte im oberen Teil der Stadt, hinter der Kathedrale ein paar Straßen aufwärts, in einer alten Villa, Ecke Patrocinio und Callejón del Gusano. Sie öffnete eine Tür, die in einen Vorgarten mit Rosenstöcken und blühenden Malven führte. Eine Bougainvillea – die in Mexiko den hübschen Namen Bugambilia trägt – bedeckte die Mauern zu beiden Seiten der Tür.

»Señor Asturias?« fragte sie in wohlerzogenem Ton und mit sorgfältiger Aussprache, als ich zu ihr trat.

»Ganz recht«, ich gab ihr die Hand. Die ihre war klein und zerbrechlich. Ihre Einladung, einzutreten, schlug ich nicht aus.

Sie hatte etwas Verführerisches, die alte Dame. An die siebzig war sie und trug ein makelloses, maßgeschneidertes Kostüm mit einer weißen Seidenbluse, deren Rüschen ihre magere Brust umwehten. Ans Revers ihrer Jacke hatte sie eine Kamelie geheftet. Stark geschminkt und mit sorgfältig nachgezogenen Lippen, wirkte sie wie die ehemalige Madame eines Bordells der Zvi Migdal. Dabei war ihre Haut runzelig wie eine Rosine.

An einem langen Mahagonitisch, der zwar schon etwas mitgenommen aussah, aber in früheren Zeiten herrliche Abendgesellschaften gekannt haben mußte, ließ sie mich auf einem Wiener Kaffeehausstuhl Platz nehmen, um den meine Mama sie beneidet hätte. Sie selbst setzte sich ein gutes Stück von mir entfernt auf die andere Seite des Tisches, streng darauf bedacht, mir nur ihr vorteilhaftes Profil zu zeigen.

»Ich höre.«

Ich wiederholte, daß ich ihren Sohn David sprechen wolle, da ich ein Freund einer Klientin von ihm sei und in seinem Büro niemanden angetroffen hätte. Ich sei sehr überrascht, daß er einen Fall angenommen habe, um tags darauf einfach zu verschwinden. Sie lächelte zurück, als habe ich etwas Nettes gesagt oder eine unvermutete Wahrheit ausgesprochen, wie sie bei manchen Gesprächen plötzlich zutage tritt, und sagte: »Señor Asturias, mein Sohn ist sehr vielseitig. Nur von diesem seltsamen Beruf, mit dem er sich da schmückt, könnten wir gar nicht leben.« Sie behielt ihr Lächeln bei und schaute auf die Tischplatte, während ihre Finger über die Stickereien eines weißen Tischdeckchens fuhren, »und von seinen ... Fällen erfahre ich nie etwas.«

»Trotzdem möchte ich gerne wissen, wo er sich aufhält und mit ihm sprechen, Señora.«

»Das wird nicht möglich sein. Er ist in Guadalajara und wird mindestens drei Wochen fortbleiben.«

»Ein weiterer Fall?«

»Ich habe nicht den geringsten Einblick in seine Geschäfte, mit seinem Berufsethos nimmt er es sehr genau. Außerdem ist er ein erwachsener Mann.«

»Gnädige Frau, ich beabsichtige keinesfalls, mir ein Urteil über Ihren Sohn anzumaßen, doch werden Sie zugeben müssen, daß es nicht sehr ethisch ist, wenn ...«

»Und Sie werden mir zugestehen, daß ich nicht mit Fremden über die Ethik meines Sohnes diskutiere«, unterbrach sie mich schneidend. Ich fühlte mich beklommen angesichts der Würde dieser Frau. Sie hatte ihre Stimme nicht erhoben; ihr Körper hatte sich höchstens um einige Millimeter aufgerichtet. Ich startete einen neuen Versuch: »Wenn sich Ihr Sohn mit Ihnen in Verbindung setzt, würden Sie ihm dann bitte ausrichten, daß Señora Carmen Rubiolo auf Nachricht von ihm wartet?«

»Ich glaube nicht, daß er sich mit mir in Verbindung setzt. Wie ich Ihnen bereits sagte, er ist ein erwachsener Mensch«, und wieder zeigte sie mir ihr sanftes, verhaltenes Lächeln.

»Wie alt ist er denn?« entfuhr es mir, und ich kam mir im selben Moment wie ein Idiot vor.

»Älter als Sie«, antwortete sie und lächelte noch mehr.

»Nun gut, ich glaube, ich sollte Ihre Zeit nicht überstrapazieren«, sagte ich ebenfalls lächelnd und stand auf.

»Aber ich bitte Sie, es war mir ein Vergnügen«, log sie höflich und erhob sich gleichfalls.

Mir fiel auf, daß sie sehr klein war, höchstens einen Meter fünfzig. Sie begleitete mich zur Tür, an der ich mich umwandte und ihr fest in die Augen sah.

»Darf ich Ihnen noch zwei Fragen stellen, Señora?«

»Sie dürfen.«

»Wie sieht Ihr Sohn aus?«

Eine Sekunde lang war sie verunsichert und versuchte, meinem Blick auszuweichen, doch sie fing sich sogleich wieder.

»Kleiner als Sie«, sagte sie lächelnd. »Hellbraune Augen. Etwas füllig, kräftig. Eine angenehme Erscheinung, wie wir in Mexiko sagen.«

»Und wer ist die Person, mit der ich in seinem Büro gesprochen habe?«

»Wer?« Sie schien verwirrt. »Ah, Sie meinen wahrscheinlich Camilo. Ein Nachbar ... ein ... Mitarbeiter gewissermaßen, er versorgt Davids Büro.«

»Kennen Sie auch einen Mann namens Liborio? Ich

weiß nicht, wie er mit Nachnamen heißt, aber der Vorname ist ja nicht alltäglich.«

»Sie sagten zwei, und jetzt sind es drei. Nein, ich weiß nicht, wer das sein könnte, Señor Asturias.«

»Der Name sagt Ihnen nichts?«

Sie zögerte einen Augenblick. Ich merkte, daß sie überlegte, ob sie lügen oder verneinen sollte. Sie entschied sich jedoch für eine Wahrheit.

»Nun, nach dem Gerede der Leute zu urteilen, ist ein gewisser Liborio so eine Art Drogenkönig hier in Zacatecas. Aber ich bin eine alte Frau, und von diesen Dingen verstehe ich nichts.«

»Natürlich. Haben Sie vielen Dank.«

»Darf ich Ihnen auch eine Frage stellen, junger Mann?«

»Selbstverständlich.«

»Welches Interesse haben Sie an all dem?«

Jetzt war ich der Überraschte.

»Um die Wahrheit zu sagen, ich weiß es nicht genau.« Es war mir unmöglich, ihr bezauberndes Lächeln zu erwidern, mit dem sie sanft die Vorgartentür hinter mir schloß.

XI

Auf dem Rückweg zum Hotel beschloß ich, durch den Callejón de Veyna zu gehen, um mit diesem Camilo zu sprechen. Ich fragte mich immer wieder, was Gurrolas Mutter mich gefragt hatte: Welches Interesse hatte ich an all dem? Eigentlich müßte ich in die Hauptstadt fahren, meine Sachen packen und nach

Argentinien zurückkehren, denn dazu war die Diktatur schließlich zu Ende gegangen. Vielleicht könnte ich in Buenos Aires als Journalist Fuß fassen oder mich wieder im Chaco niederlassen. Ich sehnte mich danach, im Paraná zu fischen, obwohl ich dort noch nie weder eine Goldbrasse noch einen halbwegs vorzeigbaren Wels gefangen hatte. Ich sehnte mich danach, Enten zu jagen, in den Sommernächten den endlosen Himmel zu betrachten und während der geheiligten Siesta in der glühenden Hitze zu braten.

Das redete ich mir unterwegs ein, begriff jedoch zur gleichen Zeit, daß es mir unmöglich war, Carmen allein zu lassen, unter anderem deswegen, weil mir klar wurde, daß ich sie immer noch liebte, und ein Mann, der liebt, ist ein lebendiger Mann. Aber, liebte ich Carmen wirklich? Oder war ich nur in eine Erinnerung verliebt? Wer war sie denn, diese jetzt unbekannte, ausweichende, unbegreifliche Frau? Warum spielte ich hier den Freizeithelden, obwohl ich doch schon genügend Angst ausgestanden hatte und niemand auf meinen Auftritt wartete? Wonach suchte ich tatsächlich? Warum ging ich nicht fort? War meine Haltung im Leben – um ganz offen, ja, schonungslos ehrlich zu mir zu sein – nicht viel zu wenig aufrecht gewesen, um jetzt eine derartige Rolle zu übernehmen? Aus welchem Grund, fragte ich mich weiter, kehren wir Männer immer unsere Berufung zum Don Quijote hervor, wenn wir hinterher doch immer wieder feststellen müssen, daß in jedem von uns nur ein kleiner, unbeholfener und unscheinbarer Alonso Quijano steckt? Was bedeutete mir Carmen in diesem seltsamen Land, das Zacatecas hieß, und was passierte mir mit ihr und mit der Vergangenheit, die mir selbst jetzt, während ich diese Zeilen schreibe, noch immer unbegreiflich ist? Was war in meinem Land geschehen, in dem Argentinien, in dem Carmen und ich und noch viele wie wir gelebt hatten, um in eine Welt hinausgestoßen zu werden, die nicht das kosmische Heim des Menschen war, sein Haus, seine Bleibe im Universum, sondern ein weites, unbeschreibliches Ödland, das uns ablehnte, das wir möglicherweise nicht verdient hatten, das nicht auf uns gewartet hatte und uns nicht brauchte? Was war mit uns geschehen, daß wir nichts anderes zu geben hatten, als kalte Blicke der Verständnislosigkeit, jede Menge verstockten Hochmut und immer neue Beweise für eine Hölle, die dem Rest der Welt ziemlich gleichgültig war? Und warum nicht endlich zugeben, daß es an dem Zwergwuchs unseres Klein-Quijote-Daseins liegt, daß wir nicht erkennen, für wen wir leiden und hoffen, und daß der Mensch deshalb niemals glücklich sein kann oder nur sehr begrenzt glücklich sein kann in diesem Haus der Schmerzen, der Hoffnung und des immerwährenden Zweifels an Gott? Und zum Schluß, als ich an der Kathedrale vorüberging, fragte ich mich, warum ich auf diese Fragen eine Antwort haben mußte. Wozu brauche ich Antworten?

Als ich die Menschenansammlung im Callejón de Veyna sah, die sich bis zur Calle Codina staute, und einige Dutzend Neugieriger vor der Tür des Büros von David Gurrola, Privatdetektiv mit Lizenz, da fühlte ich, daß mir eine Gänsehaut über den Rücken lief. Wie ein zufällig vorbeikommender Passant näherte ich mich langsam und sah, wie gerade zwei Sanitäter eine Bahre mit einem von Kopf bis Fuß mit einem weißen Tuch bedeckten Körper hinaustrugen. Ich erfuhr, daß es Camilo war.

Die Leute traten zur Seite, um die Sanitäter durchzulassen, die zur Avenida Hidalgo hinuntereilten, wo ein Krankenwagen wartete, den ich vorher nicht bemerkt hatte. Sie schoben die Krankenbahre hinten hinein und stiegen zu dem Fahrer nach vorn, der den Wagen in aller Ruhe anließ und davonfuhr, ohne die Sirene einzuschalten. Dazu gab es keinen Anlaß mehr.

Die Menge zerstreute sich. Ich hörte vereinzelte Kommentare, daß man ihn erstochen habe, in der vergangenen Nacht, wahrscheinlich Einbrecher, wer weiß, der arme Alte, ein Leben zählte nichts, es werde immer schlimmer, und ich sagte mir »Jetzt oder nie« und trat durch die Tür des brüllenden Löwen, die niemand verschlossen hatte.

Ein kurzer Korridor ging nach etwa zwei Metern auf einen Innenhof, von dem drei Türen ins Haus führten. An der ersten links stand auf der Scheibe: *Lic. David Gurrola.* Sie war angelehnt, und ich stieß sie auf. Das Büro erhielt sein Licht durch die beiden Fenster, die auf die Gasse hinausgingen. Drinnen herrschte das totale Chaos. Ein typisches Zeichen dafür, daß die Polizei vor den Sanitätern dagewesen war. Feinfühlig wie eine Dampfwalze.

Ein Schreibtisch und drei Stühle standen ohne jede Ordnung in der Mitte des geräumigen Zimmers. Ein Aktenschrank mit vier Schubladen zeigte zum Fenster, ein anderer war umgekippt und halb ausgeleert, Ordner und Mappen voller leerer Blätter und uralte, vergilbte Zeitungsausschnitte. Auf dem Boden lag eine Brille mit Metallrand, deren rechtes Glas zersplittert war, auf dem Schreibtisch eine umgestürzte Zukkerdose und ein altes Tintenfaß aus Bronze, mit einem fleckigen, ausgetrockneten Porzellaneinsatz. Ich wollte nichts anrühren. Ich sah mir nur alles an. Doch ich hatte das sichere Gefühl, nach etwas suchen zu müssen.

Mit dem Taschentuch zog ich die Seitenschubladen des Schreibtisches auf und durchwühlte Papiere und Ordner. Nichts von Belang. Die mittlere Schublade, deren Schloß zerbrochen war, als habe man es gewaltsam geöffnet oder mit Fußtritten aus der Halterung gerissen, enthielt einen Packen Zeitungsausschnitte. Ich blätterte sie oberflächlich durch, und unten, bei den letzten, fand ich einen, der mich interessierte. Er war noch ziemlich neu, von dieser Woche: »Brutaler Mord. Che erschossen«. In einer kurzen Notiz wurde mitgeteilt, wie der Argentinier Marcelo Farnizzi erschossen worden war. Es hieß, die Nachforschungen leite der Polizeichef, Alberto Carrión, und die Motive lägen noch im dunkeln, obwohl man die Möglichkeit nicht ausschloß, daß es sich um eine Eifersuchtstat handelte, da »das Opfer in wilder Ehe mit einer gutaussehenden Landsmännin von zweifelhaftem Ruf zusammenlebte«. Mit einer Büroklammer daran befestigt war ein weiterer Zeitungsausschnitt, kleiner und zwei Jahre älter. Darin war von einer Razzia im Drogenmilieu die Rede, von Durchsuchungen geheimer Treffs, und zum Schluß hieß es, daß man trotz einiger Verhaftungen – der eines ortsansässigen Ausländers sowie einiger Jugendlicher (deren Namen der Redaktion bekannt waren) – und der unermüdlichen Arbeit der Polizei noch immer nach einem gewissen Liborio fahnde, »dem mutmaßlichen Kopf des Rauschgifthandels in der Region«. Der Name ohne

Nachname war mit Kugelschreiber unterstrichen; die Unterstreichung war neu.

Unter der Büroklammer steckte noch ein Papier, sozusagen der dritte Teil dieser kuriosen Akte, eine handschriftliche Notiz, schlecht lesbar und mit zittriger Hand geschrieben und mit demselben Kugelschreiber, wie mir schien: »Für Phantom der Oper«, und hinter diesem Zettel klemmte ein Schwarzweißfoto von vier mal vier Zentimetern, das offenbar aus einem Führerschein, einer Lizenz oder irgendeinem Ausweis herausgerissen war. Es zeigte einen dreißigbis fünfunddreißigjährigen Mann, mit einem eckigen, doch vollen Gesicht, aufgeworfenen Lippen und dunklen, ernst blickenden Augen. Ein intelligentes Gesicht, hart, aber nicht unattraktiv, ein wenig den Selbstbildnissen van Goghs gleichend, besonders dem mit Hut und Pfeife. Die Rückseite war nicht beschriftet.

Ich steckte alles in meine Jackentasche und ging hinaus. Im Patio stieß ich auf eine Frau, die zusammenzuckte, als sie mich sah.

»Ich ... ich wohne hier«, sagte sie.

»Ich war ein Freund von Don Camilo«, sagte ich, ebenso erschrocken wie sie.

»Ich nicht«, murmelte sie zurückweichend und verschwand hinter einer der beiden anderen Türen des Innenhofs. Ich tat nichts, um sie aufzuhalten.

Als ich die Avenida Hidalgo hinunterging, schlug die Glocke der Kathedrale zwölf. Es waren dröhnende Schläge, die man im Umkreis von mehreren Kilometern hören mußte. Mir fielen die Verse von López Velarde ein. Ich brummte, »die hört der Papst bestimmt« und ging ins Hotel zurück.

XII

Ich war halb verhungert und außerdem ratlos. Eine üble Kombination. Fügen Sie dem Hunger und der Ratlosigkeit eine gute Portion Autoritarismus bei, und Sie haben ein getreues Abbild von Lateinamerika.

Ich besänftigte meine Eingeweide mit scharf gewürzten Spiegeleiern auf Maistortillas, die sensationell schmeckten. Ich habe einen äußerst gesunden Appetit und gehöre zu jenen Menschen, die ich gern als verkappte Dicke bezeichne. Ich halte mich ständig an der Grenze zu hundertfünf Kilo, weiß jedoch, daß ich ganz schnell bei hundertzwanzig bin, wenn ich nicht aufpasse. Trotzdem sagen die Leute immer, wenn sie mich sehen, sie fänden mich viel schlanker als beim letzten Mal. Das stimmt zwar nicht, aber das ist der Vorteil der verkappten Dicken. Mein Vater war genauso, aber da er Bahnarbeiter war, in den vierziger Jahren, im Chaco, war er muskulöser als ich. Na ja, das hat Mama immer gesagt. Ich habe meinen Vater nämlich kaum gekannt. Na ja, und meine Mutter eigentlich auch kaum. Was ich sagen wollte, war, daß die Ranchero-Eier hervorragend schmeckten und ich das Hotel mit dem Vorsatz verließ, mit einem Besuch bei der Polizei auch die Ratlosigkeit zu beenden.

Auf dem Kommissariat bat ich den Polizeichef zu sprechen. Ein blau Uniformierter fragte mich, wen er melden solle, und ich antwortete: »Licenciado Yusoti, aus der Hauptstadt« und wartete. Carrión steckte sogleich seinen Kopf aus der Tür, die auf einen kleinen Gang hinausging, der von der Anmeldung her einsehbar war, und winkte mich herein. Der Blaue trat zur

Seite, und ich ging in dasselbe düstere Büro wie tags zuvor.

Carrión setzte sich mit einer Hinterbacke auf die Schreibtischkante und deutete mir mit einem weiteren Wink, Platz zu nehmen. Ich setzte mich.

»Ich bin gekommen, um mich zu entschuldigen, Kommandeur, ich habe nämlich das Gefühl, mich gestern bei Ihnen ganz schön in die Nesseln gesetzt zu haben. Ich will Sie auch nicht belästigen, ganz im Gegenteil – aber ich brauche Ihre Hilfe. Sehen Sie ...«

Ich holte meinen Presseausweis hervor, der mir nicht entzogen worden war und immer noch Gültigkeit besaß. Ich gab ihn ihm. »Ich habe Sie angelogen: Ich bin tatsächlich Journalist, und der Fall interessiert mich von Berufs wegen.«

Der Typ nahm die Karte und betrachtete sie mit kalter Aufmerksamkeit, als handle es sich um den Ausweis eines Leprakranken. Er drehte sie um und prüfte die Gültigkeit, meine Unterschrift, meinen Namen, das Foto. Dann drehte er wieder die Vorderseite nach vorn und pochte mit einer Ecke der Plastikkarte auf den Daumen seiner anderen Hand. Seine Obsidianaugen starrten mich an.

»Sie verzeihen mir nicht, daß ich gestern den Schlaumeier spielen wollte?«

»Was wollen Sie?«

»Wissen, ob Farnizzi etwas mit Drogengeschäften zu tun hatte und ob er deswegen umgebracht wurde.«

Wir sahen uns scharf an. Er gab keine Antwort, und ich hielt seinem Blick stand, obwohl ich Haß und Verachtung darin las. Ich fügte hinzu: »Und Informationen über Liborio.«

»Über wen?« Er runzelte die Stirn.

»Liborio, Kommandeur, der Zacatecas mit Gras versorgt und auch mit härteren Sachen. Kennen Sie ihn etwa nicht?«

»Das ist nur ein Name.«

»Könnte Farnizzi mit seiner Organisation zu tun gehabt haben?«

Carrión erhob sich und ging langsam um seinen Schreibtisch herum. Auf der anderen Seite setzte er sich, wie am Tag zuvor, und kratzte sich am rechten Ohr, bedächtig, als liebkose er die Brust einer schlafenden Jungfrau.

»Ich weiß wirklich nicht, was ich von Ihnen halten soll, Yusoti.«

»Giustozzi.«

»Und ich will Ihnen auch sagen, warum: weil ich einfach nicht dahinterkomme, was Sie vorhaben... Aber ich kann Ihnen versichern, was immer es ist, Sie spielen mit dem Feuer, ist Ihnen das klar? Hier machen sich weder Ausländer noch Hauptstädter über uns lustig, und wenn sie noch so viel Plastik dabei haben«, und damit gab er mir meinen Presseausweis zurück.

Er schwieg und sah mich wieder mit seinen eiskalten Augen an. Ich verspürte Angst. Zum zweiten Mal verspürte ich in Zacatecas Angst. Ich hatte mich einschüchtern lassen.

»Vergangene Nacht ist mir ein Typ gefolgt.«

»Sie werden ihm gefallen haben.«

»Ich hatte nicht den Eindruck, daß er mich aus Anhänglichkeit verfolgte. Das war kein Scherz.«

»Gut, und was soll ich Ihrer Meinung nach tun? Ein Kindermädchen bestellen, das auf Sie aufpaßt?«

»Nein, aber ich möchte auch nicht, daß Sie mich

mißverstehen. Ich recherchiere für eine Zeitung. Natürlich hat man mich geschickt, weil ich Argentinier bin und Farnizzis Frau seit Jahren kenne.«

»Ausgezeichnet«, rief er und hatte schon wieder Oberwasser. »Dann schreiben Sie, daß die polizeilichen Ermittlungen laufen, daß wir dem Mörder auf der Spur sind und ihn bald dingfest gemacht haben werden und daß die Bevölkerung von Zacatecas ihr vollstes Vertrauen in die Arbeit der Ordnungskräfte setzt, während fremde Journalisten glauben, hier Verstecken spielen zu müssen.«

Er lächelte falsch.

»Sie haben gewonnen, Kommandeur. Aber klären Sie mich über ein paar Dinge auf, die ich in meinem Bericht nicht erwähnen werde: Wer ist David Gurrola, und wo befindet er sich?«

»Ein Weiberheld, wenn man den Leuten glauben darf, und wo er sich aufhält, weiß ich nicht, interessiert mich auch nicht.«

»Die zweite Frage: Gehört Liborio zum Kreis der Verdächtigen?«

»Kann sein, kann aber auch nicht sein. Wer weiß?«

»Aber der Mord an diesem Mann heute morgen, an Camilo, der in Gurrolas Büro gearbeitet hat, steht der in Zusammenhang mit dem Fall Farnizzi?«

»Das hat nichts miteinander zu tun.«

»Ich wundere mich, daß Sie das so schnell ausschließen, es ist gerade erst passiert. Ich glaube sehr wohl, daß das miteinander zu tun hat.«

»Und ich glaube, daß Sie viel zu viel glauben. Vielleicht ist Ihr Kopf damit überlastet?«

Er lächelte leicht, und ich stand auf. Er ebenfalls; er ging um seinen Schreibtisch herum und folgte mir in den Vorraum. Bevor ich auf die Straße hinaustreten konnte, ergriff er meinen Ellbogen und drückte ihn sanft.

»Hören Sie, Argentinier«, sagte er, und sein Blick wurde hart. »Sehen Sie sich heute die Stadt an, fahren Sie mit der Seilbahn auf den Berg, und schießen Sie ein Foto. Dann essen Sie gut zu Abend, aber nicht zu schwer, und gehen schlafen. Und morgen früh pakken Sie Ihre Sachen und fahren nach Hause. Seien Sie kein Narr.«

»Sie drohen mir.«

»Nun machen Sie sich nicht ins Hemd. Ich habe Ihnen nur einen Rat gegeben«, sagte er, drehte sich um und ging zurück in sein Büro. Auf dem Gehweg hielt ich voller Zorn, aber auch voller Angst einen Augenblick inne.

XIII

Ich war erschöpft und schlief den ganzen Nachmittag lang den Schlaf des Gerechten oder vielleicht den Schlaf eines reuigen Sünders, dem Absolution zuteil geworden war. Ich träumte nicht einmal. Doch gegen sechs weckte mich die quäkende Stimme von Benny Moré:

mein Herz und ich, wir sind entzwei
weil es dich immer noch liebt
während ich
dich vergessen will, ay . . .

Ich mußte lächeln und dachte unwillkürlich, »irgend so ein verdammter Exilkubaner« und bewegte meinen rechten großen Zeh, der weit unten zwischen den Bettlaken hervorschaute, im Takt des Boleros. Durch das Fenster sah ich, daß die Abenddämmerung bald hereinbrechen würde: eine wundervolle Tageszeit. Ich stand auf und sah durch das geschlossene Fenster. Dann öffnete ich es und sog die Herbstluft ein; die Hitze des Tages klang langsam ab. Ich sah zum Bufa hinüber und war beeindruckt von der Farbe des mexikanischen Abends über der Stadt; einem Abendlicht, das der Verse Pachecos würdig war:

Der Abend dort
ist so trostlos, daß man meint,
eine Nacht, so hervorgebracht,
müsse ewig sein.

Und im Nebenzimmer immer noch der zuckersüße Benny Moré:

mein Herz und ich, wir seh'n uns nicht mehr an
weil es dich nicht vergessen kann
und ich dich nie mehr
wiedersehen will . . .

In diesem Augenblick reifte in mir die Erkenntnis, das beste für mich sei, nach Mexiko-Stadt zurückzufahren. Carmen würde auch weiterhin für mich unerreichbar bleiben. Ein kaum wahrnehmbares Licht in der Dunkelheit, ein Glühwürmchen, ein Schwachpunkt im Leben des Mannes, der José Giustozzi hieß. Ein Traum, klar, denn schließlich leben wir Männer von unseren Träumen. Sie sind unsere Nahrung. Also sagte ich mir, das beste sei, mein Zimmer zu bezahlen und einen Nachtbus zu suchen, in dem ich schlafen könnte. Am nächsten Morgen würde ich mich dann der Frage widmen, ob es Sinn hätte, meinem Archiv weitere Berichte über die Angriffe auf Nicaragua einzuverleiben, weitere Katastrophenmeldungen aus den US-Botschaften im Nahen Osten oder Meldungen über die schlaflosen Nächte von Alfonsín und Grinspun wegen der Rückzahlung der Auslandsschulden, die die Militärs meinem Land neben anderen Nettigkeiten hinterlassen hatten. Doch da klingelte das Telefon.

»Ich bin's, Carmen«, sagte Carmen. »Ich muß dich sehen. Heute abend.«

Ihre Stimme klang ernst. Sie sprach langsam und hatte diesen verführerischen Ton, den ich so liebte; ihre tabakrauchige Stimme. Gleichzeitig aber lag etwas Drängendes darin, etwas Unaufschiebbares, Atemloses, wie im Anfang der *Carmina Burana,* was mich beunruhigte.

»Was ist los? Soll ich zu dir kommen?«

»Nein, wir treffen uns heute abend beim Boxkampf. Ich muß mit dir sprechen.«

»Wo, sagst du?«

»Beim Boxkampf in der Stadthalle. Ich habe Angst, Pepe, wir müssen aus der Stadt verschwinden...«

»Schon gut, aber...«

»Hast du was Neues erfahren?«

»Worüber?«

»Ich meine, ob du etwas herausgefunden hast.«

»Ich habe mir ein paar Gedanken gemacht, aber ich glaube, Carmen, ich komme besser zu dir.«

»Nein, ich bin nicht zu Hause. Ich muß jetzt auflegen. Ich sehe dich heute abend.«

Sie legte auf. Ich ließ mir eine freie Leitung geben und wählte ihre Nummer. Nein, zu Hause war sie nicht. Und Benny Moré war von Michael Jackson abgelöst worden, diesem Scheißneger, der sich schämt, Neger zu sein, und sein Gesicht bleicht und sich anzieht wie ein Operettengeneral. Ich seufzte. In dieser Nacht würde ich nicht nach Mexiko fahren.

XIV

Die Stadthalle von Zacatecas glich an diesem Donnerstagabend einem Wespennest, auf das mit Stöcken eingeschlagen worden war. Der Hauptkampf fand zwischen dem Lokalmatador Kiki Uvario, der auf allen Plakaten in der Stadt als »Der Austeiler« apostrophiert wurde, und einem gewissen Santiago Huízar, dem »Blitz von Sombrerete«, statt, der, wie ich erfuhr, in weniger als zwei Monaten vier Gegnern die Seele aus dem Leib geprügelt hatte und jetzt der einzige ernstzunehmende Rivale für Kiki war, der ihn bereits ungeduldig erwartete.

Ein kleiner Dicker in der Schlange vor der Kasse, der mindestens ebenso aufgeregt war wie die Mama des Lokalmatadors, versicherte, wenn dieser heute abend gewänne, warte die Arena von Mexiko auf ihn und danach die Weltmeisterschaft. Er kaute mit offenem Mund auf einem Kaugummi, und um seine Spannung loszuwerden, schlug er immer wieder rechte Schwinger in die Luft.

»Und vor diesem Kampf, was lohnt sich da noch so?« fragte ich, um ihn zu ärgern.

Der Dicke ärgerte sich tatsächlich und sah mich verächtlich an. »Wen interessiert das schon.«

»Mich. Ich bin nicht von hier. Ich habe noch nie einen Kampf mit Uvario gesehen.«

»Hauptstädter, was?«

»Könnte man sagen«, antwortete ich und bemühte mich, die Wortendungen nicht zu verschlucken.

»Da kommen Sie gerade recht, Maestro. Heute können Sie nämlich einen Klasse-Boxkampf sehen«, und schlug einen linken Haken in die Luft, wobei er mich schief angrinste und mir ein Stück seines Kaugummis zeigte.

Drinnen konnte man die Luft schneiden. Ein paar Typen standen herum und schlossen, genau wie bei den Hahnenkämpfen, Wetten ab, ohne sich um die dicken Polizisten zu kümmern, die vor allem damit beschäftigt waren, die Betrunkenen im Auge zu behalten, damit sie nicht das Durcheinander störten und auch nicht das Geschäft. Es gab nur wenige Frauen, einen gewaltigen Lärm, leere Bierflaschen auf dem Boden und eisgekühlte Bierdosen in den Händen der meisten. Im Ring boxten gerade zwei, die Federgewicht sein mußten, und der im blauen Höschen war schon total groggy. Er ging nur nicht zu Boden, weil Gott sich seiner noch nicht erbarmte. Sein Gesicht war von Treffern gerötet und ein Auge zugeschwollen, und der Grüne drosch auf ihn ein, wie in der Hitze eines Trainingsnachmittags auf einen Punchingball.

Ich setzte mich in die zehnte Reihe neben drei Burschen mit offenen Hemden und eisgekühlten *Mo-*

delos in den Händen. Ich steckte mir eine Zigarette zwischen die Lippen und bat sie um Feuer. Der links neben mir gab mir sein orangefarbenes *Cricket* mit einem Emblem des Atlante-Clubs darauf.

»Wer boxt da?« fragte ich und machte eine Kopfbewegung zum Ring.

»Zwei Kerle«, sagte er, ohne mich anzusehen.

Ich drehte mich herum und sah, wie sich zu meiner Rechten zwei Männer niederließen, die wie Rancher aussahen: Texasstiefel, verblichene Jeans, karierte Hemden, Schnauzbärte à la Emiliano Zapata, solider Eindruck. Sie rauchten dicke Zigarren und flegelten sich in ihre Sitze wie Frank Sinatra es wahrscheinlich im Caesar's Palace tut, wenn er sich den Auftritt eines Kollegen ansieht. Ich rauchte und wartete ab, während ich mich umsah und nach Carmen Ausschau hielt. Es war ja noch früh, sagte ich mir.

Ich hatte aber so ein Gefühl, als ob Carmen nicht kommen würde. Und ich fragte mich, warum sie mich herbestellt hatte. Um mich aus dem Verkehr zu ziehen? Aber warum? Hier konnte man sich weder verstecken noch ungestört sprechen: Eine Schönheit wie sie, die viele aus der Stadt allein daher kennen mußten, weil sie ihnen einmal begegnet war, und ein Typ von einsfünfundneunzig würden nicht unbemerkt bleiben, ganz im Gegenteil.

Als ich meine Zigarette ausdrückte, ging Blauhöschen Gott sei Dank zu Boden. Das wirklich Schreckliche für ihn mußte sein, daß das Gemurmel der Menge dabei nicht um eine Tonlage anschwoll. Die Leute wollten den Hauptkampf sehen. Der Kampfrichter, ein Mann in schwarzer Hose und weißem Hemd, stieg in den Ring, um den offensichtlichen Knockout zu verkünden und die beiden nächsten Boxer vorzustellen. Er sagte gerade etwas über den ersten, einen gewissen Maclovio Hernández aus Jeréz, als ich beobachtete, wie der dritte Bursche links von mir seine Hand nach unten hielt, als wolle er darin etwas verbergen, das sich durch eine dünn kräuselnde Rauchsäule verriet, während er mit leicht gespitzten Lippen ausblies. Ich roch den unverwechselbaren Geruch.

»He, Compañero«, sagte ich zu dem neben mir, »reiche ihn mir gleich mal rüber, was?«

Der Bursche starrte mich an. Ich hielt seinem Blick stand und verzog mein Gesicht zu einem Grinsen. Er erwiderte es nicht und sah mich weiterhin prüfend an. Ich wandte meinen Bick ab und schaute zu dem Mann im weißen Hemd, der gerade das Gewicht der beiden Kontrahenten des nächsten Kampfes bekanntgab.

»Schon gut, starr mich nicht so an«, sagte ich zu meinem Nebenmann, ohne ihn anzusehen. »Wenn ihr nicht teilen wollt, kein Problem.«

Ich zog meine *Gitanes* aus der Tasche und reichte ihm die Schachtel.

»Ich habe nichts gegen teilen.«

Der Bursche rührte sich nicht. Sein Freund neben ihm fragte ihn etwas, wie »was will der Typ«, und er antwortete ihm leise. Ich konzentrierte mich auf den Beginn des Kampfes zwischen Maclovio, in gelber Hose, und seinem Gegner, in himmelblauer. Nach zwei Minuten verlor ich das Interesse, denn der eine lief vor dem anderen davon und der andere vor dem einen. Ziemlich langweilig das Ganze. Die ersten

Pfiffe ertönten. In diesem Moment stieß mich mein Nachbar unauffällig mit dem Ellbogen an.

»Hier, meinetwegen nimm einen Zug«, und hielt mir die Zigarette hin. Ich inhalierte. Es war nichts Besonderes. Mit Tabak vermischt: Armeleutegras. Ich gab sie ihm mit einem dankenden Kopfnicken zurück. Ein paar Minuten später, in der Mitte der zweiten Runde, in der nicht mehr geboten wurde als ein bißchen schwules Getänzel von Maclovio, kam der Joint zu mir zurück. Ich nahm einen Zug, gab ihn zurück und rief ein Mädchen heran, das mit einem Eimer voller Bierflaschen in Eiswasser durch die Reihen ging.

»Vier«, bestellte ich und reichte sie an die Burschen weiter, die sie wortlos annahmen.

Ich schaute mich um. Die Halle war fast voll besetzt, aber Carmen hätte ich sofort entdeckt. Sie war nur noch nicht da, und wieder beschlich mich das Gefühl, daß sie nicht mehr kommen würde. Ich fragte mich, woher dieses Gefühl kam, weshalb sie mich bestellt hatte und warum ich langsam deprimiert wurde. Ich beschloß, noch eine halbe Stunde zu warten und dann zu gehen. Ich beobachtete weiterhin meine Umgebung, und dann sah ich ihn.

Ungefähr zehn Reihen hinter mir, an einen Eisenträger gelehnt, den Blick in meine Richtung, aber nicht direkt auf mich gerichtet, stand der Kosak mit der abgewetzten Lederjacke und tat, als interessierte er sich für den Boxkampf. Ich schaute wieder auf den Ring und spürte, wie sich mein Nacken vor Anspannung verhärtete.

Die vier Runden, die Maclovio und die himmelblaue Hose brauchten, um ihren Kampf inmitten eines Pfeifkonzerts punktegleich zu beenden, erschienen mir wie eine Ewigkeit. Dreimal sah ich mich um, und dreimal hatte der Kosak seinen Standort gewechselt, doch ich fand ihn jedesmal wieder. Und Carmen tauchte nicht auf.

Ich beugte mich zu dem Burschen neben mir und fragte in vertraulichem Ton: »Hör mal, Bruder, wie kommt man an das Zeug heran?«

Der Junge kratzte sich den Handrücken und blinzelte mich von der Seite an.

»Was weiß ich.«

»Komm, Mann, ich bin doch kein Bulle. Man hat mir gesagt, hier beim Boxkampf, aber ich weiß nicht, ob ich den Kontaktmann finde.«

»Na und?«

»Was, na und?«

»Was soll ich dir dazu sagen?«

»Man hat mir gesagt, ich soll mich an einen Liborio wenden. Kennst du den?«

Der Bursche brach in ein kurzes, fast unhörbares Gelächter aus. Er flüsterte mit den beiden anderen, die mich grinsend ansahen.

»Mann, du gehst aber in die Vollen«, antwortete er.

Ich hakte nicht weiter nach und wartete auf das Ende des Halbfinales, das ein Schmächtiger nach Punkten gewann, der einen halben Kopf größer war als sein Gegner. Es war elf Uhr nachts. Carmen würde bestimmt nicht mehr kommen, und der Kosak, auf den ich ab und zu einen Blick warf, hatte seinen Platz gewechselt, hielt aber immer noch meinen Bereich im Auge. Ich beugte mich wieder zu meinem Nachbarn.

»Ich weiß gar nicht, was du vorhin damit gemeint hast.«

»Daß Liborio in der Oberliga spielt, Mann. Den hat noch nie jemand gesehen. Was hast vor, eh?«

»Ich? Nichts. Wahrscheinlich hat man mich für dumm verkauft.«

»Das will ich meinen.«

Um Viertel nach elf improvisierte Weißhemd eine Rede über die Hoffnung des zacatecanischen Boxsports, Kiki Uvario »Der Austeiler«, der ein Glücksfall für das geschätzte Publikum sei, und die Stimmung im Saal schaukelte sich hoch. Als die beiden Boxer zum ersten Angriff aufeinander losgingen und die Menge angesichts der ersten – vielversprechend brutalen – Faustschläge brüllte und gestikulierte, stand ich auf, grüßte die Jungs zu meiner Linken und ging auf den Ausgang zu, der dem Pfeiler, an dem der Kosak jetzt lehnte, gegenüberlag.

Ich beschleunigte meine Schritte, trat durch die Tür nach draußen, atmete die frische Nachtluft ein und lief zur Straßenecke. Bevor ich einbog, schaute ich mich um und sah, daß die Lederjacke durch denselben Ausgang kam. Ich bog ab und rannte los. Ich war noch keinen Häuserblock weit gekommen, da sah ich, daß er hinter mir herlief, genau wie in der Nacht zuvor, nur daß er diesmal aufholte. Ich war drauf und dran zu verzweifeln, aber vor Schreck blieb ich stehen und entschloß mich, ihn zu erwarten. Es dauerte nur Sekunden: Die Bestie ging ohne anzuhalten auf mich los. Und obwohl ich mich wehrte und auch hart zuschlug, versetzte er mir einen Leberhaken, pumpte mir die Luft aus dem Leib und hinterließ seine Fingerabdrücke in meinem Gesicht, bevor er mich ins Reich der Träume schickte und mit heiserer Stimme wiederholte: »Verschwinde, du Scheißkerl, hau ab, noch einen Tag erlebst du hier nicht!«

XV

Als ich wieder zu mir kam, schaute ich absurderweise zuerst auf meine Uhr. Es war zwanzig nach zwei morgens, und mir brummte fürchterlich der Kopf. Eine Versammlung hysterischer Zwerge trampelte mir im Nacken herum. Ich hatte einen klebrigen, bitteren Geschmack auf der Zunge, und als ich mit der Hand über meinen Mund fuhr, stellte ich fest, daß es Blut war und daß mir einer der unteren Vorderzähne fehlte. Ich faßte hin, doch nein, er war noch da – aber ganz locker. Ich zog ihn heraus, sah ihn mir an und warf ihn fluchend auf die andere Straßenseite, während ich mich aufrappelte und dabei heftige Schmerzen in der Hüftgegend verspürte.

Ganz mechanisch und ohne mir dessen bewußt zu sein, wankte ich in Richtung Calle del Ideal. Ich klingelte wohl fünf Minuten an Carmens Tür, bis ich zu der Überzeugung kam, daß sie nicht zu Hause war. Leise verfluchte ich erst sie und dann mich selbst. Die Kopfschmerzen wurden unerträglich. Dann klingelte ich an der Tür zur Nachbarwohnung. Hilda öffnete sogleich und bat mich erschrocken herein.

»Kannst du mir bitte ein Aspirin auflösen« bat ich sie und sank in den Korbsessel ihres Wohnzimmers.

»Mein Gott, was ist denn mit dir passiert«, sagte sie, hob meine Füße auf einen Stuhl, sah meinen

Mund an und betastete meine Wange, während ich ihr begreiflich zu machen suchte, daß ich unter eine Planierraupe gekommen war.

»Ich habe geschlafen und geträumt, ich würde heiraten«, lächelte sie. »Aber du siehst ja entsetzlich aus, Pepe. Warte, ich werde dich verarzten.«

Sie ging ins Bad und holte Alkohol, Jod, Watte, Handtücher, Verbandszeug, alles, was Frauen so zur Hand haben, wenn der Notfall es erfordert. Sie bat mich, ihr genau zu berichten, was vorgefallen war, und ich tat es, derweil sie mein Gesicht in Angriff nahm. »So«, sagte sie, als sie ihre Arbeit und ich meinen Bericht beendet hatte, »du siehst aus, als seist du gerade noch der Zerstörung der Alexandrinischen Bibliothek entgangen. Das ist ein treffenderer Vergleich als der mit der Planierraupe. Dein Kiefer kann sich entzünden, wenn du morgen nicht zu einem Zahnarzt gehst. Ich brühe dir jetzt einen Tee zum Gurgeln auf.«

»Warum gehst du nicht wieder ins Bett und liest die Biographie von Alexander dem Großen in der neuen Billigausgabe weiter?« rief ich hinter ihr her, als sie in die Küche ging, um den Tee aufzusetzen.

»Und was würdest du dann tun?« – in dem gleichen Tonfall.

»Verschwinden. Man hat mir geraten, zu verschwinden, und ich werde verschwinden.«

»Ein gehorsamer Argentinier.«

»Warum ist Carmen nicht zu Hause, eh?«

»Merke dir, ich bin nicht ihre Amme. Aber ich habe gesehen, wie sie aus dem Haus ging.«

»Um wieviel Uhr, und mit wem?«

»Es waren zwei. Sie kamen mit einem Volkswagen, um kurz nach acht. Zwanzig nach acht. Sie ist um halb acht gekommen, hat sich umgezogen und ist dann gegangen.«

»Du bist eine gute Aufpasserin, Hilda.«

Sie antwortete nicht gleich. Ich hörte, wie sie den Tee umrührte. Dann kam sie aus der Küche, gab mir die Tasse und setzte sich.

»Denke, was du willst. Ich würde eher sagen, daß ich mir Sorgen mache. Das gefällt mir ganz und gar nicht.«

»Sagte der Hund in der Wurstfabrik.« Ich trank einen Schluck von dem Tee. Er tat mir gut. »Wo mag Carmen hingegangen sein?«

»Ich weiß nicht, aber sie sah phantastisch aus, als sei sie zu einem Treffen verstaatlichter Bankiers geladen, die von einer neuen Präsidentschaft Miguel Alemáns träumen. Sie trug ein dunkelviolettes Seidenkleid, das ich schon einmal gesehen habe und in dem sie eine traumhafte Figur hat. Toll frisiert und hochhackige Schuhe. Und bei ihren Beinen ...«

Ich verstand diese Frau nicht. Einmal mehr begriff ich, daß ich überhaupt nie eine Frau verstehen würde. Und wie immer war das das Bezaubernde an ihnen. Ich sah sie an und dachte, daß es sehr ungerecht sei, daß Hilda so häßlich war. Sie war eine Frau, so geradeheraus wie der Durchmesser eines Kreises. Ihr Haar war verwuschelt, und ihr Hausmantel mit weißen, rosa, grünen und lila Streifen war der reine Horror. Ich mochte sie, aber ich konnte mir eine Gemeinheit nicht verkneifen: »Da bist du bestimmt vor Neid schier gestorben, du Hexe.«

Sie kaute an einem Fingernagel, füllte dann Pulverkaffee in ihre Tasse und goß heißes Wasser darüber.

Seufzend zündete sie sich eine Zigarette an. Ich stand auf und ging zu dem Fenster, das auf den kleinen Patio mit den Gardenien zeigte. Über der Mauer zur Straße sah ich eine Laterne an der Ecke zur Villalpando; düster beschien sie die Stille und die Trostlosigkeit, wie in einer Nacht im Hydepark, nur ohne Nebel und fern von London. Meine Gefühle waren ebenso düster, beinahe gotisch. Eine unbestimmte Angst steckte tief in meinen Knochen und füllte mich ganz aus. Ich betrachtete die Gardenien in der Dunkelheit, die ferne Straßenlaterne, und ich dachte an den Wahnsinn der Dido, die aus Liebe zu allem fähig gewesen war, sogar zum Selbstmord, und das alles wegen der Verzweiflungstat des Äneas, dieses falschen Samariters. Ich stellte mir Marcelo Farnizzi als jemand vor, der im Morgengrauen in See sticht und die tyrische Heimat verläßt; sagte mir aber, daß dieses Bild nicht zu ihm paßte. Carmen stand im Begriff, Selbstmord zu begehen; doch nicht wegen ihres Äneas, sondern wegen eines anderen. Ich bemerkte eine gewisse Asymmetrie in dem, was ich über diesen Fall wußte: Carmen legte ein doppeldeutiges Verhalten an den Tag, klar, aber ich war mir fast sicher, daß es da noch etwas gab, das ich bisher übersehen hatte. Ich mobilisierte in mir eine gewisse Liebe zur Geometrie, wie Kepler, der die Geometrie für Gott selbst hielt, weil sie ein perfektes Schöpfungsmodell abgab. Doch dann tadelte ich mich selbst, weil ich bereits anfing, lauter Schwachsinn zu denken. Ich versicherte mir, daß die Asymmetrie in diesem Fall nicht alles war.

»Willst du hier schlafen?«

Als Hilda mich mit ihrer sanften, eindringlichen Stimme zum erstenmal fragte, hörte ich es nicht.

Beim zweitenmal sagte sie es mit Falsettstimme und fügte ein Schimpfwort hinzu. Dann fragte sie: »An was denkst du, Plato?«

»Ich dachte an Kepler«, sagte ich. »An die Liebe zur Symmetrie. Irgendwas funktioniert hier nicht.«

»Zum Beispiel mein Kühlschrank. Seit heute nachmittag geht er nicht mehr.«

»Was soll diese Alberei? Ich meine das ernst.«

»Du hast damit angefangen, und ich bin nervös und habe Angst. Ich könnte so loslachen. Ha, ha, ha! Siehst du?«

Sie schien den Tränen nahe. Ich nahm ihre Hand, und sie sah mich liebevoll an.

»Die Einladung, hierzubleiben, ist zu deiner eigenen Sicherheit, Pepe. Nicht, um mit mir zu schlafen. Ich weiß schon gar nicht mehr, wie das geht.«

Sie wich meinem Blick nicht aus. Und ich fühlte mich nicht einmal unbehaglich oder verunsichert. Es war auch nicht das erstemal, daß mir so etwas passierte. Vor vielen Jahren, im Chaco, da hatte ein Mädchen ähnliches zu mir gesagt, aber ich hatte nicht gewußt, wie ich mich verhalten sollte. Wir hatten uns schließlich im Bett wiedergefunden, obwohl sie mir gar nicht gefallen hatte. Vielleicht weil wir Männer immer unsere Männlichkeit beweisen müssen, solange wir diese Dinge nicht verstehen. Wir sind so einfältig. Ich war ihr für den Blick dankbar und sagte: »Ich glaube, ich bleibe, Hilda. Aber ich bin nicht müde. Ich habe auch Angst.«

»Fährst du heute wirklich nach Mexiko zurück?«

»Ehrlich gesagt, ich weiß es noch nicht.«

»Warum fährst du nicht? Wäre es nicht das Vernünftigste?«

»Das frage ich mich auch. Und ich weiß nicht, welche Antwort ich mir darauf geben soll.«

»Stört es dich, wenn ich den Hund herauslasse?« Sie stand auf und ging zum Bad, in dem der Cockerspaniel eingeschlossen war und zu winseln begonnen hatte. Kaum öffnete sie die Tür, kam er zu mir gelaufen, pinkelte einen Spritzer neben meine Schuhe und drehte sich vor lauter Freude im Kreis, wobei er lächerliche Winsellaute von sich gab. Sie schimpfte mit ihm, hob ihn hoch und setzte ihn sich in den Schoß ihres Technicolorhausmantels.

»Was genau arbeitest du eigentlich, Hilda?«

»Ich arbeite ganztags als Geschichtsdozentin an der Universität von Zacatecas. Mein Spezialgebiet ist das Porfiriat und der vorrevolutionäre politische Journalismus. Warum?«

»Nur aus Neugier«, ich zeigte auf den Hund. »Wie heißt er? Pancho Villa?«

»Nein, Flores Magón.«

»Aha, ein vorrevolutionärer politischer Journalist.«

»Und was ist mit Kepler, eh?«

»Ich denke immer an ihn, wenn ich an Gott denke. Für Kepler war die Sonne eine Metapher für Gott, weil sich alles um sie dreht. Ist das nicht schön?« Sie nickte. »Hier gibt es eine Sonne, um die sich alles dreht, aber ich weiß nicht, wer es ist.«

»Carmen?«

»Möglich!«

»Du bist jetzt für sie die Sonne, obwohl sie es nicht weiß oder nicht zugibt und es auch nicht will. Aber du spürst es, und deshalb bleibst du hier. Und sage nicht, du wärst kein Lebensretter oder der Fall sei eine Nummer zu groß für dich: das weiß ich. Ich weiß aber auch, daß du ein anständiger Mensch bist, obwohl du in der Klemme steckst.«

Ich konnte sie nicht ansehen. Seltsamerweise fühlte ich mich jetzt unbehaglich. Ich dachte und sagte, das beste sei wohl, ins Hotel zurückzukehren und zu versuchen, ein wenig zu schlafen.

Sie antwortete, das sei Unsinn.

»Aber ich habe Carmen nicht gesehen, und sie hat gesagt, sie wolle mich sehen. Sie müsse mich sehen. Fällt dir da nichts auf?«

»Doch, natürlich.«

»Wie sahen die beiden aus, die sie abgeholt haben?«

»Der eine blieb im Auto sitzen. Ich hatte aber den Eindruck, es war der mit dem Mustang, ein ziemlich Kleiner mit rundem Gesicht. Der Schönling. Der andere, der geklingelt hat, war noch ein junger Bursche, groß und schlank, mit schlaksigem Gang, wie einer dieser Jungpolizisten, die auf eine Straßenkreuzung gestellt werden und sich dort wie Montgomery fühlen.«

»Sahen sie wie Polizisten aus?«

»Das war nur ein Beispiel, Pepe. In diesem Land kann niemand einen Polizisten von einem Gauner unterscheiden. Ich wollte damit sagen, daß der Große der Stiefellecker des anderen war.«

»Hat man sie gezwungen, mitzukommen? War sie nervös? Ich meine, hat sie sich gewehrt?«

»Das kann ich nicht sagen. Ich glaube allerdings kaum, daß eine Frau sich so in Schale wirft, wenn sie nicht freiwillig ausgeht. Nein, ich glaube nicht, daß man sie gezwungen hat.«

»Aber sie tut doch offensichtlich Dinge, die sie

nicht will. Vielleicht hatte sie keine andere Wahl, als mit den beiden mitzugehen. Ich glaube nicht, daß es nur eine Laune war, sich mit mir zu verabreden. Sie mußte ihre Pläne kurzfristig ändern.«

»Schon möglich.«

»Sie hat mich heute nachmittag angerufen. Sie war verzweifelt. Ich verstehe sie nicht.«

»Du wirst sie nie verstehen, Pepe. Darum bist du hier, und darum siehst du jetzt so aus. Schmerzt es sehr?«

»Es geht.«

»Wenn die Schwellung abgeklungen ist, werde ich die Pflaster erneuern, und dann gehst du zum Zahnarzt. Aber versuche nicht, sie zu verstehen. Carmen ist zu schön, um ausgeglichen zu sein. Sie lebt davon, angesehen zu werden, und sie weiß das. Sie ist nicht auf der Welt, um verstanden, sondern um bewundert zu werden. Und um eine genau bemessene Mischung aus Dankbarkeit und Verärgerung für solche wie dich zu empfinden, die verrückt nach ihr sind.«

»Ich glaube, du hast recht, Hilda. Aber es überzeugt mich nicht. Das ist nicht alles, da steckt mehr dahinter.«

Ich machte einen letzten Zug und drückte meine Zigarette langsam im Aschenbecher aus. Ich trank von dem Rest kalten Tees. Ich ließ nicht zu, daß sie mir nachschenkte, und sagte, ich ginge jetzt ins Hotel. Sie beharrte darauf, daß es gefährlich sei. Doch ich sagte ihr, in dieser Nacht würde mir nichts mehr passieren; der Kosak hatte seine Arbeit getan.

»Draußen ist Wind aufgekommen«, sagte sie. »Hörst du ihn pfeifen?«

»Ich höre es«, antwortete ich. »Wie der Wind von Comala.«

»Ich habe Angst.«

»Ich auch.«

Und ich verließ dieses Haus und ging pfeifend die Straße hinunter. Nach kurzer Zeit wurde mir klar, daß ich zu eingebildeten Mariachiklängen die Strophe pfiff: ». . . und wollen sie mich morgen töten / dann töten sie mich besser gleich«. Ich war tief beeindruckt, denn das hieß, daß ich in gewisser Weise bereits die Tragik des mexikanischen Wesens empfand. Das passierte Exilanten höchst selten; vielleicht nur denen, die die leidenschaftliche Selbstvergessenheit und die glühende Sentimentalität der Menschen ihrer neuen Heimat nachvollziehen konnten.

XVI

Gegen vier Uhr morgens legte ich mich erschöpft ins Bett und schlief denkbar schlecht, weil mir zum einen mein Gesicht schmerzte, wenn ich mich auf die Seite drehte, und zum anderen, weil ich nicht aufhören konnte, von dem Kosaken zu träumen, der mich wieder verprügeln wollte. Es ist ein Drama, aber ich kann einfach nicht auf dem Rücken schlafen und wälze mich alle paar Minuten von einer Seite auf die andere. Und der Kosak sah genauso aus, wie ich ihn zwei Nächte hintereinander gesehen hatte, mit seiner abgewetzten Lederjacke, nur daß er in meinem Alptraum das Gesicht meines Vaters hatte, wie ich es von einem alten Foto her kannte.

Ich bekam Gewissensbisse, weil ich dieses Gesicht mit einem brutalen Schläger in Zusammenhang brachte. Mein Vater starb, als ich ein kleiner Junge war. Ich hegte einen ebenso unerfindlichen wie ausgeprägten Groll gegen ihn, weil er mich verlassen hatte, wie kurz darauf auch meine Mutter mich verließ. Nach langjährigem Exil glaubte ich dann endlich, Frieden mit der Erinnerung an sie geschlossen zu haben, nachdem ich sechs Jahre auf der Couch eines Psychoanalytikers verbracht hatte. Vielleicht waren die Gewissensbisse in meinem Traum deshalb doppelt schmerzhaft: einmal wegen der wiederholten Prügel, die der Kosak mir verabreichte, und einmal wegen der Ungerechtigkeit, daß es das Gesicht meines Vaters war, das zu diesem Körper gehörte, der erbarmungslos auf mich einschlug. Ich weinte wie ein Kind und schrie, ich könne mich nicht erinnern, daß mein Vater mich jemals geschlagen hätte. Doch gleichzeitig sagte die Stimme meines Analytikers, ich könne mich aber auch nicht entsinnen, daß er mich je geküßt oder gestreichelt hätte.

Es ist ein wenig absurd, jetzt davon anzufangen, und ich weiß auch, daß es nur jemand verstehen kann, der selbst Waise ist, der sich der Liebe seiner Eltern nie gewiß sein konnte, was ja nicht allzuoft vorkommt. Ich schreibe es aber auf, weil in diesem Alptraum die Schuldgefühle über meinem Bett im Calinda schwebten und weil sie sich mit Klängen und Melodien vermischten, darunter eine ganz ausgezeichnete und ungewöhnliche Version von *Guantanamera* auf französisch, die ich einmal in Südfrankreich, in einem kleinen Hotel in Saint-Gilles gehört hatte, und auch eine neapolitanische Kanzonette, gesungen von Pavarotti, sowie einen Chamamé über Puerto Bermejo – ein kleines Nest an der Grenze nach Paraguay, das im Fluß versunken ist –, den keiner so herrlich singt wie mein Freund Choni Adriani, der Ingenieur und Jäger ist und der beste Chamamésänger im ganzen argentinischen Nordosten. Ich sage, das ist alles so absurd, weil Schuld und Musik in meinem Alptraum nicht nur Tote erweckten und Trostlosigkeit wachriefen, sondern weil überall in meinem Traum der Tod – das ist das schlimmste Substantiv – zugegen war, und irgendwann Carmen auftauchte und zu mir sagte, ich werde wohl nie wissen, ob ich dich geliebt habe, aber ich habe dich nie gehaßt, und sagte, warte nicht länger auf mich, Pepe, aber lösche mich nicht aus deinem Leben, und sagte, ich liebe dich zwar nicht mehr, aber vergiß mich nicht, und warte immer auf mich, obwohl ich dir nie gehören werde.

Als ich durch laute Stimmen im Hotelkorridor geweckt wurde, brauchte ich einige Sekunden, um meine Gedanken zu ordnen. Ich zündete mir eine Kippe an; sie schmeckte scheußlich, und ich drückte sie gleich wieder aus. Ich hörte Schreie von draußen. Ich zog mir eine Jeans an und warf einen Blick auf die Uhr, die Viertel vor sieben zeigte, als ich auf den Korridor hinaustrat. Ein Zimmermädchen rannte vorbei und rief: »Eine Leiche, Señor, eine Leiche im Penthouse«, und bog um die Ecke zumAufzug. Ich folgte ihr benommen und traf an der Fahrstuhltür noch drei weitere Hotelgäste und einen Polizisten in Uniform, der uns sagte, wir sollten wieder in unsere Zimmer gehen. Ich drehte mich um und nahm die Treppe bis zum Penthouse drei Stockwerke über mir. Ich öffnete die Tür einen Spalt und sah eine Gruppe von Leuten: den Hotelmanager, zwei Portiers, mehrere Polizisten in Uniform und Zivil, Krankenwärter und Neugierige, die sich neben dem abgedeckten Schwimmbecken drängten. Unter ihnen erkannte ich Polizeichef Carrión, der einem Anweisungen gab, der wie ein Licenciado aus der Hauptstadt aussah und sich in einem Büchlein Notizen machte.

Die meisten der Anwesenden waren Hotelgäste in Morgenmänteln oder Nachthemden, und der eine oder andere in hastig übergestreifter Kleidung. Ich mischte mich unter sie, während ein Uniformierter versuchte, uns von der Terrasse zu scheuchen. Einige Meter hinter der Menge, im Rücken von Carrión, dem Licenciado und dem Geschäftsführer, lag unbeweglich und zerbrechlich ein nasser Körper, an dem sich nun zwei junge Burschen in Ärztekitteln zu schaffen machten.

Es war der Körper einer Frau, die sehr empfindsam und sehr schön gewesen war und der das Leben aus der Bahn geraten war; die ein elegantes, dunkelviolettes Seidenkleid trug und silberne Sandaletten mit Stöckelabsätzen an den Füßen, diesen unvergleichlichen Füßen, deren Fußnägel – und da hielt mein Blick inne – sorgfältig lackiert waren, in derselben Farbe wie das Kleid.

Es traf mich wie ein Schlag vor die Brust, und ich schüttelte nur immerzu den Kopf. Ich ballte meine Hände zu Fäusten und starrte, wie ein Kind auf ein offenkundiges Unrecht, ohnmächtig und von der Unbegreiflichkeit betäubt auf diese Frau, die ich – jetzt war ich mir sicher – mit der Kraft der Unmöglichkeit geliebt hatte. Ich fing lautlos an zu weinen und fühlte mich wie eine unvorstellbare Keplersche

Sonne in einem Universum voller Gewalt, in dem ich in diesem Augenblick der unglücklichste aller Menschen war.

Zweiter Teil

Warum soll man einem Augenblick soviel Bedeutung beimessen, da doch kein Gedenken sein wird? Und auch keine Vergeltung?

Simone de Beauvoir

Die ganze Lebensgeschichte eines Menschen liegt in seinem Verhalten.

Julio Torri

I

Es war ein schrecklicher Tag. Außerdem hatte es schon früh zu regnen begonnen, was für Zacatecas ganz ungewöhnlich war, und der Himmel war so grau, daß selbst der Cerro de la Bufa im Dunst verschwand. Wenn es einen Gott gab, so blieb er an diesem Tag verborgen.

Ich saß in meinem Zimmer und goß mir aus einer großen Kanne, die ich hatte heraufbringen lassen, einen Kaffee nach dem anderen ein und starrte in den Aschenbecher voller ausgedrückter Stummel mit einem Ausdruck im Gesicht wie ein Mongole im Zirkus, wenn der Tierbändiger das Publikum begrüßt, bevor er in den Löwenkäfig tritt, und dachte und dachte, um nicht fühlen zu müssen.

Ich wußte, daß es geschichtliche Ereignisse gibt, die weit schrecklicher sind als alles, was einem Menschen je zustoßen kann. Dantes Tod, die Zerstörung der hellenischen Kultur, die Pest im Mittelalter, der Untergang der Titanic, die Verbrechen der Nazis, die Apartheid, um nur einige zu nennen, sind auf abstrakte Weise unvergleichlich und unendlich viel schmerzlicher. Und dennoch berührt uns, wie Brecht gesagt hat, die Nachricht von Millionen von Toten offenbar weniger als die Nachricht vom Tode eines einfachen Soldaten namens Hans. Es ist etwas anderes, von dreißigtausend Verschollenen zu sprechen als von der Vernichtung der Familie Tarnopolsky aus dem Munde des einzigen überlebenden achtzehnjährigen Sohnes zu erfahren. Selbst das von Maulnier beschriebene Empfinden eines Kampfstiers, der in der Stunde des Todes die Hand des Matadors leckt, kann einen tieferen Eindruck hinterlassen. Warum braucht der Verstand Einzelheiten, um eine Tragödie in ihrer ganzen Tragweite zu erfassen? Warum kann der Mensch das Ausmaß der Verzweiflung nur dann begreifen, wenn sie einen Namen trägt, wenn er sich jemanden darunter vorstellen kann, der ungeachtet aller Zahlen jenem mittelmäßigen Normalbürger gleicht, der er selbst ist? Pathos verträgt sich nicht unbedingt mit Masse. Außerdem denkt man immer nur an den eigenen Schmerz, der unübertragbar ist. Ein Schmerz läßt sich nicht erklären. Er ist nur für den fühlbar, der ihn erleidet. Alles, was man sonst darüber sagt, zu erklären sucht, ist ein rhetorisches Ritual, eine Ausstellung von Banalitäten. Niemand kann sich vorstellen, wie man einen Schmerz *empfindet*. Dadurch, daß du ihn hinausschreist, ihn mit Worten und Flüchen füllst, wird dein Schmerz nicht besser verstanden. Er ist wohl das am wenigsten vermittelbare Gefühl, das wir haben.

Mir schmerzte *alles* an diesem Morgen. Wieder einmal stellte ich fest, wie schwer mir das Weinen fiel, und ich wußte nicht, wie ich dieses Ding hinunterschlucken sollte, das mir in der Kehle, in der Brust saß. Und das ich hinunterschlingen mußte, wenn ich weitermachen wollte – falls es das war, was ich wollte.

II

Ich stand am Fenster, das auf den Cerro de la Bufa zeigte und sah zu, wie ein diesiger Morgen heraufzog, ohne daß die Sonne hervorkam, bis mir auffiel, daß mein Blick von einem Kreuz verstellt wurde, das von einer Kirchenkuppel aufragend über der Dächerlandschaft stand. Ich fragte mich still, warum Gott, diese Illusion, falls es ihn tatsächlich gibt, für die Ungläubigen immer wieder Beweise seiner Existenz erbringen muß.

Ich bin ungläubig, und es gibt keinen Gottesbeweis, der mich überzeugen könnte, obwohl ich zugestehe, daß es Metaphern gibt, die viele Menschen – sogar die meisten – an ein höheres Wesen glauben lassen, an ein wunderbares höchstes Sein, einen Schöpfer, der einfach dadurch, daß er ein Ding durch ein anderes sichtbar macht, zum Glauben an seine Existenz bewegt. Ich sagte mir, die einzige Metapher für Gott könne die Liebe sein, die Schönheit des Zusammentreffens zweier Menschen, die sich lieben und zärtlich zueinander sind. »... geboren wird die Welt, wenn zwei sich küssen«, hatte in dem Gedicht *Sonnenstein* gestanden, aus dem Carmen mir vor vielen Jahren vorgelesen hatte, nachdem wir uns geliebt hatten, und als Mexiko nur die Ahnung eines weit entfernten, uralten Landes war. »Küß mich, Pepe, wir wollen uns immer lieben«, hatte Carmen damals von mir verlangt. Und ich dachte jetzt daran, daß irgendwo in Zacatecas so ein Dreckskerl steckte, der sie umgebracht hatte; und daß, wenn es stimmte, daß die Liebe die unvergleichlich beste Metapher für Gott war, ich jetzt verstehen konnte, warum ich in der vergangenen Nacht, bei Hilda Fernández, an Kepler gedacht hatte. Vielleicht weil ich mir eingestehen mußte, daß meine Liebesbereitschaft unzureichend, schwankend gewesen war. Vielleicht weil ich die Gefahr erahnt hatte, in der Carmen schließlich umgekommen war. Vielleicht weil ich die gewaltige Einsamkeit und Leere auf mich zukommen fühlte, die ihr Verlust in mir hervorrufen würde. Die große Asymmetrie, aus der es keinen Ausweg gab. Denn solange ein geliebter Mensch zwar nicht bei dir ist, du jedoch weißt, daß er in deiner Welt lebt, ist noch alles möglich. Nichts ist endgültig, nichts ist für immer verloren. Daher war die Panik in mir, die ich dort am Fenster beim Anblick des Kreuzes empfand, übermächtig. Vielleicht war das der Moment, in dem ich Gott gebraucht hätte, nicht als Metapher, sondern als Demonstration, als Beweis, an den zu glauben ich nur in diesem Augenblick bereit war.

Aber es gab ihn nicht. Und so blieb mir nur dieser schreckliche Alptraum, der mich noch den ganzen Tag verfolgte, und den ich auch jetzt noch nicht vergessen kann. Es gab ihn nicht, weil die Liebe alles neu erfindet, weil sie lebendig ist, bewegt wie das Meer und unvorhersehbar. Was man heute denkt oder zu erahnen glaubt, kann sich morgen als das Gegenteil herausstellen. Heute kann man blind lieben und sein Leben für etwas hergeben, das einem morgen bereits unendlich fern ist. Heute ignorierst du den Menschen an deiner Seite und entdeckst morgen, daß du nie etwas anderes begehrt hast als eben diesen Menschen. Doch wenn du es bemerkst, ist bereits alles verloren. So ist es immer. Liebt man wirklich den, den man liebt? War Carmen, diese letzte Carmen, die Frau, die ich geliebt hatte? War sie meine Dido, und war ich ihr Äneas? Und wenn Vergil sich geirrt hatte und die Geschichte ganz anders war, als er sie erzählte, weil er bei Octavius Augustus und der römischen Aristokratie in der Pflicht stand – die eine Hymne auf die weltgeschichtliche Bedeutung Roms forderten, eine Apologie, eine zweitausendjährige Vorwegnahme der heutigen Lesart der Geschichte – und eine Dido und einen Äneas erfand, die ganz anders waren, als sie wirklich waren, falls sie wirklich waren? Man könnte sich ja auch vorstellen, daß die Götter seinen Geist verwirrten oder daß er ein Schwindler war und die Geschichte ganz anders verlief, als er sie erzählte. Vielleicht war Dido vor Liebeskummer weder verrückt noch verbittert, sondern eine selbstlose, mitfühlende Frau – mitfühlend, sie – die die Liebe so hochschätzte, daß sie Äneas aus Karthago fortziehen ließ, weil sie schon früh seine Schwächen erkannte, weil sie begriff, was der Patriotismus forderte, und weil sie – eine liebende Frau letzthin – wußte, daß es nutzlos war, den Verbleib des Geliebten zu erpressen. Sie empfand die Liebe, wie Frauen sie empfinden: rückhaltlos verbindlich, als unaufhörlich gelebte Tragödie, als notwendige Wahrheit, ohne jede Arglist. Äneas aber kappte nächstens die Taue und lichtete die Anker seiner Flotte, auf der feigen Flucht vor der Furcht, die diese bewundernswerte, bedingungslos liebende Frau ihm einflößte, und nicht, um dem Ruf zur Gründung Roms zu folgen, wie Vergil es wollte. Ermattet und kopflos floh Äneas ohne zärtlich Abschied genommen zu haben vor der simplen Verbindlichkeit der Liebe und stach mit seiner Flotte Richtung Latium in See, zutiefst davon überzeugt, daß ihm seine Mission von den

Göttern und von seinem Vater Anchises aufgetragen war. Er war ein so elender Kerl – und so dumm, so einfältig –, daß er nicht einmal merkte, welche Wunde er Dido damit zufügte. Eine Wunde, die sie nicht dazu brachte, sich ins Schwert zu stürzen – das ist die literarische und daher prätentiöse Version, mit der Vergil den Fall abschloß und seinen Äneas von jeglicher Schuld freisprach –, sondern weinend in Karthago auszuharren und selbst vor Anna ihren Schmerz zu verbergen, der sie schier zerriß. Vergil hat nie davon erfahren oder wollte es nicht wissen, weil er viel zu sehr damit beschäftigt war, ausschließlich den patriotischen Gesichtspunkt seines auserwählten, geliebten Äneas hervorzukehren und ihm ein Mitgefühl zuzuschreiben, das dieser gar nicht besaß, wie schon Cervantes vor fünfhundert Jahren argwöhnte.

In der Liebe kann alles neu erfunden werden, und in ihr erreicht die Geometrie vielleicht ihren absoluten Höhepunkt als Gottesmetapher. Denn die Liebe vereint in sich alle Schöpfungsmodelle. Wird aus dem Wunder der zwei jedoch einer herausgerissen, so bleibt nur das Nichts – denn mit nur einer Linie gibt es keine Geometrie.

Carmens Gesicht erschien mir wie im Nebel und war daher undeutlich, verwischt, unfaßbar. Ich war mehr deprimiert als wütend, hatte mehr Angst als Entscheidungskraft und ahnte, daß ein langer, beschwerlicher Tag vor mir lag. Ich war müde und fühlte mich wie gerädert; mir schmerzten die Schulterblätter, der Nacken und der Rücken. Und ich war allein. Carmen war tot, und ich hegte den Verdacht – beziehungsweise war mir sicher –, daß Gott im Reich der Toten nur eine gewaltige Stille sein mußte.

III

Zu allem Überfluß wurde ich im Laufe des Vormittags von einem dunklen Gefühl der Schuld heimgesucht. Das war, als mir einfiel, der Hundesohn von Carrión könne auf die Idee kommen, mich aus reiner Schikane zu verhören, nur weil ich ihn geärgert hatte und in demselben Hotel wohnte, in dem Carmen ermordet worden war. Er wäre imstande, hier in mein Zimmer zu kommen und mir kluge Fragen zu stellen, wie »Wo waren Sie in der vergangenen Nacht von Mitternacht bis vier Uhr morgens? Haben Sie Zeugen?« Natürlich würde er kein Wort von dem glauben, was ich ihm sagte, und ich käme in größte Schwierigkeiten.

Ich begriff, daß ich in Wirklichkeit von sehr viel mehr als nur einem Schuldgefühl verfolgt wurde: Von meiner unerschöpflichen, unendlichen Fähigkeit, Schuld zu empfinden. Ich bin nämlich jemand, der jede frei herumlaufende Schuld sofort aufgreift und sich zu eigen macht. Giustozzi mit dem Schuldkomplex; nehme Ihre Schuldgefühle gegen bar oder auf Raten, auch Reiseschecks angenehm; akzeptiere Schuldgefühle jeder Größenordnung, Antiquitätenlager vorhanden.

Carmen hatte sich immer deswegen über mich lustig gemacht. Mein Schuldkomplex faszinierte und amüsierte sie. Wie einmal, als wir abends im Bett fernsahen. »Unternehmen Kalauer« oder so, eines dieser Kulturprogramme des argentinischen Fernsehens. Ich spürte ein Jucken auf der Brust und kratzte mich zerstreut. Kurz darauf spürte ich ein Jucken am Hals und kratzte mich wieder. Während einer Werbesendung sah ich auf meine Fingernägel, die im Gestrüpp der Brusthaare herumkratzten und ein kleines schwarzes Pünktchen abgerissen hatten, das wie ein winziges Stückchen Wundkruste aussah, sich jedoch fast unmerklich bewegte. Ich sprang auf und zerquetschte das verdammte Insekt in der anderen Handfläche, kniff es mitten durch. Das infame Biest machte sogar noch »krik«, was mir einen Schauer über den Rücken jagte.

»Eine verdammte Laus!« schrie ich, als gelte es, Carmen zu alarmieren, weil die Küche brannte.

Sie sprang entsetzt aus dem Bett und sah mich an, als wäre ich Frankenstein. Aber es war bereits zu spät: Nach eineinhalb Stunden war eine Masseninvasion ausgebrochen. Carmen hatte Läuse im Nacken und in den Schamhaaren, und ich spürte die Tiere von Kopf bis Fuß, vollkommen behaart wie ich bin, über meinen ganzen Körper krabbeln, als hätten alle Larven des Hauses beschlossen, gleichzeitig zu schlüpfen. Eine halbe Stunde vor Mitternacht hatten wir die letzte Hoffnung aufgegeben, da wir an unseren Körpern immer noch weitere Entdeckungen des Schreckens machten, ich aber keine Erklärung dafür fand, woher die Biester kommen konnten. Carmen schickte mich zu einer Apotheke, um irgendwas zu besorgen. Frierend und mich wie ein Straßenköter kratzend, ging ich los. Ein verschlafener Typ sagte mir, zur Zeit gebe es eine Epidemie, und wir sollten in Detebenzyl baden und unsere Kleider mit Essigwasser waschen. Gegen Morgen hatte Carmen die Situation im Griff, alle Schimpfworte verbraucht, die sie in ihrem Leben gelernt hatte und alle Decken, Matratzen, Bettlaken und Kleidungsstücke durchforstet, derweil ich siebenundvierzig tote Läuse zählte, die ich auf einem Blatt Papier gesammelt hatte. Carmen hatte bereits verkündet, daß die Schuld bei mir läge, daß ich ein Widerling sei, und wo zum Teufel ich mich herumtriebe, um dieses ekelhafte Ungeziefer ins Haus zu bringen. Ich hätte nicht schwören können, daß ich unschuldig war. Ich saß völlig erschlagen auf einem Stuhl im Wohnzimmer, von oben bis unten feucht und eingefettet, zutiefst bedrückt, weil ich mir nicht erklären konnte, wo um alles in der Welt ich mir die Läuse eingefangen haben mochte. Dann wurde Carmen mit dem Waschen fertig und wischte das Bad, wo wir uns ein paarmal geduscht und abgerieben hatten. Sie trug ihre zweite Haarkur auf, warf die essiggetränkte Wäsche in die Badewanne und breitete saubere Decken mit sauberen Bezügen auf dem Boden aus. Sie legte sich darauf nieder und machte sogar Platz für mich. Ich kroch zu ihr, bemüht, sie nicht zu berühren, und wir rochen beide diesen merkwürdigen Duft, der uns umgab. Und plötzlich begann sie zu lachen, schloß mich in ihre Arme und sagte: »Ach, Giustozzi, ich liebe dich. Du bist zwar ein dämlicher Hurenbock, aber mit dir wird mir nie langweilig, und ich finde es ganz reizend, daß du immer alle Schuld auf dich nimmst.« Da mußte auch ich lachen, drückte sie fest an mich, und wir schliefen beide ein, wie die Engelchen.

Gegen zehn rief Hilda an und riß mich mit tonlos schluchzender Altstimme aus meinen Betrachtungen. Ihr sei speiübel, sagte sie, sie habe eben in der Uni davon erfahren, mitten in einer Vorlesung. »Ich bin ganz fertig, Mann, die arme Kleine.« Neuigkeiten haben in solchen Kleinstädten Flügel. Sie war nach

Hause gegangen und hatte vor Carmens Tür einen Streifenwagen der Polizei gesehen. Sie sagte, zwei Kerle in Zivil und einer in Uniform seien ins Haus gegangen und nach einer guten halben Stunde wieder herausgekommen. Zwei seien dann in den Streifenwagen gestiegen, während der dritte, der in Uniform, an ihre Tür geklopft hätte. Er hatte gefragt, ob sie die Nachbarin kenne, und sie habe ja gesagt. Ob sie sich an irgendwelche Vorkommnisse erinnere, die für die Ermittlungen wichtig sein könnten – die Nachbarin sei nämlich tot –, und sie möge später bitte aufs Revier kommen. Sie war wie vor den Kopf geschlagen. Sie würde kommen, ja, selbstverständlich, falls ihr etwas einfiele, und sie fragte, woran Carmen gestorben sei, und der Uniformierte sagte »Selbstmord, heute früh«. Dann sei er gegangen, und sie habe es immer noch nicht glauben können und habe mich jetzt angerufen. Das alles sagte sie ohne Tränen, voller Zorn, verwirrt und verängstigt. »Ich halte das nicht mehr aus, Mann, das geht über meine Kräfte.«

»Schon gut, Hilda«, sagte ich zu ihr. »Was soll ich dir sagen? Daß du dich beruhigen sollst? Ich komme gleich zu dir.«

»Ich weiß nicht, ob ich zu Hause bleibe.«

»Wohin willst du denn gehen?«

»Was geht dich das an? Zum Teufel werde ich gehen.«

»Da sind wir dann zwei.«

»Drei.«

»Gut. Aber irgendwann muß ich dich sprechen.«

»Ich brauche keinen Trost.«

»Sei nicht idiotisch, Hilda. Wenn hier einer Trost braucht, dann höchstens ich.«

»Spiele nicht den Wehleidigen. Du bist hart im Nehmen.«

»Ja, aber nicht im Einstecken. Ich bin bald bei dir.«

Sie legte auf, ohne mir zu sagen, ob sie zu Hause sein werde. Ich nahm es aber an.

Während ich duschte, faßte ich kurz zusammen, was ich alles wußte und geißelte mich noch ein wenig: Hatte ich wirklich alles getan, um den Mord an Carmen zu verhindern? Hatte ich alle Wege ausprobiert, um ihr näherzukommen und sie beschützen zu können? Warum hatte ich das Ausmaß der Gefahr, in der sie schwebte, nicht erkannt, obwohl sie mir von ihrer Angst berichtet hatte? Warum hatte ich nicht darum gekämpft, ihre verschlüsselten Botschaften zu verstehen, die doch darauf hingewiesen hatten, daß sie im Grunde sehr wohl meine Hilfe wollte, ja, sogar dringend benötigte? Warum war ich, José Giustozzi, der große Aktivist, wieder einmal, wie so oft in meinem Leben, im entscheidenden Augenblick in Untätigkeit verfallen und hatte das, was ich liebte, unwiederbringlich verloren? Wie hatte ich nur so dumm sein können, vor Carmen so verständnisvoll zu tun, anstatt sie zu drängen, mir ihre tatsächliche Lage zu schildern? Warum war ich nicht darauf gekommen, daß sie sich mit mir beim Boxkampf verabredet hatte, weil sie mich an einem bevölkerten Ort treffen wollte, weil sie Angst hatte und beobachtet, beschattet wurde? Warum hatte ich nicht erkannt, daß sie ihre Pläne hatte ändern müssen, als die beiden im Volkswagen sie abgeholt hatten und sie nicht zum Boxkampf in die Stadthalle kommen konnte und später entweder entwischt war oder einen Vorwand gefunden hatte, um im Hotel auf mich zu warten, wo sie dann ermordet wurde? Und wer war das, der sie so beobachtete – und mir den Kosaken hinterherschickte –, und warum? Was hatte sie, was wußte sie, daß ihnen so gefährlich werden konnte und sie in eine solche Panik versetzte? Und welche absurden Ängste waren denn in mir am Werk gewesen – nur in mir, nicht in ihr –, daß ich nicht mehr mit ihr über alles gesprochen hatte, über ihre Beziehung zu Marcelo, zu dem kleinen Dicken mit dem Mustang und zu den Drogengeschäften, wenn ich doch schon davon überzeugt war, daß alles miteinander in Verbindung stand? Und über diese Idiotie, einen Detektiv zu engagieren, der dann verschwand und mir jetzt so verdächtig vorkam, wie jeder andere, oder noch mehr, warum hatte ich da nicht nachgehakt? Was war mit mir los, daß ich seit zwei Tagen wie ein Fremder in Zacatecas herumlief, vollkommen hilflos, dämlich und blöd, außerdem noch mit einem Zahn weniger und schmerzenden Knochen, und mich jetzt fühlte wie ein Witwer?

Ich zog mich rasch an und überlegte mir meine nächsten Schritte. Daß man mir gedroht hatte, kümmerte mich herzlich wenig. Seltsamerweise fühlte ich mich kalt, erregt, aber wachsam – Auswirkungen der Angst und Betroffenheit. Wie in den alten Zeiten des Widerstands.

IV

Im Aufzug wurde von nichts anderem gesprochen. Unten in der Halle ebensowenig. Auch an der Bar nicht. Es war halb elf, als man mir das Frühstück servierte – Obst und Kaffee – und elf, als ich das Hotel verließ. Beim Kiosk an der Straßenecke kaufte ich die Tageszeitungen. Über den Fall war kein Wort zu lesen, da alles erst nach Redaktionsschluß passiert war. Doch der Zeitungsverkäufer erzählte jedem, der es hören wollte, daß sich »hinter dem Selbstmord der Che auf jeden Fall ein politisches Eifersuchtsdrama verbarg«, und ließ sich phantasievoll darüber aus, wie der Leichnam von den Hotelbediensteten im Schwimmbecken gefunden worden war.

»Wer war die Frau?« fragte ich ihn.

»So eine Blonde, Chef, tolles Weib«, entgegnete er und kratzte sich dabei am Hintern, als hätte er da seine Läuse. »Gehörte anscheinend zur Guerilla. Sie wissen ja, da unten in Südamerika stecken sie ganz schön in der Scheiße, von wegen Terrorismus und so ...«

»Und was hat das mit dem Selbstmord zu tun?«

»Tja ... die Schuldgefühle, nicht? Wer weiß, was die Kleine auf dem Kerbholz hatte. Sie war Argentinierin.«

»Ja, das bin ich auch.«

Der Kerl zuckte die Achseln als wolle er sagen, »ach, leck mich«, und bediente eine Frau, die *Vanidades* verlangte, und einen Mann, der nach *Siempre* fragte. Ich setzte mich wieder in Bewegung, ohne genau zu wissen, was ich tun wollte und fragte mich mit halblauter Stimme – wie diese Leute, die Selbstgespräche führen und die man in den U-Bahnhöfen und Straßen herumlaufen sieht, wie sie sich Fragen stellen und selbst beantworten, diese sublimen Narren, von denen die Städte voll sind –, was mit uns Argentiniern meiner Generation eigentlich los war. Was war mit uns los, daß man uns das Märchen von einem Vaterland des Überflusses eingetrichtert hatte, das großzügig wie eine unsterbliche Mutter sei und unerschöpflich wie der Paraná? Warum hatte man uns in dem Vertrauen und dem Hochmut aufwachsen lassen, ein erwähltes Volk zu sein, eine weise Mischung der Rassen, eine Kornkammer der Welt, das Vaterland des Weizens und der Rinder – ein Vaterland, das sich eine mythische Bestimmung zur Größe suggerierte, sich in eine Machtstellung kontinentalen und universalen Ausmaßes hineinträumte? Woher kam dieser imperiale Traum, zu glauben, unser Modell, unser Stil sei mindestens auf den Rest Lateinamerikas ausdehnbar?

Wir armen Schweine, Carmen und ich, unsere ganze Generation, die wir im Haß der Gegensätze geboren wurden, im Wettstreit der Leidenschaften, die unsere Geschichte geprägt haben und Jahre später die Tragödien unseres Landes wieder aufflackern ließen: Zentralismus oder Föderalismus; Buenos Aires gegen den Rest des Landes und der Rest des Landes gegen Buenos Aires; »Bund oder Tod« (wie es unter Rosas hieß); Sarmiento oder Barbarei; Zivilisation oder Facundo Quiroga; Oligarchie oder Indianerland; Demokratie oder Militärdiktatur; Peronisten oder antiperonistische Schlägerbanden; dreckige Faschisten oder roter Pöbel... »Wir armen Schweine«, sagte ich zu mir, als ich durch Zacatecas ging. Uns hat man beigebracht, einen Krieg wie den der Dreier-Allianz zu verehren, der das Bruderland Paraguay vernichtete, und die unbesiegte Armee unseres Landes zu verherrlichen, die auch die Indios im Norden und in Patagonien ausgerottet hatte und hundert Jahre später straflos folterte und sich in das Falkland-Abenteuer stürzte, bei dem die Würde vollends auf der Strecke blieb, und auch die Unbesiegbarkeit. Warum war uns das passiert? Welche Schuld hatten wir, daß unsere Generation zur Gewalt und zur Mißachtung der Demokratie verurteilt wurde, zu Maßlosigkeit und Autoritarismus, und zu dem krankhaften Bedürfnis, den Gegner zu zertreten, weil niemand uns gelehrt hatte, Konflikte auf zivilisierte Weise auszutragen? Welche Schuld trugen wir, daß wir Demokratie nur deshalb abwerteten, weil man uns zu Vorurteil, Blindheit und Fanatismus erzogen und weil niemand sie uns gelehrt hatte und weil sie in der Geschichte Argentiniens immer nur das große Lügenwort war? Welche andere Wahl hatten wir, als Peronisten zu werden? Denn Peronist sein, hieß Protestler sein, Rebell sein und sogar Revolutionär, und das war logisch, denn wo der Peronismus war, da war das Volk und die Aussicht darauf, die konservative Ordnung zu zerschlagen.

Wir waren die Kinder der Mitbestimmung inmitten der offenen oder versteckten Gewalt von Diktaturen, Staatsstreichen, Korruption und Opportunismus, inmitten der Vernichtung aller ethischen Prinzipien (im Namen allerhöchster moralischer Werte, selbstverständlich). Geboren haben uns der Militarismus und der Größenwahn derer, die immer schon das Sagen hatten, wie jener Präsidentengeneral, der in einer von einem halben Dutzend Pferden gezogenen Karosse des 18. Jahrhunderts im landwirtschaftlichen Klub vorfuhr und Beifall und Bewunderung der Estanzieros und Landbesitzer erntete, und all der Dummen, die auf die Frivolitäten der Mittelklasse abgerichtet sind, wie das neue Auto und die goldene Rolex, auf den Schein und den Modekult, auf die Verantwortungslosigkeit der Einfaltspinsel, auf die Torheit und die schlichte Dämlichkeit. Man hat uns zur Verherrlichung dieser Dämlichkeit erzogen, an der man heute das sogenannte »Nationale Wesen« erkennt, diesen sichtbaren, lärmenden Teil des bigotten, dünkelhaften Mittelstands, der seine Farbfernseher in Miami kauft und unkritisch den schlimmsten reaktionären Mythen anhängt, abgesegnet von einer der rückständigsten Kirchenhierarchien dieses Jahrhunderts. Während ich durch enge Gassen und Torwege irrte, fand ich auf all diese Gedanken nur eine weitere Frage: Warum verurteilte uns die Geschichte, Carmen, warum verurteilte uns das Leben, *jetzt*?

Benommen lief ich über Straßen, hörte nicht auf das Hupen der Autos und suchte Carmen in den Gesichtern der Frauen, die mir entgegenkamen. Dann ging ich in eine Drogerie, um Zigaretten zu kaufen, denn so funktionieren die Dinge in Mexiko: Wenn Sie ein Aspirin brauchen, gehen Sie an die Kasse eines Restaurants, und wenn Sie Bücher kaufen wollen, dann gehen Sie in einen Supermarkt. Wollen Sie jemanden beleidigen, sagen Sie ihm, er sei ein verdammter Argentinier, wenn Sie aber einen selbstlosen Freund brauchen, der sich Zeit für Sie nimmt, dann wenden Sie sich getrost an einen Mexikaner.

Meine Beine wurden schwer; eine alte Müdigkeit bemächtigte sich meines Kreislaufs. Es war, als hätte ich in meinem deprimierten Zustand Marihuana geraucht. Und wenn du deprimiert bist, läßt du besser die Finger vom Gras. Sonst ist der Zug für dich abgefahren, wie die Mexikaner sagen, was soviel heißt, daß du dir einen Horror holst. Es war dasselbe Gefühl, nur daß ich vollkommen klar war, gut gefrühstückt hatte und mir das gräuliche Licht des Morgens in die Augen stach, als ich mich in ein Café setzte, in dem es nach Maistortillas roch. Mein Blick trübte sich, und ich hob just in dem Augenblick ab, als Elvis und John Lennon im Duett ein lustiges Lied anstimmten, über das alle lachen mußten, besonders Nixon und Firmenich, die in Wirklichkeit aber nicht lachten, sondern eine Partie Ping-Pong kommentierten, die, in China natürlich, Fidel Castro mit irgendeinem Chin Chu Lin spielte, während Maradona mit einem Ball herumdribbelte, der der Kopf von Bernardo Neustadt war, und ich mir den Kopf über die Tragödie meiner Generation zerbrach und mir die Tränen in die Augen stiegen, weil mir klar wurde, daß wir für eine Apologie der Täuschung mit tödlichem Ausgang mißbraucht wurden, bis wir eines Tages nicht mehr könnten, bis es uns zerreißen, aus der Bahn werfen würde und uns nur noch der Selbstmord bliebe.

Ich flog über die Stadt, und ein Engel sagte zu mir, all die Jahre des Exils seien nur eine tägliche, schmerzhafte Übung zur Selbstkritik gewesen, und wie gut, Giustozzi, applaudierten alle, und der Engel war Carmen, die mir schwor, unschuldig zu sein an der Verwirrung, in die sie durch eine Familie gestürzt worden war, die sie alleingelassen hatte, und durch ein Land, das sie ebenfalls alleingelassen hatte, weil es sie nur vor die Wahl stellte, zu töten oder getötet zu werden oder ins Exil zu gehen. Und ich schrie daraufhin, die Tausende von Toten, die diese moderne Tragödie namens Argentinien gefordert hatte, seien nicht schuld an dem, was geschehen war. Zumindest trägt meine Generation nicht die *ganze* Schuld. Auf uns entfällt nicht der gleiche Anteil wie auf die Mörder. Da lachten Nixon, Carter, Mao, Breschnew, Schah Pahlevi und Idi Amin mich aus und nahmen sich in ihren Kostümen aus dem 17. Jahrhundert mit Kniehosen, Westen und gelockten Perücken an die Hand und tanzten im Kreis und hörten gar nicht zu, als ich ihnen sagte, Carmen und mich, uns habe man im Wetteifern eines Europa und eines Nordamerika geboren, deren höchste Kultur nicht der Louvre, das Unterhaus, die Freiheitsstatue oder die Münchner Pinakothek waren, sondern niederträchtigster Kolonialismus und gemeinste Ausbeutung. Oder Hitler, der auch dabei war; der immer dabei ist. Und sie brachen in schallendes Gelächter aus und hüpften herum, wie viele Tweedledees und Tweedledums, während ich sagte, Europa und Nordamerika hätten uns zwar bevorzugt, aber doch stets argwöhnisch und mit einem gewissen Paternalismus auf uns herabgesehen, hätten uns dem Rest des Kontinents vorgezogen, weil wir fast alle Weiße waren und den Eiffelturm bewunderten und das Sterlingpfund und den Dollar und weil bei uns die Indios und Neger ausgerottet worden waren, so daß wir für das restliche Lateinamerika beleidigend europäisch wirken mußten, während wir zur gleichen Zeit für Europa immer noch verdächtig lateinamerikanisch waren.

Sie drehten sich jetzt in entgegengesetzter Richtung im Kreis und sangen: »Wenn es so war, konnte es so sein, und wenn es so sein sollte, dann wäre es; doch da es nicht ist, ist es nicht. Das ist nur logisch«, und ich fragte sie verzweifelt, ob wir etwa nicht einen Regierungschef gehabt hätten, der selbst am Ende dieses Jahrhunderts noch voller Stolz verkündet hatte, wir seien ein Land weißer Christenmenschen, die nichts mit Schwarzen oder Gelben, mit Muselmanen oder Buddhisten und noch weniger mit Kommunisten im Sinn hätten, um kurz darauf die Hosen herunterzulassen und Fidel Castro in die Arme zu schließen, derweil auf den Falklands die Kastanien im Feuer lagen. Oder wollen wir vergessen, fragte ich sie, daß wir Argentinier uns mit der Selbstkritik schwertun und das schwache Gedächtnis verstörter Menschen haben? All diese Farcen beantworteten sie mit groteskem Beifall, genau wie sie auch jene immer beifällig beklatscht hatten, die auf ihren Reisen nach Europa Kühe mit über das Meer nahmen, damit die Kinder in Paris ihre Milch mit dem echten Pampaaroma bekamen (was Salvador Dalí für genial und äußerst gesund hielt, weshalb er auch einen Schnellkurs im Kühemelken für Politiker empfahl); dieselben, die jahrzehntelang Gewalt hervorbrachten, deren Gewalt andere verfolgte und die andere zur Gewalt verführten.

Als ich meinen Kaffee bezahlte, fragte mich der Kellner: »Ist Ihnen nicht gut, Señor?«, und ich log ihn an und sagte, doch, ich sei nur ein wenig traurig und fühle mich ein wenig schuldig und habe eine Mordswut, weil eine Frau ermordet worden sei, die ich geliebt hatte, weiter nichts. Der Mann rief »ach du Scheiße« und stand da wie vom Blitz getroffen, mit ungläubig aufgerissenen Augen. Er schwor, das wäre das letzte, was er an diesem Morgen zu hören erwartet hätte und brachte mir eilfertig einen Tequila, den er mir mit den Worten »auf Kosten des Hauses, mein Beileid, Señor« hinstellte und sich dann respektvoll zurückzog, mit dieser Förmlichkeit und stillen Anteilnahme, die den Mexikanern eigen ist.

Ich trank den Tequila in zwei kleinen Schlucken, ließ zweihundert Pesos Trinkgeld auf dem Tisch, nickte dem Kellner einen Gruß zu, trat auf die Straße und wußte jetzt, was ich zu tun hatte.

Es regnete nicht mehr, und man konnte den Cerro de la Bufa sehen, aber alles war weiterhin grau.

V

Ich wußte, daß Carrión mich nicht empfangen würde, und so war es dann auch. Ich hatte keine spezielle Frage an ihn, und er hätte mir nichts erzählt, wenn er mich vorgelassen hätte. Es war wie ein kindisches Spiel: Er war zwar da, weigerte sich aber, mich zu sehen, und ich war nur gekommen, um ihn wissen zu lassen, daß ich seinem Rat nicht gefolgt, sondern in Zacatecas geblieben war und mich jetzt offen in den Fall einmischte, der mir soviel bedeutete, obwohl er mich schon einen Zahn gekostet hatte. Es war wohl auch besser, daß wir uns nicht gesehen hatten, dachte ich, als ich das Kommissariat verließ. »Kommt aus euren Löchern, ihr Ratten«, sagte ich zu mir und fühlte mich wie John Wayne kurz vor dem Showdown. Der Vergleich hinkte natürlich, denn ich verabscheue John Wayne, besonders, seit Reagan dem Cowboy ein Denkmal errichten ließ.

In der drückenden Mittagshitze bewegte ich mich in Richtung Stadtmitte, und beim Leuchterbrunnen an der Einmündung der Straßen Tacuba und Allende ging ich zu einem Blumenstand und kaufte zwei Dutzend rote Rosen. Danach betrat ich das Einkaufszentrum, das sich zu dem labyrinthischen Markt hinter der Stadthalle hin öffnete und lief durch zwei Meter breite Gäßchen voller Verkaufsstände mit Gemüse und bestickten Blusen, Saatgut und Plastiksandalen, Gewürzen und Seemuscheln, Schwarzmarkt und billigem Silberzeug und kaufte im Callejón de la Bordadora ein frisches Brot und in einem Gemischtwarenladen eine Flasche chilenischen Wein: einen *Cousiño Macul*, Jahrgang 1973 mit schwarzem Etikett, den mir irgendwann einmal jemand empfohlen hatte und der mir des Anlasses würdig erschien. An der Plaza de la Loza ging ich nach links in die Isidoro Gamboa, wo ich in einem kleinen Laden für Frischgeflügel ein Hähnchen erstand, das ich in Paquitas Grillstube braten ließ, und dazu ließ ich mir eine Portion Hammel- und Dörrfleisch einpacken, ging dann durch den Callejón del Tráfico und trat auf die Plaza de la Independencia hinaus.

Vielleicht weil ich unter Verfolgungswahn leide oder weil ich es der Situation für angemessen hielt, schlug ich ein paar Haken um die Portalbögen der Stadthalle. Ich lief die ganze Frontseite zweimal auf und ab und dachte dabei an unsere alte Paranoia aus der Zeit, als Carmen und ich uns als Bestandteil eines herrlichen, sich verändernden, revolutionierbaren Sozialgefüges empfanden, während wir in Wirklichkeit nichts anderes waren, als die isolierte Minderheit einer kranken, autoritären, eingebildeten und dummen Gesellschaft, die romantisch-kitschige Romanwerke wie *Amalia* oder *Juvenilia* hervorbrachte, während zur gleichen Zeit der Völkermord an den indianischen Ureinwohnern Patagoniens betrieben wurde. In der ein Nationalgedicht wie *Martín Fierro* in derselben

Zeit entstehen konnte wie die Imperien der Großgrundbesitzer, *Die Vogelscheuche* von Girondo zur selben Zeit aufgeführt wurde, als Lisandro de la Torre Selbstmord beging. Die einen Friedensnobelpreis nach Hause brachte, als dort fast zur gleichen Zeit eine Menschenmeute das Haus des Präsidenten stürmte und plünderte und damit einen faschistischen Putsch unterstützte. Die die Achtzigergeneration mit dem gleichen Zynismus verehren ließ, mit dem sie beste Beziehungen zum südafrikanischen Rassismus unterhielt. Bibel und Badeofen, wie es in dem Tango von Discépalo heißt, Heiliges und Profanes, Wahrheit und Lüge, römische Dekadenz, nachgelebt in einem zweitklassigen, in Unterentwicklung ertrinkenden Land, das mitten in einem fiebernden, problembelasteten zwanzigsten Jahrhundert Großmachtsgelüste hegte, immer nur drauf, nur keine Scheu, heißa juchhe, nein, niemand folgte mir, der große Kerl ohne Vorderzahn blieb unbeachtet.

Ich ging in Richtung Avenida Hidalgo, durchquerte das Portal de Rosales, kaufte mir Zigaretten, ging stadtaufwärts am alten Augustinerkloster vorbei – wo ich den interessierten Touristen mimte und mich versicherte, daß niemand mir folgte – und erreichte Hildas Wohnung in der Calle del Ideal.

Als ich ins Haus trat, umarmten wir uns, kurze Zeit den Tränen nahe und zitternd wie zwei kleine Vögel in der Hand eines Menschen. Sie fing sich sogleich wieder, doch ich hielt sie noch einen Moment mit den Blumen, dem Brot, dem Hahn und den Tragetüten in ihrem Rücken fest und empfand ihr gegenüber eine tiefe brüderliche Verbundenheit. Ich fragte mich aber auch, welche merkwürdige Beziehung sich da zwischen dieser mir im Grunde unbekannten Frau und mir anbahnte. Nun, sagte ich mir, bei aller Gefahr, einschließlich meiner eigenen Ängste und eines möglichen Verrats, den ich in diesem Augenblick allerdings überhaupt nicht für wahrscheinlich hielt, war Hilda Fernández praktisch alles, was ich in diesen Tagen in dieser Stadt hatte. Und sie war der einzige Mensch, dem ich trauen mochte.

Wir gingen ins Wohnzimmer, der Cockerspaniel zog wieder seine Schau ab, Hilda wollte sich meine Verletzungen ansehen und mußte unwillkürlich lächeln, als ich meinen Mund aufmachte und sie meine linke Wange untersuchte und mich fragte: »Was machen wir jetzt?«

»Essen«, antwortete ich, »und trinken auf das Andenken an Carmen Rubiolo. Schließlich waren wir beide die einzigen, die, jeder auf seine Weise und zu seiner Zeit, wirklich geglaubt haben, sie zu lieben.« Sie sah mich überrascht an, als ich die Weinflasche entkorkte und das Huhn und das Brot auspackte. Dann ging sie achselzuckend in die Küche, holte kleine Schälchen für die Hammelfleischstücke und das Dörrfleisch und brachte Butter, Mayonnaise, Teller und Besteck. Flores Magón mußten wir aussperren. Ich bat sie, mir etwas über den zacatecanischen Bergbau und seine Bedeutung für die mexikanische Silbergewinnung vor einigen hundert Jahren zu erzählen. Sie wußte eine Menge darüber. Ich fragte sie auch über die örtliche Regierungspartei aus, über die Universität und die klassizistische Architektur der Stadt und sagte ihr, mir seien an einigen Häusern aus der Zeit der Jahrhundertwende die hölzernen Erker mit den großen Fenstern im englischen Stil aufgefallen und lobte lautstark die Filigranarbeit der schmiedeeisernen Balkonbrüstungen, die mich an das vom Dichter besungene *schreckliche Lima* erinnerten. Wir fragten uns, warum die einheimischen Dichter keine Oden auf diese Balkone verfaßten. Sie verstieg sich zu der Hypothese, sie wüßten wahrscheinlich, daß sie dann mit der Zeit berühmt werden und allzu viele Touristen und Antiquitätensammler anziehen würden.

Nach dem Essen servierte sie zwei Tassen Nescafé, und ich nahm eine Blumenvase von einem Bücherregal, füllte sie im Badezimmer mit Wasser und stellte die roten Rosen hinein.

»Das ist Carmen«, verkündete ich. »Sie ist bei uns, ob wir wollen oder nicht. Der Tod muß häßlich sein, Hilda, so kalt, so leer, so still.«

Wie dumm von mir, jetzt feierlich zu werden. Ich hasse alles Feierliche, obwohl ich mich ihm manchmal nicht entziehen kann. Ich wußte, daß mein Wunsch, zu weinen, den Kloß in meinem Hals endlich loszuwerden, kindisch und sentimental war. Für Tränen schien mir die Feierlichkeit gerade richtig.

»Das ist sie«, sagte auch Hilda.

»Meine Schwester«, seufzte ich, »hat nach dem Tod meiner Eltern einmal zu mir gesagt: ›Wie einsam sind die Toten, Josecito‹. Meine Schwester hat mich immer Josecito genannt, weißt du?«

»Das ist ein Vers von Bécquer«, sagte sie und zündete zwei Zigaretten an. Sie gab mir eine und sah mir dabei in die Augen.

»Deshalb muß man um sie weinen«, fuhr ich fort, »damit sie sich nicht einsam fühlen, weißt du? Damit sie wissen, daß wir an sie denken. Unsere Worte können die Toten nicht mehr hören, aber unser Weinen offenbar wohl.«

Wir rauchten schweigend und betrachteten die herrlichen roten Rosen, auf deren Blüten sogar kleine Tropfen perlten, wie von Gott gesandter himmlischer Tau.

»Ich weiß nicht, ob es stimmt, was du sagst, Pepe. Aber es klingt sehr schön.«

»So ist das mit der Sentimentalität der Gläubigen. Deshalb haben auch Tatsachen keinen Platz in ihrer Glaubenswelt. Die Tatsachen können den Glauben Lügen strafen, aber sie glauben trotzdem. Unglück und Leid zerstören ihr Leben, ihre Familien, ihre Hoffnungen, aber sie glauben immer fester an die Güte Gottes. Eine beispiellose Ironie. Meiner Schwester ist es so ergangen.«

»Proust«, sagte Hilda.

»Aha.« Ich lächelte sie bewundernd an, und gleich darauf wandten wir beide unsere Blicke von den Rosen ab, weil Flores Magón im Schlafzimmer bellte.

»Laß ihn frei«, bat ich sie. »Flores Magón war immer ein Freigeist.«

Sie öffnete die Tür und ließ ihn in den kleinen Gardeniengarten hinaus, der bis zur Straße ging, auf die ein anderes Türchen führte, eines dieser alten Eisenpförtchen, die meistens quietschen, wenn man sie öffnet. Dieses war so eines. Flores Magón lief hinaus in die Freiheit, um dort zu pinkeln und seinen Haufen zu machen.

»Wie war dein Verhältnis zu Carmen, Hilda?« fragte ich sie, als sie sich wieder setzte, um ihren Kaffee zu trinken und wir uns neue Zigaretten anzündeten. »Bitte, erzähle mir von ihr. Wie war sie?«

»So genau weiß ich das nicht. Ich kannte sie nicht so gut ... Sie war sehr gefallsüchtig und sehr nervös. Sie konnte auch sehr unangenehm sein. Aber irgend etwas verband uns, eine gewisse Traurigkeit vielleicht. Und sie hatte sehr nette Wesenszüge: Einmal war sie in Hochstimmung und hat den ganzen Tag mit mir verbracht. Sie hat mir Blumen geschenkt und mir erzählt, was sie gern geworden wäre – Ärztin – und von den Kindern, die sie gerne haben wollte. Sie sagte, sie sollten Roberto und Pía heißen, ich weiß nicht, warum ... Sie konnte sehr lieb sein und eine gute Freundin, wenn sie wollte. Obwohl, meistens war sie doch die typische Argentinierin, so angepaßt, manchmal wieder distanziert. Wir waren befreundet, soweit eine Argentinierin eben eine Mexikanerin mit sich befreundet sein läßt ...« Sie zögerte ein wenig ob der Strenge ihrer Aussage, schaute auf die Blumenvase, schnalzte mit der Zunge und fuhr fort: »Ihr seid schwierige Menschen, Pepe. Vielleicht habt ihr eure Gründe, das kann ich nicht beurteilen, aber ihr seid hochmütig, eingebildet und abweisend. Manchmal hat man den Eindruck, ihr errichtet Mauern zwischen euch und den anderen. Untereinander schließt ihr leicht Freundschaft, aber zu allen übrigen seid ihr sehr brüsk und haltet euch von ihnen fern.«

»Ich habe dich nicht um eine antiargentinische allgemeine soziologische Abhandlung gebeten, Hilda ...«

»Schon gut, aber ... ich weiß nicht, ob Carmen meine Freundin war. Sie sperrte sich. Obwohl ich glaube, daß sie wußte, daß sie auf mich zählen konnte. Vielleicht weil ich alleinstehend bin, weil ich nicht chauvinistisch bin und weil ich Sinn für Humor habe. Und weil ich Feministin bin. Das wollte Carmen auch immer sein. Ich möchte fast sagen, sie war ein umgekehrter Misogyn. Oder männerscheu? Nun, irgendwie hatte sie es aber immer mit Männern und dachte wohl, ich sei keine Konkurrenz.«

»War sie nicht einmal warmherzig, liebevoll zu dir?«

»Vor ein paar Jahren kam sie einmal mit einem jungen Hund im Arm zu mir, er war noch keinen Monat alt. Sie zitterten beide, und die Kleine sagte, sie habe ihn geschenkt bekommen, aber Marcelo wolle ihn nicht im Haus haben. Sie sagte, es täte ihr weh, daß ich so allein sei, ich möge das bitte nicht als Unverschämtheit auffassen und sie nicht für ... wie sagte sie? Ja, für oberflächlich halten. Es fiele ihr schwer, sich mit Frauen anzufreunden, aber auf ihre Weise hätte sie mich gern. Und ich solle ihn doch bitte annehmen. Ich habe es getan. Es war Flores Magón.«

»Und von mir, hat sie auch von mir gesprochen? Hat sie manchmal an mich gedacht?«

»Die Kleine hat nie viel erzählt. Tat immer sehr geheimnisvoll. Aber sie hat dich ein paarmal erwähnt. Sie sagte, sie habe einen Freund namens Pepe in Mexiko. Einmal kam sie völlig aufgelöst zu mir und bat mich, ihr keine Fragen zu stellen und sie ein Weilchen in Ruhe weinen zu lassen. Ich ging zur Universität und ließ sie den ganzen Nachmittag in meiner Wohnung allein. Als ich zurückkam, hatte sie sich wieder gefangen und wollte gerade gehen. Sie sagte: ›Pepe und du, ihr seid die einzigen Menschen auf der Welt, denen ich vertrauen kann. Aber er ist soweit entfernt, daß ich nicht einmal weiß, wo er ist.‹ Und dann später, als Marcelo ermordet wurde ...«

Ich nickte. Eine Weile saßen wir schweigend, und ich schaute immer wieder auf die roten Rosen. Ich spürte tatsächlich Carmens Anwesenheit. Sie stieg in einem dünnen Rauchschleier, wie aus Aladins Lampe, aus der Blumenvase auf und nahm in der Luft schwebend Gestalt an, wunderschön wie an einem Morgen vor zehn Jahren, als sie barfuß im Wohnzimmer unserer Wohnung in Buenos Aires tanzte. Ausdruckstanz war ihr neuestes Hobby, und sie machte jeden Morgen Verrenkungen, da die politische Aktion, wie sie versicherte, immer Optimismus bedeute und Gesundheit und harmonische Bewegung erfordere und Eleganz keineswegs ausschließe. Ich war dabei, einige Dokumente zusammenzustellen, da wir von der Gewerkschaft gerade einen Streik organisierten, und sie kochte einen Eintopf mit Hühnerfleisch. Ihre Eintöpfe waren ebenso außergewöhnlich wie ihre panierten Schnitzel. Es war Winter, und die geschlossenen Fenster waren vollkommen beschlagen, was uns eine süße Intimität bescherte und perfekt nach außen abschirmte. Carmen lief alle paar Minuten in die Küche, um nachzusehen, wie es mit dem Eintopf stand, und zwischen jedem Küchenbesuch tanzte sie in unserem kleinen Wohnzimmer herum. Ich konnte mich zwar nicht konzentrieren, aber sie war wundervoll anzusehen in ihren hautengen Jeans, die sie an den Knöcheln umgeschlagen hatte. Irgendwann ging sie ins Schlafzimmer, kam dann zu dem Tisch, an dem ich arbeitete und ließ einen seidenen Strumpf über meinen Kopf, meine Augen, auf meine Nase gleiten. Zuerst gefiel es mir, daß sie mich verführen wollte, doch dann bat ich sie, mich nicht bei der Arbeit zu stören. Ich sagte es ihr mit sanfter Stimme, in komplizenhaftem Ton. Sie nahm den Strumpf fort, brachte ihn ins Schlafzimmer zurück und ging wortlos durchs

Wohnzimmer zur Küche, leicht wie ein Schmetterling. Kurz darauf brachte sie das Essen auf den Tisch, und wir aßen schweigend. Plötzlich sah sie mich über ein Hühnerbein hinweg an und sagte langsam: »Du bist ein Trottel, Giustozzi«, sie nannte mich immer beim Nachnamen, wenn sie ärgerlich war, »ein Esel, ein Tölpel, eine Backpflaume, ein Chacotrampel. Weißt du nicht, daß *nichts* für ewig ist?«

Ich verschluckte mich an meinem Löffel, denn sie hatte recht, aber ich sagte es ihr nicht. In dieser Nacht liebten wir uns zärtlich, und ich bat sie um Verzeihung. Sie sagte, es sei schon gut und küßte mich immer wieder und streichelte meinen ganzen Körper, und ich glaube, es war wundervoll. Aber Carmen tanzte nie wieder für mich, obwohl ich darauf wartete, daß sie es tat. Ich bat sie aber auch nicht darum. Damals wußte ich noch nicht, daß man alles, was man von seinem Partner erwartet, von ihm erbitten muß.

Und jetzt, was bedeutete für mich die Entdeckung des Chaos, das ihr Tod in mir auslöste? In Tragödien bin ich kein Neuling, und auf der Verliererseite stehe ich, seit ich das zarte Alter eines Provinzjünglings erreichte, der noch nie das Meer und die Berge gesehen hatte und den Schnee noch nicht kannte. Darin besteht mein Leben: zu verlieren, weil ich nie zu lieben gelernt habe oder weil ich mich im tiefsten Innern stets der Liebe verweigert habe, aus einer fernen Angst heraus, ich könnte das, was ich liebe, verlieren. Es ist schrecklich, bald vierzig Jahre alt zu werden und vor dieser Gewißheit zu stehen. Jedes Alter hat seine Ängste und Unsicherheiten, denn das ganze Leben ist ein einziges Aussieben, ein ständiges Klarmachen zum Gefecht. Doch mit vierzig weiß man bereits viele

Dinge, weiß jedenfalls, was man nicht mehr will und was man alles nicht mehr kann. Einem Vierzigjährigen bleiben nur noch wenige Dinge, die ihm wirklich wichtig sind und mit denen tritt er an. Entschlossener und weiser, gereifter wie man sagt, denn der Begriff von der Zeit, die man nicht mehr zu verlieren hat, ist klarer und deutlicher geworden. Das Erwachsensein hat einen hohen Preis, man hat seine Haut zu vielen Märkten getragen, und dennoch glaubt man, daß die gelebte Zeit es wert war. Mit Ausnahme vielleicht des einzigen Gebiets, auf dem Vorwürfe wohl nachhaltiger wirken: das der Liebe, auf dem in meinem Fall nicht die meisten Volltreffer zu verzeichnen sind.

Im Chaco habe ich vor vielen hundert Jahren einmal ein Mädchen geliebt, das rund und schön und süß wie ein Apfel war, und wir waren beide vielleicht noch zu unreif und zu unschuldig, um die richtige Dosierung füreinander zu finden und es länger als drei Jahre miteinander auszuhalten, in denen ich wohl nur wenig gab, weil ich sehr viel brauchte. Später liebte ich ein kluges, verständnisvolles Mädchen, von einer Reinheit, die mich immer noch rührt, wenn ich daran zurückdenke. Sie war am Anfang so geduldig mit mir wie unerbittlich zum Schluß, als sie mich verließ. Heute möchte ich ihr gerne sagen, daß ich mich geirrt habe, es bedauert habe, sie zu verlieren und sie lange nicht vergessen konnte, doch weiß ich nicht einmal, wo ich sie finden kann. Und dann kam Carmen.

Auch bei ihr habe ich versagt und zugelassen, daß sie mich verließ, und mich in die Pose des Melancholikers geflüchtet, ohne zu erkennen, wie sehr ich sie immer noch liebte und brauchte in all den darauffolgenden Jahren, die ich damit zubrachte, mich als unwiderstehlicher Don Juan zu fühlen, Giustozzi der schamlose Aufreißer, der Lustmolch, der Schrecken der Mütter, der seine Nummer als rührende Unschuld vom Lande durchzog, aber ebensogut einen aufgeblasenen Porteño abgab, einen sich herumtreibenden Flaneur auf der ständigen Jagd nach amourösen Abenteuern, ein später Cary Grant wenn nötig, Edward G. Robinson, falls Härte und Zynismus angesagt waren, der mit Bogart allerdings seine Schwierigkeiten hatte, weil der Mann aus Casablanca ja eher ein Zwerg war; Giustozzi der militante Verführer, der am heißesten in sich selbst verliebt war, ein machistisches Samenbündel, das langsam vor sich hin brütete und Blüten trieb wie in dem Frühling nach der gescheiterten Revolution, als der Peronismus in die Krise geriet und sich in eine Generation verflüchtigte, die den Weg in eine moderne Diaspora antrat, uns meine ich, die wir unsere Haut gerettet haben. Giustozzi, der lange Lulatsch, den die Impotenz berührte und auch die Todesangst nicht verschonte, der sich viermal die Woche beim Analytiker auf die Couch legte, um seinen Verlassenheitskomplex zu bewältigen, dessentwegen er selbst zum großen Verlasser wurde und einen Weiberhaß in Cinemascopeformat entwickelte und sich mit einem Panzer aus Zynismus umgab, nur, um weiterleben zu können.

Und alles, weil die Alten mich verlassen hatten, diese Fremden; überfrachtete Gespenster, die mir alle Fragen offengelassen hatten; geheimnisumwitterte Schatten, die mir kein Vorbild waren, mich verunsicherten und mit Schuldgefühlen eindeckten, die ich mit Rundumschlägen bekämpfte, die jeden trafen, der sich mir in den Weg stellte, weil ich ja ein harter

Bursche war, ein richtiger Gary Cooper, ein südamerikanischer Lino Ventura, ein Lee Marvin der Unterentwicklung.

Und jetzt, da Carmens Tod alles wieder aufgerührt und mich in diese Art stygische Lagune des Jammers und des Schmerzes gestoßen hat, merke ich, daß ich mir mit dem, was ich hier fieberhaft und voller Leidenschaft verfasse und das ich dort, vor Hildas rücksichtsvollem Schweigen, wirklich empfand, nur alles von der Seele schreibe und mir um der dringend notwendigen Erleichterung willen versichere, daß die Toten das schwerere Los tragen, den kürzeren ziehen, leiden und verlieren, weil für sie alles zu Ende ist und ihnen nur noch das Vergessen bleibt, die Einsamkeit, die große Stille.

Alles wurde wieder aufgewühlt, auch meine alten, unauslöschlichen Zweifel, wie wir sie Menschen gegenüber empfinden, die wir einmal geliebt und dann aus den Augen verloren haben und schließlich unter veränderten Bedingungen wiedertreffen. Zweifel, die immer ungeklärt bleiben. Hatte Carmen getötet? War sie militärisch ausgebildet worden? Hatte sie auf einen Menschen geschossen, auf eine Brust gezielt und abgedrückt? Trug sie die Art von Schuld, die ich selbst, jetzt, nicht genau definieren konnte? Welche Schuld hatte Carmen Rubiolo auf sich geladen? Immer wieder hatte ich mir diese Frage gestellt, seit wir uns getrennt hatten und ich von ihrer Aktivität im Widerstand erfahren hatte. Und später im Exil, unter Freunden und Genossen, hatte da nicht immer die bange Frage nach möglichen verbrecherischen Taten eines jeden von uns in unseren Augen gestanden? Und als das Schlimmste vorbei war, als Ruhe im Land herrschte und im Exil Freundschaften, Beziehungen, Liebesverhältnisse und auch irrationaler Haß wieder auflebten oder neu entstanden, hatten wir uns da nicht manchmal mit heimlichem Schrecken gefragt, ob dieser oder jene eines Mordes fähig gewesen war? Dieselben, die wir gerade liebten, die wir zu mögen begannen, die wir bewundern und schätzen lernten, dieselben, die uns neue Zuwendung gaben, derer wir dringend bedurften und die unseren Optimismus und unsere Hilfe empfingen, waren sie zu irgendeiner Zeit, unter entsetzlichen, unaussprechlichen Umständen in den Rang kleiner Götter erhoben worden, die über Leben oder Tod ihres Nächsten entscheiden konnten? Hatten sie denselben grausamen Rang bekleidet wie die Unterdrücker, oder konnte man es bei der Gewißheit belassen, daß sie – einige von ihnen – zwar vielleicht getötet hatten, doch nur, um nicht selbst getötet zu werden? Trotzdem: Wer sollte sie erlösen? Wo war Gott? Oder hatten wir uns schlicht und einfach mit der Vorstellung zu begnügen, daß unsere Leute trotz ihrer Irrtümer, trotz ihrer Vernichtung von Menschenleben die Besseren gewesen waren, weil sie nicht gefoltert hatten und nicht unnötig grausam gewesen waren, sondern nur einer Generation angehörten, die zutiefst leidenschaftlich und von Höherem beseelt war, so wie Mozart, der damit sein Leben zerstörte, wie Quiroga – der allerdings auf die tragische Art und in Masse – oder wie Arlt, die alle trotz bester Absichten irrten, diese Bastardmaterie schlechtester Literatur?

Das waren gewiß keine Routinefragen. Und obwohl wir, begründeterweise, nie gewagt hätten, sie auszusprechen, sie uns niemals gestellt hätten, waren sie Bestandteil meines inneren Aufruhrs. Vielleicht weil uns auch die, die wir lieben, rätselhaft bleiben müssen; vielleicht weil eine Vertrautheit nie so weit gehen darf, daß die Seele entblößt wird.

Carmen war tot, das war alles. Wenn eine Liebe stirbt, bleiben nur die Erinnerungen: Während der letzten Monate unseres Zusammenlebens hatte ich ein Verhältnis mit einer verheirateten Bekannten aus dem Widerstand und fing an, Carmen zu belügen. Ich kam spät nach Hause, hielt Verabredungen nicht ein, verwickelte mich in Widersprüche. Mir war nie wirklich klar, warum ich das eigentlich tat, denn die Frau war zwar gut, aber nicht besser als Carmen. In keiner Hinsicht. Auch forderte der Widerstand in jener Zeit immer höheren Tribut. Die Vorsichtsmaßnahmen, die wir ergreifen mußten, machten uns immer angespannter und nervöser. Die Repression nahm erschreckende Formen an: Bombenanschläge, die ersten verschwundenen Genossen, Gewerkschafter, Verwandte, der entfesselte Wahnsinn in Uniform und Zivil. Stundenlang saß ich da und versuchte zu verstehen. Ich sprach kaum noch, hatte Angst, hatte Schuldgefühle und setzte mich selbst wegen meines politischen Engagements unter Druck. Das Leben widerstrebte mir zusehends, und nicht einmal mehr zu Hause fühlte ich mich glücklich. Carmen redete davon, daß vielleicht wirklich mit den Worten Schluß gemacht und zur Aktion übergegangen werden müsse. Ich konnte ihr nicht sagen, daß sie sich irrte; ich wußte es nicht. Ich fing an zu trinken, hockte vor dem Fernseher, fühlte mich asexuell und jammerte den ganzen Tag herum, wie teuer dieses und jenes geworden war und wie zum Teufel wir noch die Miete zahlen sollten. 1975 fuhr ich vier- oder fünfmal in den Chaco, allein, ich bat Carmen jedesmal, mich nicht zu begleiten. Anfangs war sie verletzt, denn einer ihrer Wünsche war auch, ein Kind zu haben, aber ich schob die Frage immer wieder hinaus. In einem solchen Land sei das nicht der richtige Zeitpunkt, sagte ich und fand noch eine Reihe weiterer Vorwände. Dann kam der Putsch von März sechsundsiebzig, und eines Morgens hielt Carmen es nicht mehr aus und sagte: »Ich halte es nicht mehr aus. Mir steht's bis hier. Du bist der mieseste Egoist, den ich kenne« et cetera, et cetera. Acht Jahre später wollte ich sie mit diesen roten Rosen für soviel Dummheit um Verzeihung bitten. Giustozzi der Trottel, der Pfeifenstiel, der Chacotölpel weinte, und seine Reue kam – wie jede Reue – zu spät.

VI

Hilda reichte mir ein Kleenex und sagte: »Sie wird eingeäschert. Es wird nicht einmal eine Autopsie vorgenommen, weil es keine Angehörigen gibt, die sie beantragen und das Amt für Öffentliche Ordnung sich mit den Angaben der Polizei zufrieden gibt.«

Ich hob die Augenbrauen.

»Woher weißt du das?«

»Ich habe mich erkundigt.«

»Hast du sonst noch etwas herausgefunden?«

»Nein, nichts. Sie kommt ins städtische Krematorium, und damit ist der Fall erledigt. Und kein Hahn kräht mehr danach, wie es unter Franco hieß. Wirst du jetzt abreisen?«

»Jedesmal, wenn wir uns sehen, fragst du mich das gleiche. Nein, ich werde nicht abreisen.«

»Ich wußte es.«

»Ich nicht.«

»Es ist nicht ungefährlich.«

»Hast du zufällig eine Waffe im Haus?«

»Eine Waffe? Nein, warum?«

»Für alle Fälle. Ich werde dich nicht fragen wie, aber es wäre nicht schlecht, wenn du versuchen könntest, im Laufe des Tages eine aufzutreiben.«

Hilda zog es vor, darauf keine Antwort zu geben. Ich konnte nicht umhin, sie zu fragen, warum sie es tun würde, warum sie sich auf solch eine Sache einließ, die sehr gefährlich werden konnte. Ich fragte sie, ob sie wisse, zu was sie sich hergab.

»Ich helfe dir und werde dir weiterhin helfen, weil es mir, wäre ich Carmen gewesen, gefallen hätte, wenn jemand für mich getan hätte, was du tust. So sind wir Frauen nun mal.«

Ich starrte sie nur wortlos an. Sie ging und öffnete Flores Magón die Tür, der hereinspaziert kam und in der Küche auf einem Gummiknochen herumbiß.

»Wohin geht dieser kleine Vorgarten, Hilda? Grenzt er an Carmens Wohnung?«

»Ja«, sagte sie und machte große Augen hinter ihrer Brille.

»Komm, hilf mir mal.« Ich hatte plötzlich einen Entschluß gefaßt und ging mit einem Stuhl in der Hand nach draußen. Hilda folgte mir schweigend.

Die Mauer war sehr hoch, an die drei Meter. Ich sah hinauf und fragte mich, warum ich das tat. Warum machte ich weiter? Carmen war tot, und ich wußte doch, wenn jemand stirbt, den man liebt, ist die Welt leer und nichts hat mehr Bedeutung. Mir war nicht einmal klar, was ich in Erfahrung bringen oder finden wollte, doch schien es mir wichtig, zu verstehen, warum Carmen gestorben war, und dazu mußte ich erst einmal wissen, warum Marcelo gestorben war. Das war zwar keine befriedigende Antwort, aber es war die einzige, die ich mir in diesem Moment geben konnte und von der ich glaubte, daß sie mir helfen würde, in Zacatecas auszuharren und nicht abzureisen, ohne die Wahrheit herausgefunden zu haben.

Wie gesagt, ich wußte zwar nicht, warum ich weitermachte, aber vielleicht tat ich es schlicht und einfach deshalb, weil es Dinge gibt, die man zu Ende bringen muß. Es gibt Situationen, da tut ein Mensch Dinge einzig und allein deswegen, weil er sie tun muß. In solchen Situationen weiß man nicht, was gut oder böse, was das Bessere oder das Schlechtere ist. Man hat nur das Gefühl, weitermachen zu müssen und macht weiter. Man erkennt oder weiß, daß man die Schuld eines elenden, würdelosen Feiglings auf sich lädt, wenn man geht, aufgibt, im Stich läßt, zum Verräter wird. Und man kann es sich nicht einmal selbst erklären, aber wenn man es fühlt, *fühlt* man es, und handelt entsprechend. Jetzt glaube ich außerdem, daß es Forderungen gibt, die über den Tod hinaus bestehen bleiben, geheimnisvolle, verschlüsselte Botschaften, die man nur erfüllen kann und über die nachzudenken nutzlos ist; Forderungen, die nicht nur bestehen bleiben, sondern sich mit dem Tod intensivieren, sich dem Empfänger offenbaren und ihn beherrschen. So wie die Schicksale, die unsere Eltern sich für uns ausgedacht haben und die später zu Prophezeiungen werden, die man unverhofft und unbewußt im eigenen Leben erfüllt, blind seinen Weg suchend, wie ein orientierungsloser Fährmann im Sturm, vielleicht weil man uns gelehrt und gezwungen hat, immer nach Lösungen, nach Auswegen zu suchen. Und man braucht seine Zeit, bis man begreift, daß es manchmal nicht darauf ankommt, einer Situation zu entgehen, sondern gerade im Gegenteil, sich in sie hineinzubegeben. Auswege suchen ist eine neurotische Form des Lebens, ist blinder Aktionismus, einem geordneten strategischen Rückzug vergleichbar, jedoch ohne zu wissen, um was es geht.

Und begibt man sich in eine solche ernste Situation, dann nimmt man die Herausforderung an, kniet sich hinein, gräbt sich durch, weil man keine Halbheiten will und wohl nur so seiner Rechtfertigung als Mensch auf die Spur kommt. Denn wenn man im Leben auch mit der Ethik seine Schwierigkeiten hat und nicht genau sagen kann, wo das Gute endet und das Böse beginnt, so kann – und sollte – man sich doch wenigstens in das Dickicht des eigenen Gewissens hineinwühlen, das uns dem stupiden Wohlbefinden des Sich-Heraushaltens oder der Selbstzufriedenheit immer wieder entreißt.

Ich will damit sagen, daß es einen Punkt gibt, an dem ein Mensch nicht mehr aufzuhalten ist. Und das nicht, weil er all seinen Mut darauf konzentriert hat, sondern weil er vielleicht auf der untersten Stufe der Verzweiflung angelangt ist. Ich hatte diesen Punkt erreicht, als ich Carmens Leichnam sah, formlos und entstellt wie eine Puppe auf einem Dachboden, ohne ein Kind an ihrer Seite, dessen Phantasie sich an ihr entzünden konnte.

In diesem Augenblick muß mir klargeworden sein, daß für Carmen die Metaphern aufgehört hatten zu existieren. Es gab keine Sonne mehr und keinen Gott. Höchstens noch die Einsamkeit des Todes. Da wußte ich, daß es für mich kein Zurück mehr gab. »Los«, sagte ich, »hilf mir.«

Ohne weitere Fragen hielt Hilda den Stuhl fest. Flores Magón schaute interessiert zu, bellte aber nicht.

Kaum hatte ich am oberen Mauerrand Halt gefunden, zog ich mich langsam hoch. Hilda ließ den Stuhl los, faltete die Hände und hielt sie mir als Steigbügel. Es kostete zwar einige Mühe, aber ich brachte zuerst einen Arm hinüber und setzte mich dann rittlings auf die Mauerkrone.

»Schaut her, Martín Fierro bei den Mexikanern«, lästerte Hilda mit ihrem Singstimmchen.

»Du hast keine Ahnung«, äffte ich ihren Ton nach. »Martín Fierro stand mit beiden Beinen auf der Erde, als die Wilden ihn braten wollten.«

VII

Von oben sah man in einen winzigen Patio, auf den zwei Fenster gingen. Das eine gehörte vermutlich zur Küche und das andere zu einem Schlafzimmer. Eine Eisentür, die derjenigen bei Hilda ähnelte, führte wahrscheinlich ebenfalls in die Küche. Alles war verschlossen, so daß ich die Tür oder eines der Fenster würde aufbrechen müssen. Bevor ich auf die andere Seite sprang, bat ich Hilda, mir einen Hammer und einen Schraubenzieher hinaufzureichen, und überlegte mir, daß ich auf dem Rückweg auf den alten, aber stabilen Waschtrog steigen konnte, der in die Mauer eingelassen war.

Ich brauchte jedoch nichts aufzubrechen, denn die Tür war nicht verschlossen und führte tatsächlich in die Küche. Ich trat ein. Drinnen war alles durchwühlt: Schubladen waren herausgerissen, auf der Kaffeemaschine fehlte der Deckel, und auf dem Tisch war Zucker verstreut. Alle Schranktüren standen offen, Besteckkästen, Küchengeräte und Putzutensilien waren durchsucht worden. Auf der Spüle standen nur ein Glas und eine Tasse, beide mit Lippenstiftspuren und einem Rest Tee. Jemand hatte den Kühlschrankstecker herausgezogen.

Ich ging ins Wohnzimmer, in dem ich gesessen hatte, als ich am Tage meiner Ankunft in Zacatecas Carmen zum ersten, einzigen und letzten Mal gesehen hatte, aber jetzt sah es hier sehr viel wüster aus. Bücher lagen auf dem Boden, und es schien, als hätte jemand hinter die Möbel geschaut. Auch hier standen einige Schubladen offen. Kein Zweifel, die Hausdurchsuchung ging auf das Konto der beiden Bullen, die Hilda heute morgen gesehen hatte. Was hatten sie gesucht?

Ich sah Che und Zapata an, doch ihre harten Blicke, die wie aus weiter Ferne kamen, gaben mir keine Antwort. Ich fand nicht die Verbindung zu Carmen. Das erregende Gefühl, ein Eindringling zu sein, wich plötzlich dem Eindruck einer vollkommen seelenlosen Atmosphäre. Hier hatte nicht eine Frau gewohnt, die ich gekannt und geliebt hatte, sondern jemand ohne Geschichte, von dem ich nichts wußte. Ich zündete mir eine Zigarette an, beschloß, mich nicht um herunterfallende Asche zu kümmern, und fragte mich, wonach ich nun suchen sollte.

Ich hatte absolut keine Ahnung. Nachdem mein erster Impuls verflogen und ich die Mauer überklettert hatte, fragte ich mich nun, wo ich beginnen sollte, da ich nicht wußte, was ich zu finden hoffte. Die Seelenlosigkeit der Umgebung stachelte jedoch meine Neugier an, die notfalls auch systematisch sein konnte. Eine Fotografie auf dem Tisch zog meine Aufmerksamkeit auf sich. Das Foto lag auf der Tischplatte, als hätte es sich jemand nach Carmens Tod angesehen. Die Polizisten vermutlich. Marcelo und sie umarmten sich für die Kamera mitten auf der Calle Corrientes. Es war ein altes Foto, und ich erkannte im Hintergrund die Pizzeria Ecke Talcahuano und einen Block dahinter das Café El Foro. Im Rücken der beiden näherten sich Autos, und sie lachten beide, da der Fotograf ihnen sicher gerade sagte, sie sollten sich beeilen und schnell von der Straße kommen. Carmens Lachen zeigte ihre perfekten weißen Zähne, und ihre enganliegenden Hosen betonten die Form ihrer Beine. Ich war beeindruckt, als ich feststellte, daß ich nichts empfand.

Ich weiß nicht, wie lange ich in der Wohnung herumlief. Ich versuchte, nichts zu berühren und hielt mich wie ein Voyeur lange Zeit im Schlafzimmer auf. Das Bett war zerwühlt – die Polizisten hatten unter den Kissen und der Matratze nachgesehen –, und auf dem Nachttisch neben der Lampe, die aus einer argentinischen Chiantiflasche und einem Schirm aus geflochtenem Strohband bestand, lagen mehrere Bücher – Simone de Beauvoir, Rosario Castellanos, die Yourcenar –, die darauf hindeuteten, daß Carmen die Leserin im Haus gewesen war. An der Wand hing eine große Platte aus Kork mit einem Haufen Fotos von Leuten, die ich nicht kannte, mit Ausnahme eines mageren Jungen, der Montonero gewesen war und von dem ich wußte, daß er achtundsiebzig, als bei einigen das Fieber der »Gegenoffensive« grassierte, nach Argentinien zurückgegangen und dort umgebracht worden war. Die andere Ausnahme war ein Mädchen mit einer lustigen kleinen Brille, das ich einmal bei einem Treffen im alten Argentinien-Haus in der Calle Roma in Mexiko-Stadt gesehen hatte, damals, siebenundsiebzig muß das gewesen sein – ein brodelnder Vulkan, die Kleine. An der Pinnwand hingen auch mit bunten Nadeln befestigte Zettel und Kärtchen mit Aufschriften wie: »Wenn Sie nichts zu tun haben, tun Sie es bitte nicht hier« oder »Make Love not War«. Mit Druckbuchstaben, die nicht von Carmen geschrieben waren, stand auf einem nachlässig ausgeschnittenen Stück Papier ein Satz von Jean Anouilh, den ich in meiner Jugend schon einmal gelesen hatte: »Selbst denen, die alles verloren haben, bleibt immer noch etwas.«

Ich stieß einen Seufzer aus und nickte einige Male ironisch. Es war vollkommen paradox: Da stand ich in diesem Zimmer von zwei armen Kindern, die alles verloren hatten, bis es nur noch Verunsicherung, Verwirrung, Verzweiflung und Tod für sie gab.

Da stand ich und las den Satz immer und immer wieder, und es herrschte eine so tiefe Stille, daß mir plötzlich war, als wehe ein kalter herbstlicher Wind wie vor zehn Jahren, am 1. Mai 1974, vor dem Präsidentenpalast in Buenos Aires, der alten, zentralistischen Casa Rosada, in die der General bereits zurückgegangen war, nachdem er uns Dummköpfe genannt hatte, uns, Zehntausende junger Männer und Frauen, die auf der Plaza de Mayo versammelt waren, militante Parolen sangen und ein sozialistisches Vaterland ersehnten, das nur in unseren jugendlichen Träumen möglich war, und ihn fragten *Was ist los, was ist los / was ist los, General? / Sind denn in der Volksregierung / die Gorillas in der Überzahl?*, und dann im Chor: *Sie wird fallen / sie wird fallen / die Gewerkschaftsbürokratie* und Marschlieder zu Montonerotexten sangen, begleitet von Hunderten von Pauken, die durch die abendliche Hauptstadt dröhnten und die Bourgeoisie verschreckten, das ruhige Gewissen der Oligarchie aufschreckten, die uns aus den Fenstern beobachtete, den Schlägerbanden von López Rega und der Gewerkschaftsrechten vertrauend und der Senilität des Generals, wer weiß, der General war längst in sein Arbeitszimmer zurückgegangen, zornig, eingeschnappt, tyrannisch wie ein jähzorniger Großvater, eingehüllt in seinen beigen Kamelhaarmantel, den Carmen und ich unter der abblätternden Bananenstaude neben dem kleinen Obelisken so gut sehen konnten, zuerst starr vor Kälte, dann vor Angst, als der halbe Platz dem Ärger des Generals applaudierte und die andere Hälfte Pauken und Spruchbänder zum Teufel schickte und auf ihren Parteibüchern herumtrampelte und »verfluchter Alter« schrie und sich enttäuscht in alle Winde zerstreute, während Carmen und ich uns ansahen und nichts begriffen, weil wir noch nichts begreifen konnten und noch lange Zeit später nicht begriffen, wenn wir überhaupt je begriffen haben, und der

Festakt zum Tag der Arbeit endete mit einer Stadt im Zorn, einem Land außer Rand und Band, einem Führer, der zur Eintracht dieses Landes aufgerufen, aber den falschen Weg gewählt und die Kluft in seiner eigenen Anhängerschaft vertieft hatte, mit einer verunsicherten Bevölkerung, die sich anschickte, in eine wahnsinnige, unbegreifliche Todessehnsucht zu flüchten, in die Kopflosigkeit, in das, was nach dem Willen einiger ein langer Volkskrieg werden sollte, der aber weder lang, noch vom Volk, noch überhaupt ein Krieg war, weil schon nach wenigen Jahren eines makabren Katz-und-Maus-Spiels alles ein Ende fand; und der kalte Wind wurde eisig, und übrig blieben nur die braunen und gelben Blätter des südlichen Herbstes, die sich mit den Flugblättern und den Schmetterlingen vermischten und mit den Parolen und den Resten der Spruchbänder und einer zerfetzten Pauke hier und dort, und zehn Jahre danach stand ich kopfschüttelnd vor der Pinnwand aus Kork in Carmens Schlafzimmer und fühlte, wie die Stille mich lähmte und daß zehn Jahre keine Zeit waren, aber doch ein ganzes Leben, und daß Geschichte sich nicht wiederholt, sich zwar zu wiederholen scheint, aber sich doch nicht wirklich wiederholt, daß Geschichte nie ein Abklatsch ist und es nichts Schrecklicheres gibt, als außerhalb der Geschichte zu stehen, ohne Kompaß und ohne Ziel. Wie allein sind doch die Toten, denn es erwartet sie kein Anchises in Vergils Hölle, kein Vergil in Dantes Inferno, und es gibt keine andere Hölle, als die eines verpfuschten Lebens und kein anderes Himmelreich, als das von dieser Welt.

Ich glaubte, Hildas Stimme und das Gebell von Flores Magón zu hören, und es war wie ein Erwachen. Meine Zigarette war bis zum Filter verglüht, und im Badezimmer warf ich sie in die Toilette. Ich ging in die Küche und fragte Hilda über die Mauer hinweg, was los sei. Sie fragte zurück, warum ich so lange brauche, ob ich etwas gefunden hätte. Ich antwortete: »Nur ein paar verwirrende Erinnerungen.« Sie sagte: »Ich verstehe nicht«, und ich versicherte ihr, es sei auch nicht wichtig, sie möge noch ein Weilchen warten.

Dann ging ich ins Wohnzimmer zurück und suchte, ich weiß nicht was, in Carmens Schreibtisch, in den Schubladen einer Kommode, in Schachteln und Dosen in der Küche und in dem großen Kleiderschrank im Schlafzimmer, der ebenfalls durchwühlt worden war. Ich suchte zwischen Strümpfen, Höschen, Büstenhaltern, Pullovern, Blusen und Kleidern, zwischen Hosen und Bettwäsche, von einem plötzlichen Fieber gepackt und in der enttäuschenden Gewißheit, daß andere Hände bereits vor mir gesucht hatten. Ich blätterte auch die Bücher durch, in der Hoffnung, eines möge vielleicht ausgehöhlt sein, rief mir sogar alte Zeiten in Erinnerung, weil ich mir sagte, Marcelo und Carmen hätten möglicherweise gewisse Gewohnheiten beibehalten, und ich trat auf jede einzelne Bodenfliese auf der Suche nach einer, die lose sein mochte, schraubte die Glühbirnen aus den Fassungen und die Verkleidungen von den Steckdosen, klopfte die Wände ab und hoffte, einen zugemauerten Hohlraum zu finden, eine geheime Nische, eine doppelte Wand. Ich untersuchte die Leitungen und Armaturen im Bad, schaute im Kühlschrank nach und dahinter, steckte die Hand ins Motorgehäuse, hob Abflußdeckel in Bad und Küche hoch, nahm die Musikanlage auseinander, schraubte die Rückwand des Fernsehers ab, und war bereits der Verzweiflung nahe, halb wahnsinnig, besessen, verschwitzt und erregt, als ich mir die Frage stellte, was ich täte, wenn ich etwas verstecken wollte.

Ich erinnerte mich, daß Carmen und ich vor Jahren in unserer Wohnung Ecke Acevedo und Güemes verräterische Papiere unter der Fußbetteinlage eines Paars alter, muffiger Hausschuhe versteckt hatten. Ich ging ins Schlafzimmer zurück, öffnete noch einmal den Kleiderschrank, und da standen sie: ein Paar ausgefranste, zerschlissene Männerpantoffeln, die einmal weiß gewesen waren und jetzt, da ihre Ferse heruntergetreten war, in Schlappen verwandelt waren. Ich nahm sie mir vor, indem ich einfach die obere Stoffschicht von der Innensohle abriß, fand jedoch nichts als verklebten alten Schmutz. Ich warf sie in den Schrank zurück. Sie landeten neben einem Paar alter, abgeschabter Lederstiefel mit durchgelaufenen Sohlen und schiefgetretenen Absätzen. Ich hob spontan einen hoch und steckte meine Hand hinein. Ganz am Ende war etwas. Ich zog es heraus. Es war ein etwa vier Zentimeter dickes Päckchen, das mit zwei Gummibändern zusammengehalten wurde: ein Bündel grüner Papiere, fünfzehneinhalb Zentimeter lang, sechseinhalb Zentimeter breit und auf jedem Blatt das dicke, erstaunt dreinschauende Gesicht von Benjamin Franklin.

Ich steckte meine Hand noch einmal hinein. Hinten im Absatz fühlte ich etwas Kaltes, Metallisches. Man hatte eine Höhlung hineingemacht, in der ein kleines Blechdöschen Platz fand, wie jene, in denen manche Dicken ihren Süßstoff aufbewahren. Um ein solches Döschen handelte es sich. Es war blau. Und es war randvoll – da kamen einige Gramm zusammen, schätzte ich – mit einem weißen Pulver, von dem ich keinen Zweifel hatte, daß es Kokain war.

Ich schloß den Deckel und zählte die grünen Scheine. Es waren dreißigtausend Dollar, und von derselben Größe, ebenfalls unter dem Gummiband, ein weißes Blatt Papier, auf dem mit derselben Schrift wie der des Anouilhzitats geschrieben stand: »Liborio, Mai, 15 000.–; Liborio, Juli, 15 000.–; Liborio, September ...« Die Zahl fehlte. Mir fiel ein, daß wir September hatten. Ich stieß einen leisen Pfiff aus.

Ich untersuchte den zweiten Stiefel, der leer war und keine Aushöhlung hatte. Dann nahm ich einen der Hausschuhe, steckte das Döschen in die Schuhspitze, stopfte danach das Paket Franklins hinein und schnürte mit den beiden Senkeln alles fest zusammen. Ich machte mir nicht die Mühe aufzuräumen und verließ die Wohnung mit dem Hausschuh unter dem Arm.

VIII

Über den Inhalt des Hausschuhs ließ ich Hilda im unklaren. Ich bat sie um Geschenkpapier, sie holte mir welches, silbern und mit goldenen Sternchen, und ich tat mein Bestes, ein anständiges Päckchen daraus zu machen. Heraus kam zwar keine Geschenkpackung wie bei Sanborns, doch der Hausschuh war als solcher nicht mehr zu erkennen. Ich sagte ihr, ich würde mich am Abend wieder bei ihr melden, sie solle nicht vergessen, mir eine Pistole oder einen Revolver zu besorgen. Sie antwortete, sie möge es nicht, wenn man ihr eine Sache zweimal auftrage, schon gar nicht, wenn man zudem noch ihre Neugier unbefriedigt ließe, und ich ging ins Hotel zurück.

Es war kurz vor vier Uhr nachmittags, als ich mein kostbares Päckchen im Safe des Calinda deponierte. Der Hotelmanager führte mich in sein Büro, in dem ein großer Metallschrank mit vielen Fächern stand, von denen jedes zwei Schlösser hatte. Er öffnete eines mit der Nummer zweiundsechzig und wandte sich diskret zur Seite, als ich mein Geschenk darin verstaute. Ich schob den Kasten in den Schrank zurück, und er drehte geschwind beide Schlüssel herum; einen behielt er und befestigte ihn an einem prallvollen Schlüsselbund, den er am Gürtel trug, und den anderen gab er mir. Ich steckte ihn in einen Briefumschlag, leckte über den Kleberand und verschloß den Brief. Dann unterschrieb ich auf der Rückseite quer über der zugeklebten Lasche und übergab ihm das Kuvert mit der Bitte, es für mich aufzubewahren. Ich sagte ihm, daß ich den Schlüssel nicht gerne bei mir tragen wollte. Er akzeptierte das und legte den Umschlag in den normalen Panzerschrank, dessen Tür offenstand. Dann füllte er ein Formular mit meinem Namen, Paß- und Zimmernummer aus, das ich unterschrieb und dessen Durchschrift ich ihn ebenfalls aufzubewahren bat. Ich beobachtete ihn die ganze Zeit und war beeindruckt, wie professionell, sicher und korrekt er den Vorgang abwickelte. Er hatte wahrscheinlich Hotelkaufmann gelernt und Touristikkurse in den USA und der Schweiz absolviert, war vermutlich ein guter Christ, der die Heilige Jungfrau von Guadalupe verehrte, Politik haßte und, falls er überhaupt wählte, dem PAN seine Stimme gab.

»Licenciado«, sagte ich mit sanfter Stimme zu ihm, denn er war sicher Licenciado und stolz darauf, so angeredet zu werden, »weiß man Näheres über den Mord der vergangenen Nacht?«

»Selbstmord, um Gottes willen«, sagte er langsam, in sehr korrektem Ton und sah zu mir hoch. »Die Polizei sagt, es sei Selbstmord. Das arme Mädchen, vergebe ihr Gott.«

»Glauben Sie das auch?«

»Ich ziehe es vor, daran zu glauben. Denn wäre es Mord gewesen, wäre das für uns eine wahre Tortur geworden: überall Polizei, die Fragen stellt und die Gäste belästigt...«

»Verstehe«, sagte ich und fragte ihn nach Einzelheiten über das Hotel, nach der Calinda-Kette und seinem Beruf, der mir beneidenswert erschien. Ich erzählte ihm, in Argentinien hätte mein Vater mich nicht in die Touristikbranche gelassen und mich statt dessen gezwungen, Rechtswissenschaften zu studieren. Der Typ drückte mir sein Mitgefühl aus und meinte, manchmal seien Väter recht willkürlich, er habe da Glück gehabt. Da ich mich freundlich zu seinem Beruf geäußert hatte, fühlte er sich verpflichtet, etwas Gutes über Argentinien zu sagen, ein großes Land – sagte er –, das leider in die Fänge des internationalen Terrorismus gefallen sei. Ich stimmte ihm zu, und er fragte, ob ich glaube, daß Mexiko ein ähnliches Schicksal erleiden könne, und ich beruhigte ihn und antwortete, die Demokratie sei hier zwar nicht vollkommen, doch immerhin schon siebzig Jahre alt. Er sagte, zum Glück würden die Vereinigten Staaten nie zulassen, daß Mexiko kommunistisch werde.

Als wir schon gut miteinander warm geworden waren, sagte ich, als Journalist sei ich nicht ganz sicher, ob der Selbstmord der Dame für die Zeitung von Interesse sei, würde aber gerne, der Vollständigkeit halber, mit Leuten sprechen, die etwas gehört oder gesehen haben könnten; ich nähme an, daß beispielsweise der Nachtportier eine solche Person sei. Ja, natürlich, stimmte er zu, und vielleicht auch einer der Kellner aus der Bar oder der Diskothek oder sogar die Orchestermusiker. Ihn faszinierte plötzlich die Vorstellung, mit der Presse zusammenzuarbeiten. Ich bat ihn um die Adresse des Nachtportiers und ersuchte ihn, wenn er im Laufe des Tages mit Kellnern oder Musikern spreche, eventuelle Informationen in meinem Brieffach zu hinterlegen. Er versprach es zu tun, selbstverständlich, mit dem größten Vergnügen.

Als ich das Hotel verließ, kam mir der Gedanke, daß Zynismus vielleicht nicht nur eine Charaktereigenschaft von mir, sondern ein allgemeines Charakteristikum unserer Zeit war. In dieser übellaunigen, übelriechenden, lieblosen, geschmacklosen Welt, in der man von mittelmäßigen und korrupten Menschen geknechtet wird, die nicht einmal den Verkehr der Geschlechter betreiben, ist Zynismus die Regel, die Normalität. Wer kann sich schon Margaret Thatcher oder Khomeini bei der Liebe vorstellen? Und Tschernenko oder Breschnew, Pinochet, Botha oder Shamir, wann und wie sollten sie wohl lieben? Vielleicht war Reagan zu seiner Zeit ein scharfer Typ, wie sicher auch López Portillo oder wie Pertini einmal, dieser alte Schwerenöter und Draufgänger. Aber die Macht ist deserotisierend, oder sie führt zu einer anderen Art von Erotik, die subtiler ist, aber brutal. Und der

Papst, den wir haben, rät zu allem Überfluß zu einer Rückkehr ins Mittelalter (natürlich nicht in das der Orgien) und sagt, sexuelle Enthaltsamkeit sei eine Tugend. Ich fühlte mich zwar nicht besser, muß jedoch gestehen, daß meine Schuldgefühle ein wenig beschwichtigt waren: Ich habe den Zynismus unserer heutigen Zeit, der im barbarischen Eurozentrismus am deutlichsten zur Geltung kommt, mit der Muttermilch eingesogen. Seit Jahrhunderten deserotisiert der Eurozentrismus die Welt mit seinen Ideen und seinen Exporten. Und heute stellt er uns Lateinamerikaner als Wilde des zwanzigsten Jahrhunderts hin, die sich von feisten Operettendiktatoren unterdrücken lassen und gerade noch eine Stufe über den Türken und Affen rangieren, von den Schwarzen gar nicht zu reden, die die Franzosen und die Schweizer zum Beispiel »Afrikaner« nennen, um damit ihren Rassismus zu kaschieren, weil sie sich nicht trauen »Schwarze« zu sagen, was sie schließlich sind und was nur eine Farbe ist. Zyniker: In einer Zeit des permanenten Krieges reden sie von Frieden. Ihr Zynismus frißt auch unsere Intellektuellen, die den Eurozentrismus verschlingen und ihn verehren und sogar stolz auf ihre europäische Bildung sind und sich für die Demokratie nach dem Vorbild des christlichen Abendlandes stark machen. Großzügig sehen sie darüber hinweg, daß Hitler kein Guatemalteke und Franco kein Peruaner war und daß Stalin nicht in Río und auch nicht in Bolivien geboren wurde und daß mitten im zwanzigsten Jahrhundert eine fünfzigjährige Diktatur nicht in Lateinamerika, sondern an der Schwelle Europas errichtet wurde. Ja, die wunderbaren europäischen Demokratien, die von Raketensilos ausgehöhlt sind und eine Neutralität wie die der Schweiz vorzuweisen haben, in der die Männer jedes Jahr bis zu ihrem zweiundvierzigsten Lebensjahr auf Wehrübung gehen und jeder ein Gewehr im Schrank oder unter dem Bett hat, wo jeder Keller eines Hauses ein Atombunker ist und wo die Frauen noch nicht in allen Kantonen wählen dürfen.

Wunderbar, dieser Eurozentrismus mit seiner stabilen Demokratie, die man uns heute als Vorbild hinstellt, nachdem ihr Jahrhunderte und Jahrtausende von Verbrechen, endlosen Kriegen, korrupten Päpsten, käuflichen Königen, Grenzverschiebungen und Massenmorden vorausgegangen sind. Das Europa, das heute über uns urteilt und verächtlich auf uns herabsieht, ist für sich genommen die größte Summe je begangener Völkermorde in der Geschichte der Menschheit, ist das Reich der Gewalt und des Rassismus, des selbstsüchtigen Individualismus, wie er vor, während und nach dem Positivismus des 19. Jahrhunderts nicht seinesgleichen gefunden hat. Und es war Schauplatz der beiden gewalttätigsten und gemeinsten Kriege, denen man den Namen Weltkriege gegeben hat, die Millionen und Abermillionen von Toten forderten. Und das nicht in grauer Vorzeit, sondern erst vor knapp fünfzig Jahren. Es war Europa, das hyperentwickelte und gebildete Deutschland von Goethe, Hegel und Marx, in dem die ersten Konzentrationslager standen, die nicht von Videla, Massera oder Pinochet erfunden worden sind. Ja, der Eurozentrismus verkümmernder Erotik, dieser Galgenstrick, dieser Sumpf aus Zynismus, Hochmut, Intoleranz und Herrschsucht. Scheißkerle! Der zehnte Kreis der Hölle ist das Leben selbst; ein tragischer Kreis eher denn ein Teufelskreis. Discépolo hatte recht mit dem, was er in seinen Tangos besang: Schieber, Chauvinisten, zwanzigstes Jahrhundert. Verfluchte Scheiße, sagte ich mir in meiner plötzlichen Wut auf dieses reaktionäre Schwein aus dem Hotel.

Als ich zu dem angegebenen Haus im Callejón del Muro, in der Nähe des Estrada-Parks kam, war es fünf Uhr nachmittags. Die Sonne war zwischen den Wolken hervorgekommen, und ich fühlte mich angespannt, bedrückt wie jemand, der ein schlechtes Gewissen hat und sich fürchtet, etwas zu erfahren, das er dennoch in Erfahrung bringen muß.

Der Nachtportier hieß Martínez und gehörte zu jenem Schlag von Menschen, die nichts lieber tun, als Eltern darüber zu benachrichtigen, daß ihr Kind einen Unfall hatte. Er trug eine Brille mit dicken Gläsern vor seinen winzigen Äuglein und eine Art von Binder, der ihm gerade bis zur Brust seines weißen Hemdes reichte. Ein dürres Männchen, das gut auf die Sechzig zugehen mochte. Durch Zufall und aus Neugier hatte ich ihn zwei Nächte zuvor beobachtet, als er gerade zwei Viehzüchter abfertigte, zumindest sahen sie in ihren Cowboystiefeln und den hohen Stetsonhüten so aus; ich hatte gesehen, wie er in einem Buch die Eintragungen überprüfte und dabei jedesmal aufsah, sobald die Hoteltür ging. Wenn das Telefon klingelte, hob er sogleich ab, ohne deswegen die Arbeit an der Rezeption zu vernachlässigen. Er gab Schlüssel heraus, notierte sich etwas und fingerte an den Brieffächern herum. Ein Typ, der ständig beschäftigt war oder zumindest den Eindruck zu erwecken verstand.

»Guten Tag«, sagte ich, »ich würde mich gerne

mit Ihnen über den Vorfall heute morgen im Hotel unterhalten.«

Er sah mich fragend an und war augenblicklich auf der Hut. Er schien unschlüssig, ob er mir die Tür vor der Nase zuschlagen sollte, doch ich kam dem zuvor, indem ich beruhigend auf ihn einsprach: »Ich bin nicht von der Polizei, und ich kann mir vorstellen, daß man Sie den ganzen Tag schon mit Fragen belästigt hat.«

Er zog die Augenbrauen hoch und zeigte die Innenflächen seiner Hand, wie ein Priester bei der Wandlung. »Glauben Sie bitte nicht, daß ich nur aus Neugier frage ... Tatsache ist«, ich machte ein todtrauriges Gesicht, »daß das Verbrechen an dieser Frau sehr schmerzlich für mich ist, da ich sie früher einmal gut gekannt habe. Dürfte ich wohl eintreten?«

Der Typ ließ mich vorbei, und ich betrat ein ärmliches Zimmer, vollgestopft mit Möbeln aus zweiter Hand. Neben dem Tisch stand ein Bett und eine Wiege, ein Fernseher auf einer Nähmaschine, und aus einem Nebenzimmer drang der Lärm zankender Kinder. Dem Mann gefiel meine Anwesenheit ganz und gar nicht, und er behielt seine ablehnende Haltung bei. Er bot mir keinen Platz an, und so blieben wir im Zimmer stehen. Als ich wiederholte, ich sei ein Freund von Carmen gewesen und außerdem Journalist, da sagte er mit leiser, leicht fistelnder Stimme: »Aber es war kein Verbrechen.«

»Wer sagt das?«

»Die Polizei. Sie haben mich verhört und dabei immer nur von Selbstmord gesprochen. Das Verhör war reine Routinesache, weil ich zu dem Zeitpunkt Dienst hatte.«

»Wer wurde noch verhört?«

»Der Parkhauswächter. Aber der hat geschlafen. Der schläft immer. Er ist Alkoholiker.«

»Es fällt mir schwer, an Selbstmord zu glauben.«

»Mir auch. Aber wenn die Polizei sagt, es war einer, dann war es eben einer, nicht? Wozu sich Probleme machen?«

»Kannten Sie die Dame? Haben Sie sie schon vorher einmal gesehen?«

»Gesehen schon. Sie war nicht von hier, wohnte aber hier...« Er machte eine unbestimmte Handbewegung, als wolle er sagen, im Hotel verkehren viele Leute.

»Natürlich«, stimmte ich zu. »Und sagen Sie, letzte Nacht, war sie da allein?«

Er nickte.

»Aber in der Hotelhalle war doch auch noch ein Freund von ihr«, sagte ich auf gut Glück, zündete mir eine Zigarette an und hielt ihm auch eine hin, die er auf seinen Hals deutend zurückwies.

»Etwa von Ihrer Größe, aber dicker, von kräftiger Statur. Rundes Gesicht, gutaussehend. Um die Vierzig. Elegante Erscheinung.« Er wiegte nachdenklich den Kopf und sagte dann: »Schon möglich... aber in der Halle gehen so viele Leute ein und aus.«

»Aber der, den ich Ihnen beschrieben habe, ist Ihnen doch aufgefallen.«

»Kann schon sein. Einer mit Anzug.«

»Ja, ich habe ihn doch auch gesehen. Ich glaube, er kam mit einem schwarzen Mustang... Oder vielleicht mit dem Volkswagen. Den besitzt er nämlich auch. Er war schon öfter im Hotel...«

»Ich bin mir nicht sicher.«

Ich hatte den Eindruck, daß er log. Er sah mich nicht an. »Warum fragen Sie das alles?«

»Wie ich schon sagte, ich war mit der Dame befreundet. Sie hieß Carmen.«

»Ja.«

»Sie war Argentinierin.«

»Ja, das hat die Polizei gesagt.«

»Ist sie ertrunken?«

»So hieß es.«

»Aber sie konnte schwimmen.«

»Tja...« Er zog wieder die Augenbrauen hoch. »Sie sagten, sie sei gestolpert, habe sich den Kopf angeschlagen und dann das Bewußtsein verloren.«

Ich begriff seine Philosophie und erkannte, daß ich nichts mehr aus ihm herausholen würde. Er war kein Mensch, der große Dinge wie einen Mordfall zu würdigen wußte. Er verstand eine andere Sprache. Man brauchte sich nur die Umgebung anzusehen, in der er lebte, voller Kindergeschrei und der Kiefernkiste näher als dem nächsten Frühling.

»Ich möchte Sie um einen Gefallen bitten. Wenn Ihnen noch etwas einfällt, irgendeine Kleinigkeit, dann würde ich mich gerne erkenntlich zeigen. Sehr erkenntlich«, ich zwinkerte ihm zu. »Ich wohne im Hotel, zweinulldrei. Wenn Ihnen noch was einfällt, rufen Sie mich an, ja?«

Ich zog einen Fünfhundertpesoschein aus der Tasche und drückte ihn ihm in die Hand. Sie schnappte zu, wie eine Mausefalle. Als ich ging, war ich überzeugt, daß er sein Hirn arbeiten lassen würde. Falls er eins hatte. Und ich glaubte, daß er eins hatte.

IX

Die Dunkelheit war noch nicht hereingebrochen, als ich die Avenida Hidalgo überquerte und am Calderón-Theater vorbeikam, einem uralten, massigen Bau, der seine Glanzzeit gehabt haben mochte, als Minenbesitzer und städtisches Bürgertum sich noch für Opern und große Konzerte begeisterten, bevor sie sich diszipliniert vor ihre Fernseher mit Kabelanschluß zu den Vereinigten Staaten setzten. An der Ecke des Palacio de la Mala Noche stieg links der Callejón de Veyna an.

Die Tür mit dem brüllenden Löwen stand offen, und ich trat in denselben Gang wie am Tag zuvor. Im Innenhof war die Tür zu David Gurrolas Büro verriegelt. Sie hatte jetzt zwei Schlösser und ein gewaltiges Vorhängeschloß. Die zweite Tür, die auf den kleinen Innenhof führte, war verschlossen, und als ich klopfte, antwortete niemand. In der dritten und letzten Tür stand ein etwa vierzehnjähriges Mädchen und sah mir zu. Mit ihren Sommersprossen, der kleinen Brille und den zwei Pferdeschwänzchen sah sie aus wie eine aufsässige Internatsschülerin.

»Da wohnt niemand«, sagte sie. »Schon seit Jahren nicht mehr.« Sie schenkte mir ein freundliches Grinsen, als hätten wir zusammen im selben Hinterhof gespielt.

»Hallo«, begrüßte ich sie und wählte dazu mein strahlendstes Lächeln. »Ich suche den alten Mann, der immer in Gurrolas Büro ist.«

»Der ist ermordet worden«, sagte sie, ohne ihr Kaugummikauen zu unterbrechen. Es war ihr so egal wie das, was sie täglich im Fernsehen sah.

»Ach komm«, staunte ich und hörte auf zu lächeln. »Wie ist das passiert?«

»Sie haben ihn erstochen. Der ganze Fußboden war voller Blut. Aber ich glaube nicht, daß der Alte sich überhaupt wehren konnte.«

»Hast du ihn gekannt?«

»Vom Sehen. Das war so ein ... ein ziemlich ekelhafter alter Mann, der einen immer so angegafft hat. Ich hab ihn nie leiden können.«

»Was hat er denn so gemacht?«

»Angeblich hat er für den Detektiv gearbeitet ...« Plötzlich hielt sie in ihrer Kaubewegung inne, kniff die Äuglein hinter der Brille zusammen und sah mich forschend an. »He, was bist du überhaupt für einer, eh? Warum fragst du mich aus?« Ich grinste wie Robert Redford, machte eine verschwörerische Kopfbewegung und antwortete: »Jetzt erzähle mir nicht, daß du schon herausgefunden hast, daß ich Reporter bin.«

»So was geahnt habe ich«, bestätigte sie mit ernstem Gesicht und kaute ihren Kaugummi jetzt etwas bedächtiger. »Für wen schreibst du denn?«

»Für den *Excelsior,* in der Hauptstadt.«

»Mann! Und die interessieren sich für den Mord an dem Alten?«

»Ja, sehr. Aber das ist eine Geheimsache.«

Sie sah mich an, als argwöhne sie, daß ich mich über sie lustig machte. Ich sagte schnell: »Kennst du Gurrola, den Detektiv?«

»Der ist nie da. Den habe ich höchstens zweimal gesehen.«

Ich zog das Foto aus der Tasche, das Camilo mit der Büroklammer an den Zettel für das Phantom der Oper geheftet hatte und zeigte es ihr.

»Ist er das?«

»Ja, ich würde sagen, ja«, und heftig schmatzend: »Aber das ist schon ein altes Foto.«

»Danke!« Ich steckte es wieder ein. »Darf ich dir noch eine Frage stellen?«

»Kommt darauf an«, erwiderte sie mit hochwichtiger Miene.

»Wer kannte hier in der Nachbarschaft Camilo und Gurrola am besten?«

»Mein Papa.«

»Ist er da?«

»Hier, gleich um die Ecke, in seinem Büro. Er ist Rechtsanwalt.«

»Und du, sagst du mir deinen Namen?«

»Dulce. Und wie heißt du?«

»Pepe!« Wir sahen uns mit unserem liebreizendsten Lächeln an.

»Danke, Dulce. Du bist ein Schatz.«

Ich ging in die angegebene Richtung und fand noch im selben Geviert, gegenüber dem Museum der Brüder Coronel, eine bescheidene Kanzlei mit einem Bronzeschild an der Tür.

Das Büro von Licenciado Goliath Ramírez Hernández war schlicht eingerichtet: ein Schreibtisch aus poliertem Zedernholz, der mindestens hundert Jahre alt war, voller Akten und Bücher und einem Pfeifenständer in der Mitte, in dem sich mehr als ein Dutzend Pfeifen befanden. In den Regalen dahinter und an den Seitenwänden standen juristische Jahrbücher und Fachliteratur: hauptsächlich Zivil- und Handelsrecht. Der Mann war um die Fünfzig, massig und trug eine Silberrandbrille mit Gläsern so dick wie Flaschenböden. Bekleidet war er mit einem schwarzen Anzug, der schon bessere Zeiten gekannt hatte, mit speckig glänzendem Revers, einem weißen Hemd mit steifem Kragen und einer blauen Krawatte mit einem unechten Diamanten als Krawattennadel. Ein Kruzifix an der Wand hinter ihm bürgte für seine Ehrbarkeit. Er empfing mich ohne große Formalitäten. Ich nahm vor seinem Schreibtisch Platz.

»Ich möchte Ihnen ein paar Fragen über David Gurrola und über diesen alten Mann stellen, Camilo, der gestern ermordet wurde«, sagte ich ohne Umschweife. »Ich habe gehört, daß Sie die beiden kannten.«

»David, das ist lange her«, sagte der Mann. »Aus unserer Bekanntschaft resultiert ein ganz alter Witz: daß David und Goliath in Zacatecas immer in Frieden gelebt haben. Sie können ihn sich also sparen.«

Er lächelte und zeigte mir dabei seine Zähne. Sie waren gelb. Ich lächelte ebenfalls, aber er wurde sofort wieder ernst.

»Mit wem habe ich das Vergnügen?«

»Kennedy«, antwortete ich. »Mein Name ist Juan Florencio Kennedy, und ersparen Sie mir bitte irgendwelche Witze darüber, die sind nämlich ebenfalls alt.« Der Mann lächelte, ich nicht. »Ich bin Journalist und arbeite in Mexiko-Stadt für *Novedades*. Und wenn Sie mir ein wenig von Ihrer Zeit opfern, möchte ich Ihnen einfach auf gut Glück ein paar Fragen stellen. Ich suche nach Anhaltspunkten, aber ich weiß nicht recht nach welchen.«

»Aber der Mord an diesem Camilo, wer kann sich denn dafür interessieren?«

»Ich wäre Ihnen dankbar, wenn Sie versuchen würden, diese Frage selbst zu beantworten.«

»Nun ... ich glaube niemand. Er hat sich mit keinem Menschen abgegeben, und kein Mensch hat sich mit ihm abgegeben. Wenn es je einen sinnlosen Mord gegeben hat, dann war es dieser.«

»Wer könnte ihn Ihrer Meinung nach umgebracht haben?«

»Irgendein durchgedrehter Bursche. Ein Einbrecher in Panik.«

»In welcher Beziehung stand er zu Gurrola?«

»Er war so eine Art Hausmeister, würde ich sagen. Seit vielen Jahren schon. Der Alte hat nie mit jemandem gesprochen. Und wenn, dann nur, um sich über David zu beschweren. Er sagte, er würde ihm seine Arbeit nie bezahlen. Na ja, wer weiß ... Wir haben ihn immer Quasimodo genannt, bei allem Respekt vor dem Toten. Ich nehme an, daß David ihn dort hat wohnen lassen, damit er sein Büro in Ordnung hält, das aber schon seit Jahren immer geschlossen ist.«

»Seit wie vielen Jahren, Licenciado?«

»Nun ... wie lange mag das her sein, so an die zehn Jahre. Seit dem Streit, den wir damals hatten ... David und ich waren gute Freunde, bis wir uns eines Tages zerstritten haben. Hier können Sie uns sehen«, er zeigte auf eine Schwarzweißfotografie aus den siebziger Jahren an der Wand, eine Gruppe Rotarier oder ähnliches, bei einem Essen in einem Klub. Ungefähr dreißig Personen waren zu sehen: alles Männer in Anzügen, lachend, als feierten sie irgendein Jubiläum. Gurrola konnte ich nicht erkennen.

Ich stand auf und sah mir das Foto aus der Nähe an. Ich entdeckte Goliath in der Reihe der Stehenden aufgrund seiner dicken Brille. Und neben ihm, jünger noch als auf dem Foto, das ich besaß, erkannte ich

Gurrola: Er lächelte nicht wie die übrigen, war gut frisiert, und man bemerkte seinen athletischen, sehnigen Körper unter dem grauen Anzug. Er hatte einen unbestreitbar intelligenten Blick, der Ehrgeiz verriet. »Darf ich fragen, Licenciado, warum Sie sich zerstritten haben?«

»Lieber nicht.«

»Der Witz von David und Goliath traf nicht mehr zu?«

»Ein Miteinander ist solange harmonisch, bis es aufhört, es zu sein, Señor Kennedy. Es war eine sehr unangenehme Geschichte.«

»Privater Art, oder geschäftlich?«

Der Anwalt schwieg und begann, sich eine der Pfeifen zu stopfen. Seine dicken Finger bewegten sich äußerst geschickt.

»Fragen Sie mich nicht, junger Mann«, sagte er und zündete die Pfeife an. »Wenn ich Ihnen helfen kann, werde ich das tun. Aber bestimmte Dinge fragen Sie mich bitte nicht, okéy? Ich bin nicht nachtragend, und es steht mir nicht zu, über andere zu richten. Dafür gibt es einen Gott.«

»Sie haben ihn danach nicht mehr gesehen?«

»Ein- oder zweimal. In seinem Büro ist er nie. Wir gehen uns aus dem Weg und können damit leben.«

»Und was ist das mit dem Detektiv, hier in Zacatecas?«

»Was soll ich Ihnen sagen? David ist Anwalt, wie ich. Wir gehörten zum gleichen Jahrgang und wären beinahe Partner geworden. Gott sei Dank sind wir es nicht geworden. Als wir uns... entzweiten, hat er den Beruf aufgegeben – *mußte* ihn aufgeben. Kurz darauf hat er die Aufschrift an seinem Büro geändert und das mit dem Privatdetektiv hingeschrieben. Mir ist allerdings nie bekannt geworden, daß in dieser Stadt einer vonnöten gewesen wäre, und auch nicht, daß er als solcher je tätig gewesen ist.«

»Eine Lizenz hat er aber bekommen.«

»Hier bekommen Sie für Geld jede Lizenz. Nur käme niemand auf die Idee, eine als Privatdetektiv zu beantragen.«

»Und wovon hat er dann gelebt?«

»Von ... na ja, Geschäfte, was weiß ich. Ich ziehe es vor, mich nicht in seine Angelegenheiten einzumischen.«

»Und wie gehen seine Geschäfte?«

»Soviel ich weiß, lebt er nicht schlecht. Er ist viel unterwegs, soll ständig auf Reisen sein. Ich weiß es nicht, und ich will es auch nicht wissen.«

»Kennen Sie seine Mutter?«

»Señor Kennedy, ich glaube, Sie haben mir jetzt genügend Fragen gestellt, und ich war sehr zuvorkommend zu Ihnen, meinen Sie nicht?«

»Gut, Licenciado, nur noch eines: Glauben Sie, daß Camilo Gurrola hintergangen hat?«

Er dachte über die Frage nach. Er zog ein paarmal an seiner Pfeife und sagte dann: »Jeder, der mit David Gurrola zu tun hat, wäre auf der Stelle bereit, ihn zu hintergehen.«

»Und glauben Sie, daß Camilo es getan hat?«

»Ich weiß es nicht. Aber wenn er es getan hat, dann hat er dafür bezahlt.«

X

Ich ging kurz ins Hotel zurück, um mich frisch zu machen und mir ein sauberes Hemd anzuziehen. Abends wurde es zwar kühler, doch die Hitze und meine dauernden Gänge durch die Stadt machten eine Erfrischung und eine kleine Atempause nötig. Außerdem glaubte ich jetzt, daß ich auch eine böse Vorahnung hatte, die sich dann bestätigen sollte.

Kaum hatte ich die Tür meines Hotelzimmers geöffnet, gewahrte ich sofort das unauffällige Durcheinander, das sie hinterlassen hatten. Der Inhalt meiner Reisetasche war leicht in Unordnung, und so etwas bemerke ich sofort. Ich habe vergessen zu sagen, daß ich als eingefleischter Junggeselle ein absoluter Ordnungsfanatiker bin; einer von denen, die die Aschenbecher immer an dieselbe Stelle stellen und nicht dulden, daß sie auch nur um Zentimeter verrückt werden. Es gibt ja solche Zeitgenossen. Ich sah auch, daß sie sich am Bett zu schaffen gemacht hatten.

Wer immer die Armleuchter waren, die da in meinen Sachen herumgestöbert hatten, sie mußten geglaubt haben, ich sei ein kompletter Idiot, denn sie hatten unter den Kissen, den Bettlaken und der Matratze, im Kleiderschrank und im Bad nachgesehen. Alles war angefaßt und bewegt worden. Na ja, sagte ich mir, ich hätte das gleiche getan; es gab nicht viel, wo man hätte suchen können, und da hatten sie gesucht. Der Unterschied lag darin, daß ich einen solch abscheulichen Beruf nie ausüben könnte. Journalist zu sein, genügt mir vollauf.

Es fehlte nichts, nicht einmal die zwanzigtausend Pesos, die ich in einem Seitenfach der Reisetasche untergebracht hatte, und auch nicht der Millionenpesoschein alter argentinischer Währung, der die Mistkerle bestimmt in Versuchung geführt hatte. Vermutlich aber hatte einer von ihnen schon einmal im Leben Zeitung gelesen und wußte, daß er nicht einmal den Zwanziger fürs Telefon wert war.

Ich brachte meine Sachen wieder in die gewünschte Ordnung und verwandte besondere Aufmerksamkeit darauf, meine noch nicht benutzten Oberhemden aufzufalten. Dabei sah ich, daß das Buch, das ich gerade las, zu Boden gefallen war und aufgeschlagen auf dem Teppich lag. Es erschien mir wie ein Anschlag auf die Kultur. Ich las *Der Name der Rose,* und bis ich in Mexiko in den Bus gestiegen und in diese Klemme hier geraten war, hatte ich mich gefragt, warum die Leute es für ein Meisterwerk hielten, war es doch, abgesehen von seiner wissenschaftlichen Eindringlichkeit und der herrlichen Rekonstruktion des Mittelalters, ziemlich langweilig und streckenweise schwerfällig wie ein Ochsenkarren. Aber die Leute sind ja so, in bezug auf Literatur: Einige sagen, der Wälzer ist gut, und alle Welt betet es nach.

Ich hob es auf und dachte verärgert, daß, wie überall auf der Welt, die Mafia und die Polizei – welche von diesen beiden Organisationen, oder war es ein und dieselbe, das wußte Gott allein, auch immer in meine Privatsphäre eingedrungen war – Bücher nur ertragen können, wenn sie auf der Erde liegen. Zum Glück hatten sie es nicht verbrannt.

Beunruhigt ging ich nach unten. Ich weiß nicht, ob derjenige, der dies liest – falls es je gelesen wird – schon einmal Angst vor einer unbekannten Gefahr verspürt hat. Es ist grausam; vor allem, wenn das

Unbekannte eine furchteinflößende Macht ist, die dich langsam in ihre Gewalt bringt. Es ist das schlimmste Gefühl, das es gibt: Jemand hat dich im Visier, aber du siehst ihn nicht. Da zieht sich dir die Haut zusammen, und der Mund trocknet dir aus. Du hast Angst.

Ich hatte Angst.

XI

Um sieben Uhr abends war in der Bar noch nicht viel los. Einer der Jungen von der Rockformation, die die falsche Blondine begleitete, saß auf dem Bänkchen hinter dem Schlagzeug und hantierte an der Flügelschraube eines der Becken. Er zeigte sich erfreut, als ich ihm sagte, ich hätte immer Schlagzeuger werden wollen. Ich erzählte ihm, daß ich als Kind die häusliche Armut allein deswegen gehaßt hätte, weil ich wußte, daß ein Schlagzeug sehr viel Geld kostete; ich hätte mich immer ans Radio gesetzt, einen Sender aus Santa Fe gesucht, der guten Jazz sendete, und den Rhythmus von Glenn Miller oder Benny Goodman, Messer und Gabel umgekehrt in der Hand, auf der Tischplatte mitgehämmert. Wir waren uns gleich sympathisch, und er erzählte mir, zu Hause, in Puebla, seien sie auch sehr arm gewesen, und er sei Schlagzeuger geworden, weil sie ihn als Kind im Schulorchester an die Pauke gesetzt hätten.

Ich lud ihn ein, etwas mit mir zu trinken, während er da herumbastle, aber er sagte, am Abend trinke er nicht. Eigentlich wäre er um diese Zeit nicht einmal im Hotel; heute sei er nur früher gekommen, weil sein Schlagzeug in der vergangenen Nacht nicht richtig funktioniert habe. Entweder hätte irgend jemand die Flügelschraube vertauscht, oder das Gewinde sei ausgeleiert. Ich schlug ihm vor, sie mittels eines um die Schraube gewickelten Fadens zu befestigen und riß, ohne seine Zustimmung abzuwarten, ein Fädchen von den Fransen einer Tischdecke ab und wickelte es ein paarmal um das Schraubengewinde. Dann drehte ich die Fügelschraube darauf, und sie saß fest.

Der Junge war begeistert.

»Ingenieur?«

»Nein, Journalist. Aber manchmal habe ich die richtige Hand für einige Dinge«, antwortete ich, die Endungen aller Worte betonend. »Hinzu kommt, daß meine Mama Damenschneiderin war, und daher kenne ich die vielseitige Verwendungsfähigkeit von Fäden.«

Wir mußten beide grinsen.

»Ich möchte dich was fragen«, sagte ich und dachte dabei: »Immer dranbleiben, Junge, das Eisen schmieden, solange es heiß ist.«

»Nur zu.«

»Letzte Nacht wurde doch die Frau hier ermordet, da oben, du weißt schon. Die man heute früh gefunden hat.« Er nickte. »Der Fall interessiert mich, aber die Polizei ist an einer Zusammenarbeit natürlich nicht interessiert. Hast du sie hier gesehen?«

»Klar, so eine tollaussehende Frau ...«

»War sie allein?«

»Ja, aber sie hat auf jemanden gewartet.«

»Und ist dieser jemand gekommen?«

»Kann ich nicht sagen, mein Freund. Aber da kam

einer rein, der aussah, als suchte er eine tollaussehende Frau. Und das kann nur sie gewesen sein. Denn letzte Nacht waren sonst nur zweitklassige Weiber hier, wie meistens.«

»Aber zusammen hast du die beiden nicht gesehen.«

»Nein«, er schüttelte von sich selbst enttäuscht den Kopf.

Ein großartiger Junge. Unschuldig wie der Trottel vom Dorf. »Kannst du den Typen beschreiben?«

»Ja, klar, als Schlagzeuger schläft man entweder, oder man sieht sich die Leute an. Ich guck' mir die Leute an«, der Junge gewann wieder Boden. »Er war in Ihrem Alter ungefähr, aber viel kleiner. Ha, es gibt ja auch nicht viele, die die dünne Luft da oben atmen, nicht?« Wir lachten beide über den Witz, aber mein Lachen war unecht. »Tja ... er trug einen hellbraunen Anzug, Schnitt nach Maß. Dazu passend eine modische schmale Krawatte. Seriöser Typ, sah nach Geld aus. Gute Figur, Boxerschultern. Wenn Sie mich fragen, Karatesportler oder so was. Ich möchte ihn jedenfalls nicht zum Feind haben.«

»Hast du ihn früher schon mal gesehen?«

»Ehrlich gesagt, nein. Aber er muß von hier gewesen sein, er sah nicht wie ein Tourist aus. Hier in Zacatecas gibt's nicht viele Touristen.«

»Zum Glück für Zacatecas.«

»Für Zacatecas vielleicht, aber für uns nicht. Jeden Abend für dieselben Nutten und gelangweilten Bürgersöhnchen zu spielen, davon hast du die Nase bald gestrichen voll. Mir steht's jedenfalls bis hier.«

Ich zeigte ihm das Foto und fragte ihn, ob das der Typ sei, den er mir beschrieben habe. Er war sich nicht sicher: »Könnte schon sein, ich habe ihn Ihnen ja beschrieben, aber sein Gesicht... Obwohl, vielleicht ja, er könnte es schon sein.«

Ich nickte, und wir wechselten das Thema, er probierte sein Schlagzeug aus und bedachte mich mit einem Solo, in dem natürlich auch der klassische *running train* vorkam. Ein Trick, um Souveränität zu demonstrieren, so alt wie Gene Kruppa, aber er machte es gar nicht mal so übel. Danach bezahlte ich meinen Kaffee und sagte ihm, ich verträte mir noch ein wenig die Beine. Er wünschte mir Glück. Ich dankte ihm und dachte beim Hinausgehen, daß ich es brauchen würde, denn ich sah jetzt einiges klarer.

Von der Halle aus rief ich Hilda an. Sie hatte zwar noch nicht bekommen, um was ich sie gebeten hatte, aber sie würde es mir später ins Hotel bringen, bestimmt. Das Mädchen war Gold wert, aber sie war auch imstande, mit einer Hundertfünf-Millimeter-Kanone ins Hotel zu kommen. Ich bestellte sie auf zehn Uhr, dann würden wir zusammen zu Abend essen, und ich bat sie, über einen befreundeten Anwalt oder Juradozenten von der Uni etwas über Gurrolas Leben, sein Studium und seinen beruflichen Werdegang herauszufinden. Sie stellte mir Fragen, die ich lieber nicht beantwortete, und legte mir ans Herz, doch bitte vorsichtig zu sein. Ich legte ihr ans Herz, pünktlich zu sein, und sie wurde ärgerlich, weil ich das Thema wechselte.

Nach unserem Gespräch sagte ich mir, daß noch genügend Zeit sei, und trat auf die Straße.

XII

Ich lese das Geschriebene noch einmal durch, und mir fällt auf, daß jemand, der dies liest, längst auf die Idee gekommen sein muß, daß der rundliche, kleine, elegante Mann im Mustang, der später mit dem großen Schlaksigen im Volkswagen auftaucht, David Gurrola ist. Genau bei diesem Stand der Dinge hegte ich dieselbe Vermutung. Ich erwähne das jetzt, weil dieser Text, entgegen dem, was man vermuten könnte, weder ein Kriminalroman ist, noch zu sein beabsichtigt. Wie meine Schwester zu sagen pflegte: Eine Kutte macht noch keinen Mönch, aber sie hilft, ihn als solchen zu erkennen. Obwohl ich als Journalist natürlich schon davon geträumt habe, eines Tages einmal einen Roman zu schreiben, muß ich doch gestehen, daß ich diese Seiten aus einem anderen Grund geschrieben habe. Es stimmt zwar, daß ich ein paar Texte in der Schublade liegen und auch daran gedacht habe, sie einmal als Buch zu veröffentlichen, doch glaube ich schon seit langem nicht mehr an die Lügen, die ich selbst einmal erzählt habe und auch immer wieder von unveröffentlichten Kollegen höre: daß mein Roman kurz vor der Vollendung steht; daß ich meine Erzählungen nicht veröffentliche, weil ich noch an ihnen feile, oder noch nicht veröffentlicht habe, weil ich nicht den richtigen Verleger finde.

Aus diesen Gründen will ich denen, die meinen Bericht bis hierher gelesen haben, die Wahrheit nicht vorenthalten: Der kleine Dicke mit der hübschen Visage – wie die Mexikaner sagen – oder der stämmige Schönling, wie es in Argentinien heißen würde, war tatsächlich David Gurrola. Und ich kann noch mehr über ihn sagen: Er sah sehr gut aus, und obwohl mir kleine Dicke eher unsympathisch sind, muß ich zugeben, daß in der Haltung dieses Mannes etwas Solides lag, ein anmutiger Stolz, wie bei einigen Schwarzen, die ich in Brasilien kennengelernt hatte, Musiker, Leute, die sich in ihrer Haut wohlfühlen, deren Platz in dieser Welt ganz unbestreitbar ihnen selbst gehört und den sie ganz selbstverständlich einnehmen, ohne einen anderen um etwas zu bitten oder jemandem etwas streitig zu machen. Seine Augen würde man als normal bezeichnen – braun, nicht groß, nicht klein –, aber sein Blick hatte etwas Fesselndes, Beherrschendes. Nicht, daß er Furcht einflößte, aber wenn er einen traf, war man unwillkürlich auf der Hut; als würden statt der roten Lichter plötzlich die gelben aufleuchten, die die schlimmsten sind, die, die am meisten verunsichern. Als ich mir sagte, es könne nur Gurrola sein, verstand ich sogleich, warum Carmen beunruhigt gewesen war, sich in die Enge getrieben fühlte und sich vielleicht sogar in diesen Mann verliebt hatte.

Ich hatte den ganzen Tag darüber nachgedacht, daß ich Doña Refugio Hinojosa de Gurrola aufsuchen müßte, obwohl ich nicht recht wußte, wie ich ihr beikommen sollte. Zumindest würde ich ein offenes Wort mit ihr reden und sie bitten, ihrem Sohn eine Nachricht von mir zukommen zu lassen. Ich zweifelte nicht mehr daran, daß Gurrola Carmens Liebhaber gewesen und aus irgendeinem Grund in den Mord an Marcelo verwickelt war. Ich mochte nicht daran denken, aber Carmen selbst konnte ebenfalls damit zu tun haben. Ein Dreiecksverhältnis mit tragischem Ausgang konnte eine Erklärung sein. Dann verstand ich aber nicht, wie dieser Liborio da hineinpaßte, und schon gar nicht die Drogen und die dreißigtausend Dollar. Meine vorläufige Bewertung der Ereignisse sagte mir, daß erstens jemand hinter dem Geld her sein mußte, daß zweitens Marcelo oder Carmen oder beide im Kokaingeschäft gesteckt hatten, obwohl ich nicht ersehen konnte, auf welcher Stufe der Hierarchie, und daß drittens der, der Marcelo umgebracht hatte, gefährlich war, daß Carmen ihn gekannt hatte und auch ermordet worden war und daß er mich, wenn er erfuhr, daß ich den Hausschuh besaß, ebenfalls ausschalten würde. Es war nicht viel, aber ich hatte doch das Gefühl, ein Stück weitergekommen zu sein.

Ich beschloß, die Dame nicht anzurufen, sondern sie mit meinem Besuch zu überraschen. Nicht weil ich einer sogenannten Eingebung gehorchte – dieser Begriff ist schon zu sehr degeneriert worden, und zwar von eben jenen Schreibern, die den Kriminalroman selbst degeneriert haben –, sondern weil ich Angst hatte und zornig und voller Mißtrauen und böser Vorahnungen war. Hildas Warnungen und mein eigenes Gefühl von drohender Gefahr schlug ich jedoch in den Wind.

Ich klopfte, und die bezaubernde kleine alte Dame empfing mich mit der gewohnten Eleganz und Zurückhaltung, doch ohne den leisesten Anflug von Liebenswürdigkeit. Sie trug diesmal einen maßgeschneiderten, leichten grauen Rock, eine weiße Bluse mit feinen Stickereien auf der hochgeschlossenen Brust und einen schwarzen Schal aus hauchdünnem Stoff mit langen Fransen an den Enden, der mich an María

Felix in einem Film aus den fünfziger Jahren erinnerte. Sie erstarrte vor Überraschung, sagte jedoch mit beherrschter Förmlichkeit: »Guten Abend, Señor Asturias... Was wünschen Sie heute?« und machte keine Anstalten, mich hineinzubitten.

»Einzutreten und mich ein wenig mit Ihnen zu unterhalten.«

Sie warf einen Blick hinter sich und ließ mich dann widerstandslos herein.

»Mein Neffe, Jesús«, stellte sie mir einen Mann vor, der am Tisch gesessen hatte und aufstand, als ich eintrat. Er gab mir die Hand, und wir sahen uns an; er mit verhohlenem Interesse, wie mir schien, und ich in unmöglich zu verhehlender Verblüffung. Er war etwas über einen Meter sechzig, und sein Blick war der, den ich auf der Fotografie in meiner Tasche gesehen hatte. Breite Schultern, kein Gramm Fett, den trainierten Körper eines Managers in den Vierzigern, der Tennis spielt und dreimal wöchentlich in die Sauna geht. Er trug ein hellblaues Hemd von tadellosem Sitz, mit einem Monogramm von Dior und eine glatte bordeauxrote Krawatte, die das helle Braun seiner Augen unterstrich. Man wußte nie, ob diese Augen lächelten, belustigt funkelten oder zornig blitzten; sie waren hell wie verwässerter Kaffee. Seine Hose hatte einen akkuraten Kniff, und sein Jackett war säuberlich über die Stuhllehne gehängt. Alles was recht ist, dachte ich, die Vornehmheit ist hier zu Hause.

»David hat heute nachmittag aus Guadalajara angerufen«, sagte die alte Dame, »und ich habe ihm von Ihrem Besuch erzählt. Er sagte aber, er kenne Sie nicht...«

Der Typ setzte sich wieder und rauchte seine Zigarette weiter, die er im Aschenbecher abgelegt hatte. Sie setzte sich ebenfalls. Mir boten sie keinen Platz an, und ich fühlte mich unbehaglich. Das hatten sie beabsichtigt.

»Nun ...« ich zögerte, beschloß jedoch, aufs Ganze zu gehen. »Ich hatte gedacht, Sie könnten ihm vielleicht sagen, daß ich mit ihm sprechen möchte. Dringend. Ich wohne im Hotel Calinda, Zimmer zweihundertunddrei. Ich war gestern noch einmal in seinem Büro, und wie Sie wissen werden, hat man den alten Camilo ermordet ...« Ich sah die beiden an. Sie saßen da mit steinernen Gesichtern, wie aus seit Jahrtausenden gewachsenem Fels.

»Die Toten nehmen langsam überhand, meinen Sie nicht, Señora?«

Sie gab keine Antwort, und die Stille im Raum verunsicherte und verstörte mich noch mehr, als ich es ohnehin schon war. Der Neffe, Jesús, drückte seine Zigarette im Aschenbecher aus und starrte in ihn hinein, als könne er dort eine Erklärung für die Geheimnisse des Universums finden. »Und erinnern Sie ihn auch daran«, bluffte ich, »daß Señora Farnizzi, seine Klientin, ermordet worden ist, und sagen Sie ihm, ich wisse ein paar Dinge, die ihn interessieren dürften.«

Die alte Dame sah mich an, als wolle sie sagen: Kommen Sie uns bitte nicht mit Frechheiten, Señor Asturias.

»Nun ...« sagte ich brüsk und entschlossen. »Ich werde dann gehen. Aber sagen Sie bitte Ihrem Sohn, daß ich ihn sehen will. Denn meiner Meinung nach«, und dabei sah ich den Mann an, »ist er hier in Zacatecas.«

Die Señora erhob sich ruhig und bedächtig, und ohne auf meine Provokation zu reagieren, öffnete sie mir die Tür. Ich wandte mich zum Gehen, als der Mann sagte: »Bitte, nehmen Sie wieder Platz. Ich fürchte, wir waren nicht sehr höflich zu Ihnen ...« Gerade als ich mich umdrehte, mußte er der alten Dame einen Wink gegeben haben, ein Zwinkern vielleicht; ich hatte es nicht ganz mitbekommen. »Magst du uns nicht ein Bier bringen, Tante? Oder möchten Sie lieber Kaffee?«

»Ja, besser einen Kaffee«, sagte ich.

Die Frau verließ geräuschlos das Wohnzimmer. Es war, als schwebe sie über dem Boden. Ich setzte mich dem Mann gegenüber, mit dem Rücken zur Tür. Mir war unbehaglich zumute, ich fühlte mich wie eingesperrt. Ich konnte weder sehen, was seitlich noch, was hinter mir vor sich ging. Der Mann hielt mich in seinem Bann. Sein fast tödlich sanfter Blick ließ nicht zu, daß man ihm auswich.

»Kannten Sie die Dame gut, die heute morgen verstorben ist?«

Seine Stimme war ebenso sanft, dunkel, aber nicht rauh. Eine sehr männliche Stimme, die die Worte überlegt und akzentuiert aussprach.

»Ermordet wurde.«

Er machte eine leichte Kopfbewegung, als könne diese Möglichkeit in Betracht kommen.

»Kannten Sie sie gut?«

»Ich weiß es nicht. Aber ich habe sie sehr geliebt und es zu spät gemerkt.«

»Das kommt vor. Ja. Argentinier?«

»Ja.«

»Sind Sie ein Kollege meines Cousins?«

»Nein, ich bin Journalist beim *El Heraldo*. Aber dieser Fall ist für mich von persönlichem Interesse.«

»Die Liebe, natürlich ...«

Er wollte noch etwas hinzufügen, hielt jedoch inne. Aus einem anderen Zimmer ertönte das Klappern von Geschirr. Wir lauschten beide dem Geräusch. Er sah mich mit einem Ausdruck an, den ich weder zutreffend beschreiben noch erklären kann. Sein Blick war von magnetischer Schönheit. Er lächelte nicht und er sprach nicht. Er sah mich nur an, und mir war äußerst unwohl in meiner Haut. Ich zwang mich, die Stille zu ertragen und Geduld zu üben, und ich sagte mir, Vorsicht, Giustozzi, sei vorsichtig, ein vorsichtiger Mensch hat doppelte Chancen. Wer vorsichtig zu Werke geht, überlegt zweimal, besser Vorsicht als Nachsicht, und da kam auch schon die Alte mit einem Tablett herein; einem herrlichen, glänzenden Silbertablett, auf dem zwei Tassen, eine Kaffeekanne und eine Zuckerdose aus blauem Guerrero-Porzellan standen. Sie trug es in vollendeter Manier. Unter anderen Umständen hätte ich ihren Anblick genossen. Aber diese betagte Dame war gefährlich wie eine Glasscherbe im Schuh. Sie schenkte uns Kaffee ein, nahm den Deckel von der Zuckerdose und zog sich schwebend zurück. Ich sagte mir, zum Teufel mit der Vorsicht und daß ich die Initiative nicht dem Kerl überlassen dürfe.

»Und Sie, Jesús, in welchem Beruf arbeiten Sie?«

»Immobilien«, sagte er und rührte in seiner Tasse. »Ich kaufe und verkaufe Häuser, Grundstücke und solche Dinge.«

»Und haben Sie Ihren Cousin in letzter Zeit gesehen?«

»Gestern. Ich komme gerade aus Guadalajara.«

»Sie haben eine überraschende Ähnlichkeit mit ihm.«

»Sie kennen ihn?«

«Von Fotos und danach, wie man ihn mir beschrieben hat.«

»Ja«, lächelte er, und es war ein schönes, argloses Lächeln geschmeidiger, voller Lippen, die seine wunderbar ebenmäßigen Zähne entblößten. Weniger ein verführerisches, als ein unwiderstehlich gefangennehmendes Lächeln. »Das hört man immer wieder. Die Leute verwechseln uns meistens. Aber sagen Sie: Welches sonstige Interesse haben Sie an diesem Fall?«

»Ich verstehe Sie nicht.«

»Ich meine, ob Sie, abgesehen vom Tod dieser Dame, der Ihnen solch achtbaren Schmerz bereitet, noch andere Interessen in Zacatecas verfolgen?«

Ich dachte einige Sekunden über die Frage nach. Ich war mir nicht sicher, wie weit ich meine Karten aufdecken sollte. Dann sagte ich: »Es hängt alles zusammen. Bei dem Tod der Señora Farnizzi sind viele Dinge im Spiel. Drogenhandel, zum Beispiel. Das sind mir zu viele Verbrechen.«

»Donnerwetter.« Er zog die Augenbrauen hoch, und ich wußte nicht, ob es Ironie war oder hirnlose Verblüffung. »Sie haben aber einen ausgeprägten Gerechtigkeitssinn.«

»Das glaube ich zwar nicht, aber nennen Sie es, wie Sie wollen.«

»Ich hatte nicht die Absicht, Ihnen zu nahe zu treten.« Er sagte es, als schäme er sich in diesem Moment dafür und senkte den Blick. Eine Weile blieb er stumm, dann hob er die Augen und sah mich an, als wolle er mich bitten, ihm seinen Ausfall zu verzeihen. Er fuhr fort: »Werter Herr, gestatten Sie mir eine etwas indiskrete Frage: Hat Ihr Interesse irgendeinen Preis?«

Ich schaute ihn einen Moment lang an. Seine Augen waren wunderschön und ihr Blick faszinierend. Ich dachte an das, was ich bei meiner Ankunft in Mexiko gelernt hatte und was ich mir seitdem immer wieder einhämmere: wer ärgerlich wird, verliert; wer aus der Haut fährt, verliert erst recht. Man kann besser unter der Narrenflagge segeln und kommt weiter, wenn man sich dumm stellt, es lebe der Zynismus, Giustozzi, das gilt auch für dich.

Doch ich brachte die Sache auf den Punkt: »Ich verstehe, Sie wollen wissen, ob ich bereit bin, mich für einen bestimmten Geldbetrag aus der Sache herauszuhalten. Die Antwort ist nein. Wir könnten aber trotzdem ins Geschäft kommen, und es gibt einen Preis, den ich bezahlen würde: dreißigtausend Dollar und einige Gramm reines Kokain.«

Der Mann trank gefaßt seinen Kaffee aus, wie ein gehörnter Ehemann, der seine Frau in flagranti ertappt ohne die Haltung zu verlieren, wie ein Engländer beim Bridge, der einen grand-slam seines Gegenspielers ohne mit der Wimper zu zucken hinnimmt. Er tupfte sich den Mund mit einer weißen Leinenserviette ab, räusperte sich und sagte: »Ich bewundere Ihren Stil. Sie sind mutig und unerschrocken.«

»Machen Sie sich bitte nicht lustig.«

»Das tue ich keineswegs. Ich meine das wirklich, Señor . . .«

»Asturias.«

»Ich war der Meinung, Sie hießen Giustozzi.« Er sprach den Namen korrekt aus; selbst das tz am Ende.

»Der Reigen ist also eröffnet? Nun gut, ich hatte geglaubt, Sie seien David Gurrola. Und ich glaube es noch. Mehr denn je sogar.«

»Ein Mensch ist immer der, der er wirklich sein will, mein Freund. Wer könnte schon einen 1958er *Mouton-Cadet* von einem 1960er unterscheiden?«

»Ich habe mich nie mit Weinen befaßt.«

»Sie wissen nicht, was Ihnen da entgangen ist.«

»Ich weiß nur, daß mir weder die mexikanischen noch die kalifornischen Weine schmecken. Aber wenn wir unsere Karten aufdecken wollen, Sie kennen jetzt den Preis.«

»Den Preis wofür?«

»Für die Wahrheit. Ich will nur wissen, wer Carmen getötet hat und warum.«

»Und wer, glauben Sie, hat es getan?«

»Ein gewisser Liborio oder Sie, wenn Sie David Gurrola sind, was ich glaube.«

»Manchmal ist es gefährlich, die Wahrheit zu kennen, glauben Sie nicht?«

»Das haben die Militärs in meinem Land auch immer gesagt.«

»Hmm ... schrecklich, was in Ihrem Land passiert ist.«

Ich wurde unruhig und stand auf. Es gab nichts mehr zu besprechen.

»Gute Nacht, Señor Gurrola«, sagte ich.

XIII

Ich ging in dem Bewußtsein, mit beiden Händen in ein Wespennest gegriffen zu haben. Auf dem Weg zum Hotel war mir zumute, als hätte ich mich mit einer Tarantel unterhalten. Man kann ein ganz freundliches Zusammentreffen mit dem Teufel haben – nur ist man hinterher nicht mehr derselbe Mensch.

Ich ging die Avenida Hidalgo hinunter, und dort fiel mein Blick auf den Cerro de la Bufa, als sähe ich ihn zum ersten Mal. Er war angestrahlt und sah wunderschön aus. Dutzende von Scheinwerfern, an günstigen Stellen des Berghangs installiert, beleuchteten von unten das Kloster in weißen, grünlichen und rötlichen Lichttönen und ließen es wie eine gespenstisch an den schwarzen Nachthimmel geworfene Lichterwand aussehen, die sich aus einer dicken Wolkenbank heraushob. Es war ein überwältigendes, beeindruckendes Schauspiel; wie eine einzige, gewaltige, über der dunklen Stadt schwebende Schuld.

Ich betrachtete es einige Minuten tief gerührt. Carmen war noch keine vierundzwanzig Stunden tot. In irgendeinem Leichenschauhaus war ihr jetzt nicht mehr nasser Körper gerade erst gestorben. Vielleicht, um die eigene Schuld zu büßen. Doch letzten Endes, so fragte ich mich, woran sollte sie schuldig geworden sein, wenn man sie auf den falschen Weg des Lebens geschickt hatte? Woran wir, sie, ich und Tausende von Verschwundenen, Unterdrückten und Exilierten? Woran, wenn für uns der Autoritarismus bereits in der Schule begann, wo die Lehrer uns siezten, uns in weiße Uniformen steckten und wie kleine Zenturionen in Reih und Glied aufstellten, Kindersoldaten, mit Gebrüll und Bestrafung gefügig gemacht, mit Drohungen und patriotischem Gesülze bei der Stange gehalten, wenn wir aus der Reihe tanzen, wenn wir spielen wollten? Waren wir etwa keine Kinder – ich unter der heißen Sonne des Chaco, Carmen in der Kälte Patagoniens –, als allmorgendlich vor uns die Fahne gehißt und wieder eingeholt wurde, ohne daß wir erkennen konnten, wie man uns damit manipulierte? Wie konnte man uns schuldig nennen, wenn wir in einer Art von Gewalt unterrichtet worden waren, die uns lehrte, nicht Verständnis, sondern Verurteilung zu erwarten? Wenn wir in Zwangsjacken in die Gewalttätigkeit des Alltags hineingetrieben wurden, um uns schon als Kinder in Selbstgerechtigkeit zu üben, mit dem Finger auf andere zu zeigen und sie aus reinem Selbstschutz zu verhöhnen? Wenn eine autoritäre Umwelt uns vergewaltigt und unsere Jugend mit einer Verbitterung erfüllt hat, die uns selbst unbekannt war und die dafür gesorgt hat, daß unsere Generation kämpfen und demonstrieren und streiken mußte, Bomben legte und im Kampf gegen die Panzerwagen niedergemäht wurde, im fruchtlosen Glauben an Mollies und Kanonen, an den Terrorismus und den Tod, der Nahrung für den messianischen Wahn, den einige unserer eigenen Leute in die Welt setzten, auf eigene Rechnung und aus eigener Gewissenlosigkeit?

Und alles war vergebens. Das war das Entsetzliche daran. Jahre später waren Jarito, Vicky, Mauricio, Yaya, Negro, Cristina und jetzt Carmen nur noch Namen ohne Bedeutung. Niemand würde ihnen ein Denkmal errichten, das sie vielleicht auch gar nicht verdient hatten. Wir alle sind Kinder der Gewalt und daher selbst gewalttätig gewesen. Das war die Verdammnis derer, die gestorben sind – aus Dummheit, aus Heldenmut – und ebenfalls derer, die wir nicht gestorben sind. Denn wer die Gewalt wählt, wählt unwiderruflich die Trauer. Die Gewalt kennt keine Freude, ebensowenig wie die Unterwerfung. Vielleicht war unsere Verdammnis die Einsamkeit. Und wir haben nicht begriffen, daß ein gewalttätiger Mensch nichts anderes ist, als ein einsamer, ein trauriger, ein erbärmlicher Mensch, auf den kein Kreis der Hölle wartet und der vielleicht dazu verdammt ist, in der Verwirrung und der Rastlosigkeit des Exils oder im Zerbrechen an einem belanglosen Leben ohne Inhalt oder, wie Carmen, in der gefährlichen Verbindung zu einer Mafia den Sinn seines Todes zu suchen, diesem Enden des Fegefeuers auf Erden.

Ich sah in dieser abgelegenen mexikanischen Stadt zu dem großartigen, angeleuchteten Berg hinauf und dachte an ihren kalten Leib, der auf einer Marmorplatte lag. Und ich fragte mich, ob es keine Bedeutung mehr hatte zu wissen, daß unser Widerstand richtig gewesen war, weil wir Recht hatten und Ideale besaßen. Gewiß, wir sind einen falschen Weg gegangen, viele von uns sind verrückt geworden, wir haben alles ausgebadet, und das schürt den Haß. Doch weder das Recht noch unsere Ideale haben sie uns nehmen können. Aber was hat es genutzt?

Ich wußte und weiß nicht, wo die Wahrheit zu finden ist. Doch ich weiß, daß sie nicht da ist, wo man uns immer gesagt hat, daß sie sei. Und ich weiß, daß Carmen unschuldig war an ihrer Ausweglosigkeit und daß wir unschuldig waren an ihrem Tod. Unsere Generation hat die im Widerstand verlorenen Freunde nicht zu verantworten. Mit all unseren Fehlern, unserer Intoleranz und unserem autoritären Verhalten – und selbst mit dem fiebernden Wahnsinn derer, die zu selbstmörderischen Aktionen trieben – waren wir doch eher Opfer als Mörder. Es gab und es gibt keinerlei Gründe, von einem historischen Unentschieden zu sprechen. Wenn die Demokratie in Argentinien nie überleben konnte, dann war das nicht unsere Schuld. Denn nicht wir haben geputscht oder uns von der Macht korrumpieren lassen. Wir haben weder geschachert noch uns bereichert. Wir waren nicht die Folterer und nicht die Volksverhetzer. Es gibt keine Symmetrie, kein Unentschieden. Wir waren nicht wie sie.

Ja, ich hatte mit beiden Händen in ein Wespennest gegriffen. Der Berg, dieser leuchtende und gewaltige Zeigefinger Gottes, bestätigte es mir.

Dritter Teil

Dem Besiegten bleibt doch nur ein
Heil: kein Heil zu erhoffen.
Vergil (Äneis, Buch II)

I

Als ich kurz vor zehn Uhr das Hotel erreichte, wurde mir klar, daß es unvernünftig gewesen war, Hilda hierher zum Essen einzuladen. Die Dinge hatten sich verkompliziert, und, was immer geschehen mochte, ich allein hatte die Folgen zu tragen. Niemand wußte von unserer Freundschaft, und so sollte es auch bleiben; somit ging sie jedem Risiko aus dem Weg, und das war wichtig, denn sie lebte in Zacatecas.

Ich ließ mir rasch eine Verbindung auf mein Zimmer legen, um sie aufzuhalten, aber sie war schon fort. Ich verfluchte meine eigene Dummheit. Im selben Augenblick rief sie mich von der Rezeption aus an, und ich sagte zu ihr: »Das Essen wird verschoben, entschuldige vielmals. Nenne mir ein verschwiegenes Lokal in der Nähe. Wir treffen uns dort in, sagen wir, zwanzig Minuten.«

»Die Bar des Hotels Condesa, in der Avenida Juárez, gegenüber der Plaza de la Independencia, neben dem Verwaltungspalast.«

»Bis dann«, sagte ich und legte auf. Ich bewunderte sie für die Schnelligkeit und Präzision ihrer Antwort. Mein erster Eindruck von diesem Mädchen war wahrhaftig falsch gewesen. Sie nannte mich nicht einmal mehr plump vertraulich »Pepe«.

Als ich das Hotel verließ, hatte ich das Gefühl beschattet zu werden. Wieder meine Paranoia, obwohl ich gute Gründe hatte, mich beschattet zu fühlen. Und aus bestimmter Sicht der Dinge gab es noch bessere Gründe, mich beschatten zu lassen. Zum Glück ist Zacatecas eine Stadt, in der man leicht jemanden verfolgen kann, in der man jedoch ebenso leicht einen Verfolger abschütteln kann. Ich ging die López Velarde hinauf und war überzeugt, daß mir ein großer schlaksiger Typ folgte. Ich überquerte die Fahrbahn und stieg auf der anderen Seite eine endlose Treppe hinauf, die an einer Kirche aus dem achtzehnten Jahrhundert vorbeiführte, an deren Namen ich mich nicht mehr erinnere, und landete in der Calle Venustiano Carranza.

Wenige Meter neben dem Ende der Treppe versteckte ich mich hinter einem Lieferwagen, und nach einigen Sekunden tauchte der Schlaksige auf, sah sich kurz um und rannte dann in Richtung Primero de Mayo, von wo aus er bestimmt zu dem Brunnen mit den Laternen hinunterlaufen würde. Ich kehrte um, stieg die Treppe wieder hinunter, an zwei bauchigen Balkonpfeilern vorbei, bewunderte die Geranien und ein schmiedeeisernes Balkongitter, das einem geklöppelten Spitzenband glich, und ging dann über die López Velarde, die Justo Sierra und García de la Cadena zur Plaza de la Independencia. Ich schaute mich noch einmal um, bevor ich die Straße überquerte und das Condesa betrat. Nein, niemand beobachtete mich.

Es war ein sehr altes Hotel, das man einigen nicht besonders wirkungsvollen Verjüngungskuren unterzogen hatte, deren Ergebnis eine grauenhafte Mischung aus Klassik und Moderne war, die gerade noch für eine großzügig gewährte Zwei-Sterne-Kategorie gereicht hatte. Ich durchquerte die Empfangshalle, in der ein hinkender Mann als Empfangschef fungierte und gerade mit einem schlampig aussehenden Pagen herumstritt, der sich weigerte, eine Schreibmaschine in ich weiß nicht welches Zimmer hinaufzutragen. Ich ging gleich durch zur Bar, auf die ein paar Schritte weiter, kurz vor den Toiletten, durch eine kleine rote Laterne neben zwei englischen Wachsoldaten aus Pappe hingewiesen wurde. Drinnen ertönte die Musik einer kleinen Yamaha-Orgel, die von jemandem gespielt wurde, der, wenn er nicht schon taub war, doch verdient hätte, es zu sein.

Die einzigen Gäste waren drei Männer an einem niedrigen Tisch, die tranken und sich unterhielten, und Hilda in der hintersten Ecke neben einem künstlichen Kamin mit künstlichen Holzscheiten, hinter denen elektrische rote Flämmchen züngelten.

Ich setzte mich zu ihr und bat den Kellner um eine Coca-Cola mit Eis und Zitrone. Ohne Alkohol, sagte ich zweimal mit Nachdruck. Er sah mich mißbilligend an, aber so war es nun mal; was anderes wollte ich jetzt nicht trinken. Hilda bestellte noch eine Bloody Mary.

»Warum diese Versteckspielerei, Pepe?«

»Weil ich dich aus der Sache heraushalten will. Ich spiele hier die Rolle des Zirkusclowns, den alle mit Stühlen bewerfen, mit Besenstielen traktieren, dem man ein Bein stellt, damit er auf die Nase fällt und was es sonst noch an Gemeinheiten gibt. Aber ich lebe nicht hier, und wenn ich meine Geschichte erzähle, dann wird das nicht in Zacatecas sein.«

»Sieh dich vor«, sagte sie und berührte liebevoll

meine Hand, »denn du weißt ja, Clowns sterben gewöhnlich einsam und verbittert.«

»Diese Befürchtung habe ich nicht. Sieht man mir nicht an, daß ich rundherum glücklich bin?«

Sie lachte und versicherte, daß sie mich vermissen werde, wenn dies alles vorbei sei. Ohne daß wir es recht merkten – sie wollte es, und ich hörte ihr interessiert zu –, begann sie von ihrem Leben zu erzählen, um ihre innere Unruhe zu dämpfen. Es war ein klassischer Fall: unnahbarer, herrschsüchtiger Vater, unterwürfige Mutter, deren ganze Hingabe dem Haushalt galt, wie es sich für eine mexikanische Mamacita gehörte, sechs ältere und fünf jüngere Geschwister, das Trauma des mittleren Kindes – was immer das bedeuten mochte – und die Einsamkeit und Trostlosigkeit eines zu dicken, zu kurzsichtigen, zu plumpen Mädchens ohne jede Anmut, das sich voller Komplexe hinter Büchern verschanzte und seine Umwelt beobachtete. Sie wußte von Anfang an, daß sie allein bleiben würde, vor allem, nachdem sie mit zwanzig Jahren einen Jungen aus San Luis Potosí geliebt hatte, der, kurz bevor sie heiraten wollten, von einem Autobus überfahren wurde und starb. An der Universität hatte sie ein Verhältnis mit einem verheirateten Mann, einem Schlitzohr, der eines Tages anfing, sie um Geld für seine Kinder anzupumpen, die er mit seiner rechtmäßig Angetrauten hatte. Danach folgte eine Zeit der Verunsicherung und Suche, in der sie eine lesbische Beziehung mit einem Mädchen einging, das sie auf einem Festival der Opposition, der damaligen PCM, in der Hauptstadt kennengelernt hatte; eine Beziehung, die jedoch nicht lange hielt und auch nicht übermäßig faszinierend gewesen war.

»Hier in Zacatecas sind ein paar Kollegen von der Uni so ziemlich alles, was mir geblieben ist«, sagte sie. »Ich hatte geglaubt, die Kleine könne meine Freundin werden, weil sie anders war, aber du siehst ja. Bald werde ich neununddreißig und habe die Hoffnung auf ein Kind, das ich mir immer gewünscht habe, längst aufgegeben. Ich werde weiterhin Geschichte unterrichten und eines Tages pensioniert werden. Manchmal sage ich mir, daß mein Dasein auf dieser Welt zwar keine bleibenden Spuren hinterlassen wird, daß es aber zumindest für niemand zum Schaden gewesen ist. Und da sitzen wir nun...«

Sie schwieg, und jede Bemerkung von mir wäre unpassend, geschmacklos und kränkend gewesen. Wir tranken wortlos, ohne uns anzusehen. Irgendwann trafen sich unsere Blicke dann doch, und wir lächelten uns an, voller Zuneigung glaube ich, wie Freunde fürs Leben. Doch dann wurde ihre Stimme plötzlich hart, und sie sah mir fest in die Augen, als sie leise zu mir sagte: »Mitgefühl bei Strafe verboten, du Mistkerl. Ich spreche sonst nie darüber, und wenn ich es jetzt getan habe, dann nur, weil du mir so verdammt sympathisch bist. Aber bilde dir nichts ein. Du bist nicht mein Typ.«

»Aha. Und wer ist dein Typ?«

»Einer der sieht, was ich wert bin. Der in mein Herz schauen und vergessen kann, daß ich dick und häßlich bin. Oder anders gesagt, nicht so einer wie du.«

Ich sah sie mit erhobenen Brauen betroffen und etwas verärgert an. Sie fuhr fort: »Nimm es mir nicht übel, Mann! Natürlich würdest du mir gefallen, aber du bist einer von denen, die erst mal eine tolle Figur brauchen. Dein Typ sind Frauen wie Carmen, und so ergeht es dir damit. Deswegen bist du allein.«

»Du bist hart, verdammt noch mal.«

»Ich weiß, daß es dir weh getan hat. Sei's drum.«

»In diesem Augenblick hasse ich dich.«

»Stell dich nicht an. Ich meine das im mexikanischen Sinne. Oder sei nicht alllbern«, sie lachte und trank einen Schluck Bloody Mary. »Und dann sagt ihr, wir Mexikaner sängen beim Sprechen... Nein wirklich, Pepe, sei nicht albern.«

Ich sagte nichts, war aber doch einigermaßen verärgert. Hilda bemerkte es wohl, wurde plötzlich wieder sanft und nahm meine Hand: »Nun komm, sei nicht deprimiert! Ich habe dir eine Waffe besorgt, nichts Besonderes, aber zur Verteidigung reicht es. Ich nehme doch an, daß du sie zur Verteidigung brauchst, oder?«

Ich nickte und machte ein Gesicht, als sei das ja wohl selbstverständlich.

»Eine Pistole, Kaliber zweiundzwanzig, neun Schuß. Sie ist geladen, und der Hahn ist abgefeilt.«

Ihre Hand glitt unter den Tisch, die Waffe berührte mein Bein, ich nahm sie und steckte sie in meine Jackentasche. Sie war erstaunlich leicht.

»Ich habe auch die Erkundigungen eingezogen, um die du mich gebeten hast«, fuhr sie ganz ruhig fort, als teile sie mir mit, daß wir uns von den Spaniern befreit hätten. »David Gurrola ist fünfundvierzig Jahre alt, sieht aber jünger aus. Er stammt aus Jalisco, lebt aber seit vielen Jahren hier. Ich weiß nicht, ob er ein guter Student war, aber es heißt, er sei sehr ehrgeizig gewesen. Er war Kommunist, dann bei einem Schlägertrupp der Rechten, später Mitglied der PRI und Anwärter auf einen Abgeordnetenposten, er hat Marihuana geraucht und auch sonst nichts ausgelassen. Ein richtiges Schmuckstück. Er ist mit einer Frau aus der Oberschicht von Guadalajara verheiratet und hat angeblich drei oder vier Kinder. Genau weiß ich es nicht. Hier steht er aber in dem Ruf, ein großer Schürzenjäger zu sein, und seine Spezialität ist offenbar, Freunde zu verlieren. Für seine Berufskollegen war er nicht der Advokat des Teufels, sondern der Teufel der Advokaten. Er hat wohl mal einen Partner gehabt oder so was, aber das ging auseinander, weil Gurrola ein paar Jungen verteidigt hat, die während einer ziemlich wilden Party unter Drogeneinfluß ein Mädchen vergewaltigt haben. Der andere hat da nicht mitgemacht, weil das Mädchen eine Verwandte von ihm war. Der Fall hat seinerzeit großes Aufsehen erregt, und die Anwaltskammer hat Gurrola am Ende ausgeschlossen. Er hat seinen Beruf dann aufgegeben und nennt sich seither Detektiv, aber er hat auch mit Immobilien gehandelt. Es heißt, er sei sehr reich, und man sagt, daß er nicht auf legale Weise an sein Geld gekommen sei. Ein Freund von der juristischen Fakultät hat mir erzählt, daß das Geld möglicherweise aus Drogengeschäften stamme und daß seiner Meinung nach Gurrola gut Liborios rechte Hand sein könne.«

»Und wer ist Liborio?«

»Was wir vermutet haben: der, der den Drogenhandel in dieser Gegend kontrolliert. Manche sagen, er sei aus Jalisco, andere, aus Nuevo Laredo in Tamaulipas. Man weiß es nicht. Anscheinend gehören ihm mehrere Diskotheken, und möglicherweise ist auch das Prostitutionsgeschäft in seiner Hand, und auch das Glücksspiel: Wetten, Boxen, was weiß ich. Mehr habe ich nicht in Erfahrung bringen können.«

»Hat Gurrola eine große Familie, Brüder oder Cousins? Ich habe heute einen kennengelernt, der sich Jesús nannte, aber meiner Meinung nach war es David selbst.«

»Ich weiß es nicht. Doch so wie er mir beschrieben worden ist, glaube ich, daß er der Freund der Kleinen war, der mit dem Mustang.«

»Ja, das zweifellos. Aber ich blicke immer noch nicht durch. Wer ist dieser Liborio?«

»Alle reden von ihm, aber keiner weiß, wie er aussieht.«

»Wie der liebe Gott, verdammt.«

Wir bestellten neue Getränke und aßen, ohne viel zu sprechen, ein paar Erdnüsse. Hilda wollte wissen, was ich herausgefunden hatte, und ich gab ihr einen kurzen Überblick, ohne Einzelheiten zu nennen; ich sagte ihr, ich wolle, daß sie möglichst wenig wisse. Ich verschwieg, was in dem Hausschuh war und sagte ihr nicht, wo er aufbewahrt wurde. Je weniger sie wisse, desto sicherer sei sie. Sie protestierte natürlich, aber ich blieb hart. Außerdem war das meine kleine Rache an ihr.

Danach verabschiedeten wir uns mit unserem ersten Kuß, und ich verließ als erster die Bar des Condesa, derweil sie ihre vierte Bloody Mary in Auftrag gab.

II

Gegen Mitternacht kam ich ins Hotel zurück. Ich sah niemanden, der mir verdächtig erschien. Martínez hatte etwas im Büro zu tun, und ich übersah ihn geflissentlich, hatte jedoch den Eindruck, daß er mich sehr wohl beobachtete.

Ich ging geradewegs zur Bar, in der die falsche Blondine *My Way* in einem Englisch sang, das Shirley Bassey in den Wahnsinn getrieben hätte. Ich fragte mich, ob die Schnecke wohl ein einziges Lied auf spanisch singen konnte, und wenn es nur das von der Uhr wäre, die Stelle, wo es ticktack, ticktack heißt. Der junge Schlagzeuger begrüßte mich mit einem Kopfnicken und einem Lächeln. Ein Mädchen sprach mich an und wollte wissen, ob ich sie zu einem Gläschen einlade. Ich sagte ja, aber dann müsse sie mir erzählen, was man von der Frau wisse, die in der vergangenen Nacht ermordet worden sei, oder den Mund halten. Sie muß mich für einen Polizisten gehalten haben, denn sie machte ein angewidertes Gesicht und verzog sich an einen Nebentisch, wo sie sich zu zwei anderen Mädchen setzte.

Zu dieser Zeit befand sich nicht mehr als ein Dutzend Gäste in dem Lokal, das genauso trostlos war, wie die Kaschemmen in der Calle 25 de Mayo in Buenos Aires, in denen die besoffenen Matrosen zur Abwechslung und um einmal in die Zeitung zu kommen – und weil bei der Sprachenvielfalt keiner den anderen verstand –, sich gegenseitig umbrachten oder auch mal eine Prostituierte ermordeten.

Der Kellner kam, und ich bestellte ein Ginger-ale mit Eis und Zitrone. Er fragte mich, wieviel Wodka, und ich sagte ihm, ich sei Abstinenzler. Er zog sich ungerührt zurück; der Typ hatte wenigstens keine Vorurteile. Als er mir das Getränk brachte, fragte ich ihn, ob die Polizei ihn wegen des Vorfalls der vergangenen Nacht verhört habe. Er sagte ja, aber er hätte nichts gesehen, doch seiner Meinung nach habe die Dame, die übrigens sehr schön gewesen sein sollte, zur südamerikanischen Guerilla gehört, sei von anderen Guerilleros verfolgt worden und habe sich umgebracht, als sie keinen Ausweg mehr sah. Ich nahm an, daß der Typ einen Großteil seiner Freizeit vor dem Fernseher verbrachte oder daß der Polizeichef diese Version in Umlauf gebracht hatte, um die Selbstmordthese zu verbreiten.

Ich trank schweigend und lauschte dem Repertoire der Blonden, die ihre Darbietung mit einer niederträchtigen Interpretation von *Adios Muchachos* beendete, was zwar ihren musikalischen Internationalismus bewies, und auch, daß sie des Spanischen mächtig war, der Porteño-Musik jedoch den Todesstoß versetzte. Als es vorbei war, kam der junge Schlagzeuger lächelnd an meinen Tisch.

»Wie geht's?« begrüßte er mich. »Die Flügelschraube hat sich schon wieder gelöst. Ich hab dann einen Faden mit Kleber befestigt, und bis jetzt hält sie. Aber sie hat einen Riß.«

»Du solltest sie morgen in einer Werkstatt löten lassen.«

»Daran habe ich auch schon gedacht. Aber ich weiß nicht genau, von welcher Legierung sie ist. Sie scheint nicht nur aus Bronze zu sein.«

»Sag mal, hast du noch etwas über den Fall von gestern gehört?«

»Lauter Schwachsinn. Da wurde was von südamerikanischen Guerilleros erzählt. Sensationsmacherei für die Gäste, wenn du mich fragst. Das Verbrechen war, daß so eine tolle Frau sterben mußte. Wenn du sie gesehen hättest! Sie war ...«

»Hmhm ...« brummte ich und wechselte schnell das Thema. Er sagte, er heiße Marco, und ich nannte ihm meinen Namen ebenfalls. Wir sprachen über Jazz und stellten fest, daß wir beide für Mulligan und Desmond schwärmten. Er fragte, ob ich Piazzolla kenne, und ich antwortete ihm, persönlich nicht. Er meinte, Piazzolla sei ein Wahnsinnstyp, und ich stimmte ihm zu. Er trank einen starken Cuba libre, und irgendwann drehte er sich um und bat den Bassisten, der am Nebentisch saß, um etwas, das sich als eine Marihuanakippe herausstellte, an der er drei- oder viermal zog, dann drückte er sie aus und steckte den kaum einen Zentimeter langen Stummel ein.

»Es geht weiter«, sagte er mit einem Blick auf die Uhr. »Immer dieselbe Scheiße.«

»Wo kommt das Gras her?« fragte ich. »Wird das hier angebaut?«

»Keine Ahnung«, antwortete er. »Das gibt's hier überall.«

»Hast du mal von einem gewissen Liborio gehört?«

Der Junge machte ein ernstes Gesicht, runzelte die Stirn und legte seine Hände flach auf den Tisch.

»Nicht mehr, als was jeder in Zacatecas hört, der die Ohren aufsperrt. Aber du«, und seine Augen baten mich, ihn nicht zu enttäuschen, »bist mir viel zu sympathisch, um ein Bulle zu sein. Bist du einer?«

»Es gibt keinen Bullen, der für Paul Desmond schwärmt, und schon gar nicht für Piazzolla.«

Sein Gesicht hellte sich auf, er war beruhigt.

»Was man so hört, hat der Typ seine Finger in allen krummen Geschäften hier in der Gegend. Wer weiß. Geredet wird viel. Gras ist jedenfalls leicht zu bekommen und kostet nicht viel. Und auf andere Trips gehe ich nicht. Du vielleicht?«

»Nein, ich bin zu alt, um mit so was anzufangen. Zu meiner Zeit, in Argentinien, da war Tabak rauchen und sich besaufen das größte. Ziemlich ordinär.«

Marco hob lächelnd sein Glas und prostete mir zu. Seine Augen glänzten und sahen sehr feucht aus. Wahrscheinlich, so sagte ich mir, entstand dieser Eindruck durch seine erweiterten Pupillen. »Scheiß auf Liborio«, sagte er und kippte den Rest seines Glases hinunter. »Suchst du ihn?«

»Ich würde gerne etwas mehr über ihn in Erfahrung bringen. Könntest du mir dabei helfen?«

»Kein Stück. Aber ich schwöre dir, ich täte es, wenn ich es könnte. Der Kerl ist so, als gäbe es ihn gar nicht. Alle reden von ihm, aber noch niemand hat ihn gesehen.«

»Wie der liebe Gott«, sagte ich, zum zweiten Mal an diesem Abend.

Marco erhob sich lächelnd, um sich zu seinem Schlagzeug zu begeben. Der Bassist war bereits an seinem Platz, ebenso der Gitarrist, der der älteste der drei Musiker war.

»Scheiß auch auf den lieben Gott«, sagte Marco, ging davon und hockte sich hinter sein Instrument. Ich verließ die Bar, bevor die Blondine wieder mit ihren akustischen Schandtaten begann.

III

Ich ging zur Rezeption und bat um meinen Schlüssel. Martínez wich meinem Blick aus. Das Brieffach zweihundertdrei war leer, was bedeutete, daß der Geschäftsführer keine Nachricht für mich hatte. Einer meiner vielen Blindschüsse. Trotzdem fragte ich: »Irgendeine Nachricht für mich?«

»Nein, Señor, keine ...« der Mann stockte, als wolle er mir doch etwas sagen, aber in diesem Augenblick betraten zwei Pärchen das Hotel und kamen unter lautem Gelächter auf uns zu. Ich ging zum Aufzug und sagte mir, wenn Martínez mir etwas zu sagen hätte, würde er mich in meinem Zimmer anrufen. Ich war todmüde, und obwohl ich nicht wußte, ob ich einschlafen konnte, wollte ich wenigstens im Bett liegen und nachdenken.

Ich knöpfte mir nur das Hemd auf, legte mich aufs Bett und versuchte, das, was ich wußte, mit dem, was ich vermutete, in Einklang zu bringen. Begonnen hatte alles mit dem Mord an Marcelo. Ich nahm an, daß er in direktem Kontakt mit Liborio gestanden hatte, weil er vielleicht süchtig war, vor allem jedoch als Verteiler. Und Liborio hatte ihn umbringen lassen, weil er ihm etwas vorenthalten oder ihn erpreßt hatte. Obwohl ich nicht wußte, wie und womit er ihn hätte erpressen können. Für diese Annahme sprachen jedenfalls die Dollars und das Kokain. Allerdings könnte letzteres auch für Marcelos persönlichen Bedarf gewesen sein.

Camilo, der zweite Tote, war umgebracht worden, weil er Gurrola übervorteilen wollte, der offensichtlich die rechte Hand oder der Partner von Liborio war. Vermutlich hatte Camilo besonders schlau sein wollen und gedroht, mit mir zu sprechen. Er hatte seinem Arbeitgeber wahrscheinlich von meinem Besuch und meiner Neugier erzählt und irrigerweise geglaubt, für sich etwas herausholen zu können. Für Gurrola, dem der Alte ohnehin auf die Nerven ging, war das der Tropfen, der das Faß zum Überlaufen brachte: Er ließ ihn ermorden.

Nicht hinein paßte das, was mich am meisten interessierte: der Mord an Carmen. Ich wußte, daß es kein Selbstmord gewesen war, klar. Aber wer hatte sie getötet? Wenn sie gewußt hatte, daß Liborio der Mörder ihres Mannes war, hätte sie die Erpressung weiterführen können, und das hatte ihr das Leben gekostet. Aber, sagte ich mir, sehr überzeugend klang das nicht. Und wenn sie Gurrolas Geliebte gewesen war, wie ich annahm, und in den Mord an Marcelo verwickelt war und hinterher Gewissensbisse bekommen hatte? Welche Erklärung gab es dann aber für das Geld im Stiefel? War etwa Carmen die Erpresserin gewesen oder die, die das Geld zurückgehalten hatte, und nicht Marcelo? Warum? Ich zweifelte nicht daran, daß das Stiefelversteck ihre Idee gewesen war und nicht Marcelos, obwohl die Schrift auf dem Zettel von ihm stammte, wie ich glaubte. Vielleicht hatten sie auch beide gemeinsam versucht, Liborio hereinzulegen. Zuzutrauen war es ihnen. Nun, jedenfalls hatte sie nach dem Mord an Marcelo gedroht, auszupacken, doch gleichzeitig verlangte man von ihr die Herausgabe des Geldes und des Kokains. Vielleicht erklärte das den Konflikt, in dem sie sich zum Schluß befunden hatte.

Aber irgend etwas stimmte an der Sache nicht. In welcher Beziehung hatten Carmen und Marcelo zu

Liborio gestanden? Und warum schien mir die größte Gefahr von David Gurrola auszugehen?

In welcher Beziehung hatten die beiden zu ihm gestanden? Daß Carmens und Marcelos gestörte sexuelle Beziehung da mit hineinspielte, schloß ich aus. Das war jetzt nicht mehr logisch. Selbst Marcelos mutmaßliche Homosexualität war ohne Bedeutung. Es war allein seine Angelegenheit, wem er seinen Hintern hinhielt.

Ich wälzte mich unbehaglich auf dem Bett. Es gab für alles eine Erklärung: für Marcelos Tod, für den Tod von Camilo, das Verhalten der Polizei – Carrión war zweifellos von Liborio gekauft –, das ausweichende Verhalten von Gurrolas Mutter, die Existenz eines Drogensyndikats. Unklar blieb, wer Carmen getötet hatte und warum. Und warum hielt Carmen eine solche Menge Geld versteckt, das zweifellos Liborio gehörte? Der hatte es zurückverlangt, und jetzt wußten seine Leute, daß ich es hatte. Die Beziehung zwischen Carmen und Gurrola, die ich immer noch für eine Liebesbeziehung hielt, paßte auch nicht so recht ins Bild. Ich wußte nicht einmal, ob sie in dem ganzen Fall überhaupt eine Rolle spielte.

Nun gut, Carmen hatte offensichtlich Verrat begangen; sie wußte von Marcelos Geschäften und war vielleicht sogar an ihnen beteiligt gewesen. Ebenso sicher schien, daß Marcelo zugelassen hatte, daß sie mit Gurrola ging, und es war sogar möglich, daß beides zusammenhing. Nach Marcelos Tod stand sie mit dem Verrat alleine da und war unter Druck gesetzt worden. Von ihrem Liebhaber? Von Liborio? Warum hatte sie nicht aufgegeben? Aus Liebe oder aus Starrsinn? Zum Teufel, ich hatte es mit einer mir offenbar völlig unbekannten Carmen zu tun. Der Verrat war eine Erpressung: Sie hatten zweimonatlich – Mai und Juli – fünfzehntausend Dollar veruntreut, und beim dritten Mal – im September – kam kein Geld, sondern der Tod. Warum?

Die Fragen wuchsen mir über den Kopf, und die Müdigkeit holte mich ein, da klopfte es an der Tür. Ich wartete ein zweites Klopfen ab, stand dann auf und öffnete. Es war Martínez, der es eilig hatte, in mein Zimmer zu kommen. Er war nervös und sah noch dürrer und unscheinbarer aus als gewöhnlich.

»'n Abend«, sagte er, und ich bemerkte die Angst hinter seinem Grinsen.

»Was wollen Sie?«

»Tja ... Eigentlich ... Mir ist da noch was eingefallen, das für Sie vielleicht von Wert sein könnte, mein Freund. Ha ...«

»Dann heraus damit.«

»Na ja, mh, eh, um die Wahrheit zu sagen, die Señora hat mir gestern einen Umschlag mit einer Nachricht für Sie gegeben ...«

Ich schrak zusammen, ließ mir jedoch nichts anmerken. Ich setzte mein bestes Pokergesicht auf und sagte mir, ruhig, Giustozzi, ganz ruhig, mach's wie die Psychoanalytiker, sprich nicht und höre nur zu. Martínez wurde unsicher und redete weiter: »In dem Umschlag ist ein Brief, glaube ich ... Sie hat mir gesagt, ich sollte ihn eine Weile für sie aufheben und war sehr großzügig zu mir. Ich meine mit dem Trinkgeld, ein *sehr* gutes Trinkgeld ... Tja, sie bat mich, Ihnen den Umschlag zu geben, falls sie ihn nicht mehr abhole. Ich sollte ihn heute morgen einfach ins Brieffach zweihundertdrei legen ...« Er grinste dümmlich, ganz wie ein Schoßhündchen, das eine Belohnung dafür erwartet, daß es Frauchens Teppich vollgekackt hat.

»Warum haben Sie ihn nicht der Polizei gegeben?«

»Weil er nicht für die Polizei bestimmt war, sondern für Sie, mein Freund.«

»Und warum haben Sie ihn mir nicht gegeben?«

»Tja...« sein zunehmend nervöses Grinsen war schlicht irritierend. Er war ein widerliches Insekt, das ich am liebsten zertreten hätte. Ich ließ es jedoch bleiben.

»Ich verstehe«, sagte ich, »und heute haben Sie den ganzen Tag darüber nachgedacht, ob Sie ihn mir gratis überlassen sollten. So ist es doch, oder?«

»Ah, der Herr versteht genau, was ich meine«, sagte er und grinste so breit und dämlich wie der Esel, der in den Kindersendungen im Fernsehen hinter der Möhre hertrottet. »Ich hab' mir gesagt, der Brief müßte für Sie von großem Wert sein...«

»Hm... und wie hoch schätzen Sie seinen Wert?«

»Na ja...« er tat, als müsse er nachdenken. »Fünfzigtausend Pesos, würde ich sagen. Was halten Sie davon?«

»Nichts. Soviel werde ich nicht bezahlen. Erstens habe ich nicht soviel Geld, und zweitens weiß ich nicht, ob der Brief das wert ist. Lassen Sie mich einen Blick hineinwerfen, dann sage ich es Ihnen.«

»Ha«, er lachte glucksend. »Sehr schlau, der Herr. Aber ich habe ihn nicht bei mir.«

»Dann holen Sie ihn. Ich gebe Ihnen zehntausend Pesos«, sagte ich und kramte in meiner Hosentasche.

»Dreißig«, antwortete er aufgeregt und war drauf und dran, loszustürmen.

»Ich sagte zehn.«

»Fünfundzwanzig.«

Ich schüttelte den Kopf.

»Zwanzig und vergessen.«

»Fünfzehn und Schwamm drüber.«

»Abgemacht«, rief er und stob wie eine hungrige Harpyie davon.

Zehn Minuten später las ich die kurze Notiz in Carmens unverwechselbarer großer, runder, leicht nach vorn geneigter Schrift: »Pepe, ich hoffe, du mußt diese Zeilen nie lesen. Ich stecke in einem Sumpf, den du dir nicht vorstellen kannst. Ich habe mich in einen miesen Kerl verliebt, der zu allem fähig ist. Was auch immer geschieht, VERSCHWINDE VON HIER, bitte, RETTE DICH. Ich habe nicht verdient, daß du mich liebst. Adios.«

Eine Unterschrift fehlte. Sie war überflüssig.

IV

Mein erster Gedanke war, jemanden anzurufen. Es ist, als wenn du unter einem überwältigenden Eindruck stehst und ihn jemandem mitteilen mußt. Diese Erregung, wie man sie vor extremer Freude oder außergewöhnlichem Schmerz empfindet. Diese Lust, zu schreien oder loszuheulen. Ich dachte daran, Hilda anzurufen; irgendeinen Freund in der Hauptstadt; irgendeinen entfernten Bekannten aus Argentinien. Verdammt, irgend jemandem mußte ich doch sagen, daß es ungerecht war.

Ich stand da mit dem Papier in der Hand und las es

voller Enttäuschung noch einmal und noch einmal. Dann setzte ich mich aufs Bett und sank der Länge nach hin: Steine, Zementblöcke, Tonnen von Eisen drückten auf meine Schultern, und ich fiel. Giustozzi der kleine Riese, der nicht die Figur gehabt hätte, in Rabelais' Panoptikum zu erscheinen, fiel wieder einmal um, ging zu Boden wie ein mit Vertilgungsmittel besprühtes Insekt, mit einem Papier in der Hand, das ihm sagte, er solle verschwinden und sich retten. Wieder einmal fliehen, um heil davonzukommen, um dem Schmerz zu entgehen.

Wie vor vielen Jahren eines Nachts in Buenos Aires, kurz vor dem Exil, als wir schon getrennt waren. Carmen rief mich an und bat mich, sie in meiner Wohnung in der Belgrano übernachten zu lassen. Es war ein kurzer, nervöser, aufgewühlter Anruf voller unnötiger, kindischer Entschuldigungen, den ich mit den Worten »du muß mir nichts erklären, komm her und fertig« unterbrach, weil ich erkannte, daß sie in großen Schwierigkeiten stecken mußte. Ich verspürte Angst und fragte mich, in was sie hineingeraten sein mochte, aber ich sagte mir, daß ich weder Grund hatte, nach einer Antwort zu suchen, noch damit rechnen konnte, eine zu finden. Ich hoffte nur, daß sie nicht hinter ihr her waren, denn das hätte das Ende bedeutet. Sie kam gegen acht Uhr abends, es war Herbst und kalt draußen, und als sie Mantel und Schal ablegte, sah ich, daß sie abgenommen hatte, mager und verängstigt war. Und ich sah, daß sie fanatisch geworden war: genauso leidenschaftlich, wie ich es abwechselnd an ihr geliebt und gehaßt hatte, in Argentinien und in Mexiko, in der ganzen Welt. Wir küßten uns wie zwei alte Freunde, sprachen über Nebensächlichkeiten und aßen eine Tütensuppe, die ich zubereitet hatte, während sie nervös rauchend im Wohnzimmer saß. Nach der Suppe wußte keiner von uns recht was zu sagen.

»Ich will dir keine Fragen stellen, aber ich möchte doch wissen, wie schlimm die Sache steht, und wie lange du hierbleiben mußt.«

»Ich habe große Angst, Pepe, und ich brauche nur diese eine Nacht.« Sie biß sich auf die Lippen und zündete sich eine Zigarette an, wie um mir nicht in die Augen sehen zu müssen. Sie stieß hastig den Rauch aus. »Morgen gehe ich wieder...«

Ich fragte nicht wohin, sondern sagte ihr, das gehe in Ordnung, es hätte keine Eile, und wenn sie Lust hätte...

»Jetzt will ich schlafen, Pepe«, unterbrach sie mich. »Ich kann nicht mehr.«

Das sah man ihr an. Sie tat mir leid, und ihr Anblick bereitete mir Schmerzen. Ich liebte sie, ich weiß nicht, ob mich jemand versteht. Ich liebte sie, aber ich konnte es ihr nicht sagen. In diesem Augenblick weniger denn je.

Ich überließ ihr mein Bett und sagte ihr, sie solle sich keine Gedanken machen, ich könnte auf dem Sofa im Wohnzimmer schlafen und hätte ohnehin vor, noch lange zu lesen. Sie sagte gut, drückte ihre Zigarette aus und ging zu Bett. Nach wenigen Minuten war sie eingeschlafen, und mich überkam die Sehnsucht nach ihrer Zärtlichkeit, nach ihrem sprühenden Witz und sogar nach ihrer Gereiztheit. Diese Carmen in meiner Wohnung war mir fast eine Fremde, war hart wie Stein, wie ein Marmorblock. Trotzdem fühlte ich, daß ich sie noch immer liebte.

Doch ich fragte mich, welche Carmen ich liebte: diese oder die aus meiner Erinnerung. Ich konnte nicht lesen. Ich wollte über ihren Schlaf wachen, doch meine Kräfte verließen mich. Ich wollte weinen, aber es gelang mir nicht. Irgendwann schlief ich ein, und als ich erwachte, war Carmen bereits fort. Sie hatte nur eine kurze Notiz auf dem Tisch hinterlassen: »Danke und einen Kuß. Ich.«

Ja, hart, hart, sagte ich mir, während ich den Zettel zerknüllte und ihn in den Papierkorb warf.

Jetzt hielt ich ein anderes Papier in der Hand, mit der gleichen Schrift, und viele Jahre waren vergangen, und ich hatte gelernt, daß keine Liebe schroffer endet, als die, die sich sogar den Träumen entzieht, als die, die mit dem Tod endet. Jetzt galt es, seine Haut zu retten, hieß es ironisch in diesem Papier. Abhauen, um sich zu retten. Unserem schlechten Gewissen davonlaufen und uns in Sicherheit bringen...

Aber was hieß, sich in Sicherheit bringen, sich retten? Und warum und vor was mich retten, und für wen, jetzt, da sie tot war? Kann man sich überhaupt retten, wenn man sein Leben lang ein Verlierer gewesen ist? Kann einer sich retten, der nur die Verlassenheit kennt und die Suche nach dem Vater, wie Pedro Páramo, und der nicht einmal einen Schatten findet, sondern nur Schweigen und Schmerz, bis es kein Schweigen mehr gibt, der Schmerz aber bleibt, weil der Schmerz immer bleibt, ebenso wie die Erinnerung an die Angst?

Kann man sich retten, wenn man in einer Welt voller Lüge und Betrug aufgewachsen ist? Oder hatte ich Carmen nicht in jener Augustnacht zweiundsiebzig kennengelernt, als das ganze Land unter Schock stand, weil die Marine im Gefängnis von Trelew, in Patagonien, sechzehn politische Gefangene erschossen hatte – Verbrechen, die man heute offenbar vergessen hat, als wären sie in grauer Vorzeit begangen worden? Hatte unsere Liebe denn nicht in jener Nacht ihren Anfang genommen, in der Péron nach achtzehn Jahren Exil, nach achtzehn Jahren Gewalt und Unterdrükkung nach Argentinien zurückgekehrt war, in der Nacht jenes 17. November 1972, in der die »Mohrenköpfe«, die »Lumpen«, wie die aus den Katakomben der Gesellschaft auftauchenden Peronisten genannt wurden, ihr »Superjunge, Superjunge« sangen und damit den fast Achtzigjährigen meinten, der für sie immer noch eine Art »Superman« war und ihnen wohlgefällig wie ein gutmütiger Großvater zuwinkte, und die ebenfalls sangen: »Aufgepaßt, aufgepaßt/ verfluchte Oligarchei/ denn jetzt beginnt/ die dritte Tyrannei«, was soviel hieß, daß die dritte Regierungszeit des »Alten« begann, der jede Wahl gewann, obwohl die Aristokratie nicht müde wurde, ihn als »Diktator« oder »Tyrannen« zu beschimpfen, und wir, wir alle in der Calle Gaspar Campos, in der Perón wohnte, sangen inmitten der feiernden Menge diese Parolen mit, und auch den Peronisten-Marsch, und es sah so aus, als wäre der Sieg unser, denn die Regierung von General Alejandro Lanusse fiel zusammen wie eine Marionette, der man die Schnüre zerschnitten hat, und die Montoneros waren die »geliebten Jungs der Hoffnung«, und die peronistische Jugend war »wunderbar« (so die Worte des Generals, geheiligte Worte), und wir bemerkten nicht, daß wir eine Bahn ohne Schienen gekauft hatten, einen Obelisken aus Pappmaché, ein Phantasiegespinst; die gewaltige Mehrheit unseres Volkes hatte diesen Plunder gekauft, und waren wir deshalb peronistischer denn je zuvor?

Wie also sollte ich mich retten, wie verschwinden, da ich doch gerade erst begriff, daß dieses Mädchen nur durch Zufall nicht den Häschern der Marine oder des Heeres in die Hände gefallen war, oder vielleicht nur deswegen nicht, weil irgendwo geschrieben stand, daß ihr Kreuzweg erst beendet sein würde, nachdem sie sich in einen »miesen Kerl« verliebt hatte, den ich jetzt kennenzulernen trachtete, nur um ein klein wenig Klarheit zu bekommen und mir sagen zu können, ich hätte verstanden, obwohl es jetzt nichts mehr half?

Wie sollte ich mich retten, da ich doch auch das Brandmal jener Zeit trug und in gewisser Weise auch zum Wahnsinn eines ganzen Volkes beigetragen hatte, obwohl ich niemals jene Stufe des Engagements (so nannte man das) oder Deliriums jener erreicht hatte, die die Basisarbeit über Bord warfen und auf etwas setzten, das ich, wäre es nicht so grausam und tragisch gewesen, als lächerlich bezeichnet hätte?

Wie kann ich mich retten, können wir uns retten, wenn dreißigtausend Menschen verschwunden sind? Wer rettet sich unter solch einer Last, an solch einen Anker gekettet? Welcher Schweinehund kann sagen, er rette sich, es gäbe eine Rettung, mit solch einem Brandmal auf der Haut unseres Landes? Oder machen wir es wie die Deutschen, die, vierzig Jahre nachdem sie ein gewissenloses, verbrecherisches Volk gewesen sind, heute alles vergessen haben, feist grinsend Bier trinken wie die Müllkutscher und mehr Geld haben als jeder Dieb und obendrein noch ebenso rassistisch sind wie damals, als sie Hitlers tragisches Märchen glaubten? Oder erfinden wir auch für uns die Glückseligkeit des Vergessens, alle zusammen und wohlgelaunt, Mörder und Opfer, Folterer und Genarrte, Schufte und arme, unschuldige Bürger? Widerstand ist Optimismus, hatte Carmen gesagt. Aber die Niederlage nicht, hätte ich ihr antworten mögen – jetzt.

Oh, es ist schwierig, einzuschlafen, wenn einem so viele Fragen im Kopf herumgehen, wenn der Augenschein und alle Anzeichen darauf hindeuten, daß es keine Paradiese und keine Erlösung gibt, und wenn man langsam erkennt, daß vielleicht die einzige Rettung des Menschen in der Würde liegt, mit der er seinen Weg geht. Wie schwierig, einzuschlafen, wenn man erkannt hat, daß den Menschen nur sein eigenes Tun auf dieser Erde freispricht, weil er letztendlich nur das Abbild seiner Taten ist, ein umherirrendes, verschwommenes Bild, das niemand je wirklich erklären kann, und worin seine wunderbare Einzigartigkeit liegt, sein unvergleichliches ewiges Sein.

V

Ich schlief nicht viel in dieser Nacht, und um sieben Uhr war ich schon wieder auf den Beinen. Ich putzte mir die Zähne, um den klebrigen Geschmack von zu vielen Zigaretten und zuviel innerer Unruhe loszuwerden, und duschte ausgiebig. Danach zog ich mich an, wählte ein sauberes Jackett und ging ins Restaurant hinunter, um ein leichtes Frühstück einzunehmen. Doch als ich dort saß, merkte ich, wie hungrig ich war, und aß eine Portion Ranchero-Eier und eine à la mexicana. Die Chilis brannten mir im Mund, aber das machte mich wach. Drei Tassen schwarzer Kaffee rundeten den Effekt ab. Dann setzte ich mich in Bewegung und ging zum Kommissariat.

Ich wußte, daß ich unter normalen Umständen denkbar schlechte Karten gehabt hätte. In Mexiko – wie in jedem anderen Land – ist ein Ausländer ein Mensch zweiter Klasse. Und noch weniger, wenn er Asylant und Südamerikaner ist. Wenn sie wollten, könnten sie mich unter dem Vorwand, meine Papiere seien nicht in Ordnung, festnehmen, obwohl sie es waren. Sie brauchten mir nur irgendwas anzuhängen, und vierundzwanzig Stunden später würde ich ausgewiesen. Zumindest würden sie mich des Staates Zacatecas verweisen, wenn ich Glück hätte und nicht vorher eine »Abreibung« verpaßt bekäme, was zwar harmlos klingt, aber eine polizeiliche Dresche beinhaltet, die der Betreffende wohl nie vergessen würde – übel zusammengeschlagen werden meine ich. Ich war für sie das ideale Opfer, und ich wußte, daß Carrión und seine Leute dasselbe dachten. Nicht, daß ich mich besonders mutig fühlte, ich hatte nur einen interessanten Betrag amerikanischer Dollars und einige Gramm dieses weißen Pulvers, das alle in ihren Besitz bringen wollten.

Das gab mir die Gewißheit, daß Carrión mich an diesem Morgen empfangen würde. Ich brauchte nicht einmal übermäßig lange zu warten, keine fünf Minuten. Er empfing mich mit ruhiger, gelassener Miene, mit einem Blick aus der Tiefe des jahrtausendealten weisen Schweigens seiner Rasse. Hätte ich ihn nicht gekannt und wären meine Sinne nicht aufs äußerste angespannt gewesen, hätte ich ihn sogar für freundlich halten können. Die Möglichkeiten des Zynismus sind wahrhaftig unbegrenzt.

»Was können wir für Sie tun?« fragte er und sah mich an, wie der Falke die Taube ansieht.

»Das Ganze ist für mich zu einer rein persönlichen Angelegenheit geworden, Kommandeur«, sagte ich. »Ich werde Ihnen keine Fragen stellen, denn ich denke, ich weiß bereits alles, und ich kann nicht sagen, daß ich Dankbarkeit für Ihre Mithilfe empfinde... Das einzige, was mir noch bleibt, ist, diese so überaus flüchtige Person kennenzulernen: Liborio Wasweißichwie.«

Er sah mich immer noch mit seinen Obsidianaugen an. Undurchdringlich wie eine Olmekenstatue. »Ich besitze etwas, das für ihn von sehr großem Interesse ist und das mir bisher mein Leben garantiert, so daß ich es ihm gerne persönlich aushändigen möchte. Wenn Sie mir ein Foto von ihm geben würden, könnte ich ihn, glaube ich, finden. Und vielleicht könnte ich noch in dieser Nacht Ihren Rat befolgen und aus Zacatecas verschwinden.«

Carrión blinzelte ein paarmal, das war seine einzige Regung. Irgendwie schien er sowohl belustigt über meine Kühnheit zu sein, als auch wütend, weil er mich am liebsten auf der Stelle umgebracht hätte, und verblüfft über meine Bitte. Er betrachtete seine Hände, spielte mit ihnen, und als er mich wieder ansah, sagte er: »Das wird Sie teuer zu stehen kommen, Señor Yusoti...«

»Giu-sto-tzi, bitte.«

»... es geht nicht mehr darum, daß Sie aus Zacatecas verschwinden, sondern darum, wie Sie herauskommen. Dies ist eine offizielle Institution der mexikanischen Regierung, und kein noch so verdammter Ausländer nimmt uns hier auf den Arm.«

»Ich würde mich nicht wundern, wenn Sie recht hätten und man mich hier tot herausbringen wollte. Aber«, log ich, »ich denke doch nicht, daß Sie einen internationalen Konflikt heraufbeschwören wollen, denn meine Botschaft weiß alles, was ich weiß und auch, was sich in meinem Besitz befindet, und mein Land hat jetzt eine demokratische Regierung, die mich nicht unbeschützt lassen wird. Und soweit ich informiert bin, dürfte auch die mexikanische Regierung kein Interesse daran haben, mit Drogenkriminalität in Verbindung gebracht zu werden ...«

»Spar dir deine Rede, du verdammter Dreckskerl«, zischte er mit jetzt funkelnden Augen und duzte mich.

»Sagen Sie Liborio, daß ich ihn sehen will. Ihn persönlich.«

Ich ging hinaus und fühlte mich dabei wie Clark Gable, aber mit vollen Hosen und kurz vorm Umkippen. Als ich auf die Straße trat, mußte ich mich einen Augenblick an die Wand lehnen, weil meine Knie zitterten. Ich zwang mich zu einer Gelassenheit, von der ich weit entfernt war, zündete mir eine Zigarette an und schaute mich um. Das erste, was ich sah, war ein Typ hinter dem Steuer eines grünen Wagens ohne Kennzeichen, der mich beobachtete. Ich kann nicht sagen, daß ich sein Gesicht wiedererkannt hätte, aber die abgewetzte Lederjacke des Kosaken war unverwechselbar.

Ich nahm ein paar tiefe Züge und schaute ihn an, damit er wußte, daß ich ihn erkannt hatte. Ich nahm an, daß er über Autofunk Anweisungen bekam. Mir zu folgen, zum Beispiel. Sie konnten es sich nicht leisten, mich aus den Augen zu verlieren, da ich das viele Geld besaß. Ich setzte mich in Richtung Verwaltungspalast in Bewegung und sah sogleich, daß die Bestie aus dem Auto sprang und mir eilig folgte. Ich beschleunigte meine Schritte nicht, und als ich am Hotel Condesa vorbeikam, ging ich hinein und bat um das Telefon.

Ich rief Hilda an, aber sie war nicht zu Hause. Danach rief ich den Geschäftsführer des Calinda an und sagte ihm, mit »Herr Licenciado« und allem, daß ich in Gefahr sei, und wenn ich innerhalb der nächsten zwei Stunden nicht im Hotel erscheinen würde, möge er bitte die argentinische Botschaft in Mexiko-Stadt benachrichtigen. Der Typ war sehr beunruhigt und fragte: »Aber Licenciado, was ist denn passiert?« Ich versprach, ihm später alles zu erklären, und bat ihn, er möge bitte genau die Zeit im Auge halten. Er versprach es, und ich legte, ohne weitere Floskeln abzuwarten, auf.

Danach schlenderte ich gemächlich zu den Toiletten hinter der Bar, in der ich am Abend zuvor mit Hilda gesessen hatte und die jetzt dunkel war und so vor Dreck starrte, als sei dort seit dem Cristero-Krieg nicht mehr saubergemacht worden.

Der Kosak hatte mich vom Eingang her beobachtet, und als ich zu den Toiletten ging, wußte ich, daß er mir folgen würde. Sobald ich eingetreten war, zog ich die Pistole und postierte mich hinter der Tür. Der Typ kam ganz zuversichtlich herein, wie die Katze, die sich eine Maus vornehmen will. Doch kaum hatte er die Schwelle überschritten, versetzte ich ihm mit aller Kraft einen Tritt in die Hoden. Ohne jede Eleganz, ohne die Fairneß der alten Detektivromane. Es war eine schmutzige Art, aber für mich die einzige, um diesem Dreckskerl beizukommen.

Der Kosak knickte in der Mitte ein, als wäre er aus Wachs und bei der Hitze geschmolzen. Mit einem Fußtritt ins Gesicht richtete ich ihn wieder auf. Ich hatte das Gefühl, mich für meinen Zahn revanchiert zu haben und verspürte zugleich eine entsetzliche Befriedigung, wie ich sie in meinem ganzen Leben noch nicht kennengelernt hatte. Es war die Einweihung meiner eigenen Gewalttätigkeit. In der Literatur, und vornehmlich im Kriminalroman, liest man manchmal solche effektvollen Sätze wie »nur wer einmal getötet hat, kennt alle Geheimnisse des Lebens«, oder »man muß einen Menschen getötet haben, um gewisse Dinge im Leben verstehen zu können«. Das Schreckliche für mich war jedoch, zum Töten bereit zu sein und es nicht zu tun; statt dessen war ich fasziniert vom Blut und dem Schmerz eines Menschen. Ich war roh und gewalttätig, wie ich es mir nie hatte vorstellen können. Ich befand mich schlicht und brutal an der Grenze zur Göttlichkeit, wenn Gott existierte: Das Leben eines anderen lag in meiner Hand.

Der Kosak ging zu Boden, und ich glaubte, eine Bewegung seiner Hände wahrzunehmen. Voller Wut trat ich auf seine rechte Hand. Ich war fasziniert, gräßlich fasziniert von meiner Macht, von meiner Fähigkeit, dem Kerl Schmerzen zuzufügen. Die Pistole stets auf ihn gerichtet – für alle Fälle, denn der Typ war gefährlich wie eine giftige Viper – packte ich ihn am Hemdkragen und zog ihn hoch. Er hockte am Boden wie eine Kasperlepuppe, aus der der Puppenspieler seine Hand herausgezogen hat. Ich drückte ihm den Lauf der Zweiundzwanziger an den Hals.

»Eine falsche Bewegung, du Scheißkerl, und du hast keinen Kehlkopf mehr.«

Für mein Gefühl bepinkelte er sich vor Angst. Sein Mund stand offen, aber er brachte keinen Laut heraus. Er schaute hoch und sah mich an, ein Judas nach dem Verrat.

»Was wolltest du von mir?«

»Sie wollen das Geld und den Stoff«, stammelte er leise und mit krächzender Stimme. Er schluckte unter Schmerzen und sagte: »Letzte Warnung, sonst bist du diese Nacht reif.«

»Wer schickt dich?« fragte ich, schüttelte ihn mit der Linken durch und drückte ihm den Pistolenlauf tiefer ins Fleisch, so daß sich die Haut an der Mündung wölbte, die sich genau in seine Luftröhre bohrte.

Die Antwort war ein mühsames Keuchen.

»Wer dich schickt, habe ich gefragt, du Drecksack«, und ich stieß ihm mein Knie unters Kinn. Und wieder bereitete es mir Lust, zu sehen, wie der Typ sich den Schmerz verbiß und wie ihm das Blut aus dem Mund rann – das Blut, das er nicht mehr hinunterschlucken konnte.

»Wer?« fragte ich zum dritten Mal und verstärkte den Druck meines Fußes auf seiner Hand, bis ich spürte, daß ein Knöchelchen brach. Dem Kerl liefen die Tränen herunter und der Rotz aus der Nase, der sich mit dem Blut und den Tränen vermischte. Sein Gesicht war eine widerliche, breiige Masse.

»Sag mir wer, oder ich mache dich fertig«, und ich trat noch fester auf seine Hand.

»Liborio«, ächzte er und hustete in Stößen.

»Und Carrión?«

»Ist mein Chef, kriegt aber auch seine Befehle.«

»Hör mir gut zu: Du gehst jetzt sofort zu Liborio und...«

»Aber ich kenne ihn nicht. Ich habe ihn nie gesehen, ich schwöre es dir«, schluchzte der verdammte Kosak und zitterte wie ein Schwein im Schlachthaus.

Ich nahm die Pistole von seinem Hals und hieb sie ihm auf sein rechtes Ohr. Ich hörte das Geräusch des an seinem Scheitelbein zerquetschenden Fleisches.

»Lüg mich nicht an. Du kennst ihn, und du gehst zu ihm, okay?«

»Ja«, heulte er. »Hör auf, bitte...«

»Du gehst zu ihm und sagst ihm, ich erwarte ihn in einer Stunde im Hotel. Hast du verstanden? Kommt er nicht, lasse ich die ganze Sache hochgehen und er sieht nicht einen Dollar. Ist das klar? Dann verschwinde ich und deponiere das Zeug in der Botschaft, spreche mit dem Präsidenten und bringe die ganze Geschichte in die Zeitung. Kapiert?«

Er kauerte immer noch am Boden und heulte auf, als ich ihn losließ und ihm noch einen Tritt in den Rücken gab. Ich verließ die Toilette halb wahnsinnig vor Wut und vor Angst, und in dem Gefühl, eine Grenze überschritten zu haben. Ich wußte nicht welche und auch nicht, was jenseits dieser Grenze lag. Aber es war eine Grenze. Und ich hatte sie überschritten.

VI

Wieder einmal verspürte ich Angst und sagte mir, es müsse wohl eines der Schicksale des Menschen sein, sich zu fürchten. Ideal wäre vielleicht, wie es bei den Kappas von Akutagawa gemacht wird, den Menschen vor seiner Geburt zu fragen, ihn von der mütterlichen Vagina aus ernsthaft zu fragen, ob er wirklich auf die Welt kommen, ob er diese Verantwortung tragen will. Die Antwort der meisten wäre vielleicht nein, und die Frauen schwöllen auf der Stelle wieder ab. Aber uns fragt niemand; man bringt uns einfach zur Welt. Da liegt die Unvollkommenheit des Menschen; da liegt der Ursprung der Angst vor dem Leben, dem anderen Geschlecht, vor der Ethik als Regel, als Lebensart, vor der Verantwortung, Würde zu tragen und den ehrenvollen Zusatz, menschlich zu verdienen. Denn Wesen sind alle.

Ich verspürte Angst und erinnerte mich an die Ursprünge meiner Angst: an die Zeit der Parteizugehörigkeit, als die meisten meiner Generation ihre Identifizierung mit dem Peronismus aus Opposition zu den individualistischen, eitlen, mittelmäßigen Lebensformen eines fasziniert sich selbst bewundernden Mittelstands betrieben. Es waren die großzügigen, schönen Ängste jener Massen junger Menschen, die wir an jenem Tag des Jahres 1973 in Gremien, Klassen, Fachschaften und Fakultäten zur Plaza de Mayo marschierten, als Cámpora, flankiert von Allende und Dorticós, die Präsidentschaft unseres Landes übernahm. Die Zeit der Drangsal, der Ächtung und der Demokratiefeindlichkeit war zu Ende. Das Militär zog sich mit Marschmusik und wehenden Fahnen zurück, und wir alle riefen im Chor: *Sie gehn, sie gehn / und werden nie mehr gesehn* – vielleicht, denke ich jetzt, um unsere Furcht zu verscheuchen, sie könnten doch eines Tages wiederkommen.

Carmen und ich gehörten zu den Akteuren jener außergewöhnlichen Zeit, gehörten zu jener Jugend, die neue Maßstäbe der Hingabe, der Aufrichtigkeit und der Mitarbeit an einer Demokratie setzen wollte, die auf Mitspracherecht, Massenbeteiligung und dem Ende der Angst basierte. Waren wir unschuldig? Waren wir nur unbedarft? Ist die Aufrichtigkeit junger Aktivisten reine Unvernunft, jugendliche Torheit? Nein. Die Angst verändert nur ihren Charakter, als wäre sie nicht mehr gebündelt, sondern diffus, wie bei einigen Bildern von Raffaello Santi, auf denen die Madonnen mit Kindern verwaschen aussehen, aber dennoch legitime Madonnen mit Kindern sind.

Ich verspürte Angst, denn schließlich war ich kein Kappa, und ich hatte gerade meine eigene Bereitschaft zur Gewalt unter Beweis gestellt, eine angehäufte Kraft, die nicht nur mir gehörte, sondern auch allen meinen geliebten Toten, dem ganzen angestauten Zorn über all das, was wir verloren hatten. Es war die Gewalt, die ich mir in Argentinien versagt hatte. Daran dachte ich, als ich über die Straße zur Plaza de la Independencia ging, und es machte mir angst.

Aus einer Telefonzelle rief ich Hilda an, ohne den Eingang des Hotels aus den Augen zu lassen. Mein Blick fiel auf das Geburtshaus des ersten Journalisten des amerikanischen Kontinents, Juan Ignacio María de Castorena y Urzúa, der auch Bischof und Zensor gewesen war. Heute steht es zwischen dem öffentlichen Schreibbüro »La Bufa« und einem Brathähnchen-Imbiß, in dem Bündel von gerupften Kadavern hängen. Mir kam das alles wie eine Ironie des Schicksals vor.

Das Telefon klingelte, aber Hilda nahm nicht ab. Am Abend zuvor hatte sie mir gesagt, sie unterrichte von acht bis zehn, so daß sie eigentlich jeden Moment eintreffen mußte. Es sei denn, dachte ich, sie hatte sich gestern abend so zugeschüttet – wie man in Mexiko sagt –, daß sie noch immer einen gewaltigen Kater hatte und ihren Rausch ausschlief. Ich hoffte inständig, daß dem nicht so war. Am Eingang des Condesa gab es nichts Neues. Der Gorilla nahm vermutlich eine gründliche Waschung vor, um sich wieder in der Öffentlichkeit sehen lassen zu können, oder er sammelte seinen Mut für die Begegnung mit dem obersten Chef. Der kleine Freiheitsengel auf der Siegessäule in der Mitte des Platzes zog meine Aufmerksamkeit auf sich, denn unten an der Säule war Porfiri Díaz als Präsident der Republik erwähnt, und darunter standen die Worte *labor omnia vincit* und die Zahl 1910 – das Jahr der Einweihung. Ich stellte mir vor, daß man das Denkmal am 16. September enthüllt hatte, und am 20. November desselben Jahres war die Revolution ausgebrochen: ein schnelles Ende für Díaz' *labor* und das optimistische *omnia vincit*. Dahinter bemerkte ich ein Symbol aus neuer Zeit, ein Marxbildnis im Fenster des ersten Stocks eines Gebäudes, das in derselben Häuserzeile stand wie das Haus von Castorena y Urzúa. Es war das Parteilokal der PST, auf dessen Balkon ein sozialistischer Arbeiter sich wie eine Schildkröte in der Sonne räkelte. Er trug ein orangefarbenes Unterhemd und hatte eine richtig Nazimütze mit Hakenkreuz und allem auf dem Kopf. Einen schönen ideologischen Mischmasch hatte der Kerl sich da ausgedacht. Ansonsten vermutlich ein ganz braver Bürger.

Endlich ging Hilda ans Telefon. Sie war gerade von der Uni nach Hause gekommen. Ich bat sie, sich genau die Zeit zu merken – es war halb elf Uhr vormittags –, und wenn ich bis zwölf noch nicht im Hotel sein sollte, sollte sie sich mit dem Geschäftsführer absprechen und alles in ihrer Macht Stehende unternehmen, um die Geschichte an die Öffentlichkeit zu bringen. Sie war ziemlich besorgt und fragte, wo ich jetzt sei. Ich bat sie, sich ruhig Sorgen zu machen, aber mir ansonsten zu vertrauen, nur kaltblütig und besonnen sei sie mir eine Hilfe und nicht hysterisch. Sie verstand historisch und dachte, ich mache einen schlechten Witz. Ich legte ihr noch ans Herz, auf keinen Fall ihre Wohnung zu verlassen, um Punkt zwölf würde ich sie anrufen. Dann legte ich auf, und wenige Sekunden später sah ich den Kosaken aus dem Hotel kommen, der sich ein Taschentuch vor den Mund hielt.

Er sah weder nach links noch nach rechts, tauchte gleich in den Callejón del Tráfico ein und verschwand in der Menge, die um diese Zeit den Markt bevölkerte. Ich rannte über die Avenida Juárez, stürzte mich ebenfalls ins Gewimmel und folgte ihm in einem Abstand von etwa zwanzig Metern. Die Stoffe, Kürbisschalen, Decken und Plastikplanen, die überall hingen, erschwerten meine Aufgabe, boten mir aber gleichzeitig Schutz.

Der Kosak ging an dem Hähnchenstand in der Isidoro Gamboa vorbei in Richtung Plaza de la Loza, zwängte sich durch einen Säulengang voller Verkaufsstände, die ich noch nicht gesehen hatte und gelangte schließlich zum Callejón de la Bordadora, wo er stehenblieb, auf die Erde spuckte und sich plötzlich mißtrauisch umschaute. Ich trat blitzschnell in ein Schuhgeschäft, und als ich Sekunden später hinausspähte, sah ich ihn nicht mehr. Ich erschrak. Ich rannte zur Hauptstraße, und als ich den Brunnen im Zentrum der Stadt erreichte, sah ich ihn die Calzada Tacuba überqueren und in Richtung des alten Marktes González Ortega gehen, der jetzt ein modernes Einkaufszentrum war.

Ich folgte ihm, immer dicht an den Häuserwänden entlang. Die vielen Menschen auf der Straße waren zwar hilfreich, doch wußte ich, daß meine Größe unbedingt verräterisch war. Der Typ umrundete den Markt und betrat dann die Kathedrale durch eine der Seitentüren auf der Calle Aguascalientes gegenüber dem Einkaufszentrum.

Ich überlegte einen Moment, was ich tun sollte, denn ich konnte mir vorstellen, daß um diese Zeit nur ein paar Mütterchen und der eine oder andere Tourist in der Basilika waren. Aber ich mußte hinein, um ihn nicht zu verlieren. Als ich durch das riesige Portal aus geschnitztem Holz trat, konnte ich ihn nirgends sehen. Ich schaute mich im Seitenschiff um, verbarg mich dann hinter einem Pfeiler und sah ins Mittelschiff hinein. Er war nicht da. Im anderen Seitenschiff führte eine gleiche Tür wie die, durch die wir eingetreten waren, zur Plaza de Armas und dem alten Regierungspalast hinaus, und ich nahm an, daß der Kosak durch sie verschwunden war.

Ich lief zu dieser Tür und stellte mir schon vor, daß er vielleicht zu Gurrolas Büro gehen würde, in dem der alte Camilo ermordet worden war, denn es lag keine achtzig Meter entfernt. Doch noch bevor ich das Seitenschiff erreichte, sah ich ihn an einem Seitenaltar knien – der einem Heiligen geweiht war, den ich nicht kannte, der aber ein Hündchen an seiner Seite hatte und eine Art Kristallkugel in der Hand hielt, die aus geschliffenem Felsgestein war –, die Hände vors Gesicht geschlagen und ganz in sich selbst versunken. Ich erkannte ihn an der Lederjacke. Er war keine sechs Schritte von mir entfernt. Ich wich hinter den nächsten Pfeiler zurück, kniete mich in eine Bank des völlig menschenleeren Mittelschiffs und verbarg ebenfalls mein Gesicht in den Händen, ließ jedoch einen Spalt zwischen den Fingern, durch den ich ihn im Auge behalten konnte.

Wohl eine Viertelstunde lang verharrte der Kosak dort still und vollkommen regungslos. Ich hätte schreien können, so schmerzten mir bereits die Knie, aber der Typ machte den Eindruck, als könne er es, so übel zugerichtet, wie er war, den ganzen Tag aushalten. Plötzlich hob er den Kopf, bekreuzigte sich, preßte die Rückseite seines rechten Daumens an die Lippen, als küsse er wahrhaftig den lieben Gott, stand dann auf und eilte nach draußen.

Ich rannte hinter ihm her zur Plaza de Armas, wo er sich nach rechts wandte und sich durch die Calle del Deseo und später durch den Callejón de San Pascual und andere Gassen stadtaufwärts davonmachte. Er hielt sich ständig stadtaufwärts, als wolle er über Treppen und Plätze und durch unterschiedlichste Wohngegenden zum Cerro de la Bufa. Die Häuser hier waren ein architektonisches Gemisch aus verschiedenen Epochen, und das eine oder andere auf unserem Weg kam mir bekannt vor. Stets in sicherem Abstand, folgte ich ihm mit äußerster Vorsicht, denn hier waren nicht mehr so viele Menschen auf den Straßen. Mehr als einmal mußte ich mich in einen Fleischerladen oder ein Eisenwarengeschäft flüchten, um nicht von ihm bemerkt zu werden.

Am Ende ging er durch den Callejón del Gusano, doch nicht einmal einen ganzen Häuserblock weit. Noch vor der Ecke zur Calle del Patrocinio betrat er einen Vorgarten mit Rosenstöcken und Geranien und einer Bougainvillea, den ich bereits kannte, da mich dort vor zwei Tagen sehr freundlich die Mama von David Gurrola empfangen hatte.

VII

Ich wartete an der Straßenecke, rauchte eine Zigarette und versuchte, meine Gefühle zu ordnen. Ich war nicht in der Lage, klar zu denken und mir meine nächsten Schritte zu überlegen. Ich fühlte mich wie ein gelähmter Giustozzi, absolut unfähig, die Kette von Täuschungen in meinem Leben zu begreifen. Ich täusche, du täuschst, er täuscht, wir simulieren, ihr heuchelt, sie hintergehen. Die Konjugationen des Lebens. Giustozzi. Carmen tot, ihr nasser Leib gekrümmt wie das Bein eines Säuglings, und alle spielen garstiges Kind und sündiger Engel, alle machen schrecklich zynische Gesichter, Gesichter wie Erzschurken, wie diese unsäglichen Scheißkerle auf den Bildern des Mittelalters, speziell auf denen der deutschen Schule des vierzehnten Jahrhunderts, auf denen

Priester und Heilige, Mönche und Madonnen, Engel und Dämonen, Inquisitoren und Fürsten, Könige und Aristokraten allesamt zynische, grausame und bösartige Gesichter haben und jeder ein Verbrecher ist, weil das Leben, damals und immer, ein ständiges Verbrechen ist, das sich heute hinter so subtilen Formen wie Raketenköpfen und in die Kameras grinsenden Politikergesichtern verbirgt, hinter den Wahlen zur Miß Universum an der Hand von Raúl Velasco und heißa, das Leben ist ein Karneval, ein orientalischer Basar, ein Hexensabbat letztlich, ein Schmerz in einer Welt, die keinen Rubens braucht, um sie zu malen, nicht einmal einen Orozco. Fernsehen, Kino, Comics, Kodak Instamatik und Coca-Cola sind fröhlicher Lebensinhalt, und dann und wann, pour épater les bourgeois, eine Nachricht über Biafra, über Napalm in Vietnam und heute in Mittelamerika. Und die ewigen Weltuntergangspropheten, die Toleranz predigen und gegen den Stalinismus wettern und Vorbehalte gegen die Sandinisten haben, während sie Reagan unbestraft ziehen lassen und auf den Nobelpreis für irgendwas warten. Heißa juchhe.

Beinahe wäre mir entgangen, daß, nur wenige Minuten nachdem der Kosak den Garten betreten hatte, dieser angebliche Jesús Gurrola auf die Straße trat. Wieder diese tadellose Erscheinung: dunkelblauer Anzug, weißes Hemd, graue Krawatte, glänzende schwarze Schuhe, sicheren Schritts, solide und athletisch, was ihn weniger klein und weniger dick erscheinen ließ. Ein durch und durch massiver Typ: in Körper, Seele und Geist. Carmen war ein Kind von gutem Geschmack gewesen, sie ging nicht mit jedem.

Ich trat gerade noch rechtzeitig in einen Torweg

zurück, als er herauskam, gefolgt von dem großen Schlaksigen, der Jeans und eine graue Wetterjacke trug – so eine, die wir in Argentinien als Pfadfinderanorak bezeichnen würden – und einem älteren Mann, Ende fünfzig, fast sechzig, mit hohen Schuhen, schwarzer Hose und einem roten Levi's Sweatshirt, das ihn jünger aussehen ließ. Die beiden folgten Gurrola in einem Abstand von fünfzehn Metern.

Ich wartete noch ein Weilchen, bevor ich mich auf den Weg hinunter zur Kathedrale begab. Zwar wußte ich nicht, welchen Weg sie nehmen würden, aber über ihr Ziel hatte ich keinen Zweifel. Ich mußte schnellstens zum Hotel. Außerdem war es schon elf Uhr achtunddreißig, und ich fürchtete, Hilda und der Hotelmanager könnten Alarm schlagen. Nachdem das Trio meinen Blicken entschwunden war und auch der Kosak das Haus verlassen hatte, ging ich zur Calle de la Ciudadela hinunter, dann durch die Primero de Mayo und Carranza, erreichte die Avenida López Velarde und war gleich darauf im Hotel.

In der Halle saß Gurrola elegant in einem Sessel und tat, als sei seine Aufmerksamkeit von einer Gruppe neu eingetroffener Touristen in Anspruch genommen, die nicht wie Gringos aussahen. Er registrierte jedoch alles, was in der Empfangshalle vor sich ging und sah mich hereinkommen. Ich schaute ihn ebenfalls an, grüßte mit einem Kopfnicken und ging zur Rezeption. Ich ließ mir meinen Schlüssel geben, sah, daß keine Post in meinem Fach lag und bat die Jungen am Empfang, den Geschäftsführer für einen Moment herauszubitten.

Er kam gleich darauf aus seinem Büro, und ich sagte ihm, alles sei in Ordnung, Licenciado, vielen

Dank. Er fragte mich, ohne seine Verwunderung zu verbergen, ob er mir noch in irgendeiner Weise behilflich sein könne, und ich sagte ja, gab ihm Hildas Nummer und bat ihn, sie anzurufen und ihr zu sagen, sie könne ganz beruhigt sein, ich würde mich später bei ihr melden. Er ginge um halb drei zum Essen, und wenn ich noch irgend etwas bräuchte, möge ich mich vertrauensvoll an ihn wenden. Den allerherzlichsten Dank, Licenciado. Dann wandte ich mich Gurrola zu.

»Wir sind beinah gleichzeitig eingetroffen«, sagte ich zu ihm. »Haben wir eine Verabredung?«

»Sie haben uns große Unannehmlichkeiten bereitet«, sagte er ernst, aber nicht drohend, in einem Ton, in dem ein Mann zu seiner Frau sagt, er habe Ungeziefer in der Küche entdeckt und werde es am Wochenende vernichten.

»Ich hatte darum gebeten, mit einer anderen Person zu sprechen.«

»Nun, Sie werden mit mir reden müssen.«

Ich nickte. Mir war alles klar geworden.

»Gehen wir auf mein Zimmer«, sagte ich und ging zum Aufzug. Er folgte mir. In meinem Zimmer setzten wir uns auf die beiden einzigen Stühle vor dem ausgeschalteten Fernseher.

»Señor Giustozzi«, begann er mit seiner sanften, wohlerzogenen Stimme. Er war faszinierend, dieser Dreckskerl; faszinierend, wie ich ihn beschrieben habe, und seine Umgangsformen nahmen einen gefangen. Er war liebenswürdig und elegant, und seine Bewegungen waren so behutsam, wie die einer Tarantel.

»Ich denke, Sie werden einsehen, daß Sie verloren

haben. Übergeben Sie mir bitte die Ware und das Geld, ja? Wozu dieses absurde Spiel weiterspielen, das Sie niemals gewinnen können? Sie sind ein intelligenter Mensch... Sie haben Stil, sind furchtlos...«

»Wenn Sie so weiterreden, muß ich glauben, daß Sie sich wieder über mich lustig machen wollen.«

»Warum haben Sie sich in die Sache eingemischt, wenn man fragen darf?«

»Ich denke, das habe ich Ihnen bereits gesagt. Ich habe Carmen geliebt, wahrscheinlich mehr geliebt, als Sie, David. Oder soll ich Sie Jesús nennen? Oder Liborio?«

»Sie gefallen mir immer mehr.« Er lächelte sanft. »Dann wissen Sie also alles?«

»Ich glaube wohl. Sie haben Marcelo umgebracht, weil er schlauer sein wollte als Sie oder weil er unberechenbar wurde, das ist im einzelnen aber unwichtig. Ich denke, daß Marcelo dafür, daß er Ihr Verhältnis mit Carmen duldete, die zweimonatlichen Geldbeträge zurückhielt, die er aus dem Kokainverkauf an Sie abzuführen hatte. Vielleicht hat er Sie aber auch erpreßt und gedroht, Ihrer Familie in Guadalajara von Ihrem Liebesverhältnis zu Carmen zu erzählen. Und Sie haben zweimal bezahlt, weil Sie hofften, er werde damit aufhören, oder weil Carmen Sie beeinflußt hat, bis Sie es dann doch vorzogen, ihn auszuschalten. Carmen liebte Sie zwar, doch das ging ihr zu weit, und sie fühlte sich mitschuldig. Sie weigerte sich, Ihnen das Geld zurückzugeben, weil sie vielleicht die Erpressung fortsetzen wollte oder weil sie eine Möglichkeit sah, mit etwas Kapital von hier zu verschwinden, oder aus Liebe zu Ihnen, um

Sie an sich zu binden. Den wahren Grund werde ich wohl nie erfahren, er ist auch nicht wichtig ... Sie beschatteten sie, damit sie mich nicht treffen und womöglich das Geld und die Ware übergeben konnte. Ich weiß nicht, ob Sie Ihnen entwischte oder wie sie es anstellte, jedenfalls kam sie in dieses Hotel, um mit mir zu sprechen. Da haben Sie sie getötet.«

»Halten Sie mich nicht für so vulgär. Es war ein Unfall. Sie war außer sich und ist gestürzt. Sie hat sich den Kopf am Beckenrand aufgeschlagen. Ich habe keinen Grund, Sie zu belügen.«

»Ich glaube, daß Sie sie auf jeden Fall getötet hätten. Sie war ein zwiespältiger Mensch, aber ich glaube nicht, daß sie nachgegeben hätte. Sie war sehr hart, ja ...« Ich seufzte. »Und mir blieb noch eine Frage offen, die sich jetzt beantwortet hat. Liborio existiert gar nicht: Sie sind es.«

»Ich sagte es Ihnen bereits: Ein Mensch ist der, der er wirklich sein will.«

»Wortgeklingel.«

»Weise Worte«, sagte er belustigt. »Sie benutzen harte Worte. Ich weiß ehrlich gesagt nicht, was Sie jetzt noch wollen. Aber ich mache Ihnen ein Angebot: Behalten Sie zweitausend Dollar für Ihre Auslagen und für die Unannehmlichkeiten und geben Sie den Rest heraus.«

»Nein«, entgegnete ich betrübt. »Ich wußte, daß Sie mir ein Geschäft vorschlagen würden, und ich will nicht leugnen, daß Ihr Angebot großzügig ist. Aber die Antwort ist nein. Ich habe keine Veranlassung, Ihnen zu trauen, und außerdem sprechen einige Dinge in meinem Innern dagegen, die Sie nicht verstehen würden.«

»Ja, ja, daran habe ich auch schon gedacht: das Gewissen und alles.«

Wir schwiegen. Es mag absurd klingen, aber in diesem Augenblick hatte ich das Gefühl, daß wir beide traurig waren, erschöpft; eine unermeßliche Trostlosigkeit breitete sich in dem Zimmer zweihundertdrei des Hotels Calinda aus. Ein riesiges Feld, eine ganze Pampa des Schweigens und der Betrübnis.

Ich hatte begriffen, daß Geld, Liebe und Macht etwas für Helden war, und ich war kein Held. Der junge Prinz hatte sein Pferd verloren, aber das war nicht das Schlimmste: Wirklich grausam war für ihn, daß seine Prinzessin nicht mehr lebte. Ich fühlte mich weder in der Lage noch in der Stimmung, mich mit dem Geld aus dem Staub zu machen – selbst wenn ich die Möglichkeit dazu gehabt hätte, was vermutlich nicht der Fall war. Ich war auch nicht so eine Ratte, es jetzt Hilda oder dem Hotelmanager zu überlassen, da sie mit Sicherheit von Gurrolas Maschinerie und seiner unumschränkten Macht zermalmt würden. Und ich hatte keine Lust, doch noch den Helden zu spielen und meine Botschaft – möglicherweise sogar vergeblich – um Hilfe zu bemühen. Ihnen alles auszuhändigen, kam auch nicht in Frage. Das würde meinen sicheren Tod bedeuten, selbst wenn dieser Mann sein Versprechen hielt, meine Unversehrtheit zu garantieren. Denn es stimmte, da war noch das Gewissen und alles. Diese dumme Kleinigkeit, diese andere Gottesmetapher in uns, dieses schlafende Dornröschen.

»Seien Sie versichert, daß es mir außerordentlich leid tut«, sagte Gurrola und legte seine Hände auf die makellosen Falten seiner Hose. Dann stand er auf und sah mich an; solide und massiv wie der Cerro de la

Bufa, der als stummer Zeuge seinen leuchtenden Glanz durch das Fenster warf. »Sie gefallen mir, aber Sie werden sterben.«

»Hören Sie«, brach es hart aus mir heraus, »ich glaube, Sie wissen, daß ich nichts sagen werde. Und selbst wenn, ich habe keinen einzigen Beweis.«

Ich fühlte mich schäbig, als ich das sagte. Es war meine Schwäche, meine letzte Angst, die letzte Schande. Auch David Gurrola schaute mich ein wenig enttäuscht an.

»Zu spät, Sie sind ein toter Mann. Sie sprechen nur noch, weil Sie nicht wissen, daß Sie bereits tot sind.«

Er ging zur Tür. Ich erinnerte mich an die Pistole in meiner Tasche, aber ich zog sie nicht. Ich war besiegt. Denn ich erinnerte mich daran, daß der, der einen Menschen getötet hat, alles weiß. Ich war nur ein einziges Mal zurückgewichen zu meiner eigenen Gewalt, und das nur, um *etwas* zu wissen.

David Gurrola schloß die Tür sehr leise hinter sich. Behutsame Tarantel.

VIII

RETTE DICH, hatte Carmen gedacht und es mit Großbuchstaben aufgeschrieben. Dieses Stück Papier und ein alter Hausschuh ist alles, was mir von ihr geblieben ist. Alles andere sind Erinnerungen, Verwirrungen, Zwiespälte und Schuldgefühle. Der Rest ist Schweigen, dieses Nicht-Wissen darüber, was tun – jetzt. Alles ist so gegenwärtig. Ich habe es berichtet, als sei es vor langer Zeit geschehen, aber es ist alles noch so nah, so frisch. Und ich bin so allein. So voller Angst.

Ich habe an Selbstmord gedacht, allerdings nur flüchtig. Ich schämte mich vor mir selbst wegen dieses Gedankens: es schien mir ein ehrloser Ausweg zu sein, sogar ideologisch fragwürdig. Es ist eine feige Flucht, grausam für jene, die uns lieben und um uns trauern müssen. Es gibt immer jemanden, der uns liebt; irgendwo ist immer jemand: ein ferner Freund, Hilda auf ihre Weise oder jemand, den wir gar nicht kennen und der uns in angenehmer Erinnerung hat, ein nie beachteter Verwandter zum Beispiel oder eine alte Freundin, der wir mehr bedeuteten, als sie uns bedeutet hat.

Nein, diese Seiten werden nicht mit dem Selbstmord des Protagonisten enden. Jetzt, da ich mit diesen Zeilen meinen letzten Tag in Zacatecas festhalte, ist José Giustozzi lebendig, noch lebendig in dem Augenblick, in dem er sich ergibt, in dem er das wahre Ausmaß der Lieblosigkeit erkennt, der endgültigen Abwesenheit Carmens, die eine so übergroße Leere hinterläßt.

Die Zeit ist um. Alles aufzuschreiben, war für mich eine Art erlösender Beichte, um meine Anspannung loszuwerden. Was ab jetzt geschieht, wird nicht mehr erzählt werden können. Die Zukunft ist manchmal allzu kurz.

Sollte jemand diesen Text irgendwann einmal lesen, dann bitte nicht so, wie man einen Kriminalroman liest, nicht wie diejenigen, die Chandler einmal als die Dummköpfe unter den Krimilesern bezeichnete, die gleichsam gegen den Autor anlesen, um den Täter »als erste« zu entlarven und die das Gefühl brauchen, schlauer als der Autor selbst zu sein. Ich möchte auch nicht, daß der Text zu Vorurteilen verleitet, nur weil es hastig vollgeschriebene Seiten sind, denn das ist notwendigerweise der Fall. Diesen Seiten ist nicht die Ruhe einer ausgereiften Prosa zuteil geworden, sie sind nicht der Mühe eines zweiten Lesens unterzogen worden, der Suche nach dem richtigen Adjektiv, der Vervollkommnung grammatikalischer Zeiten. Kein Redakteur, für den ich je gearbeitet habe, würde diesen Text so akzeptieren. Er ist, ich wiederhole es, der in großer Eile – sollte ich auch sagen, in großer Verzweiflung? – verfaßte Zeugnisbericht eines Mannes, der sich zu weit vorgewagt hat und erkennen muß, daß die Hölle überall auf uns wartet und daß die Unterscheidung von Himmel und Hölle nur eine Frage der Optik ist, des Glaubens, falls man ihn besitzt; denn sie sind jeweils da, wo der Mensch sie haben will.

Nachdem David Gurrola gegangen war, nahm ich den Telefonhörer ab und verlangte den Geschäftsführer zu sprechen. Ich bat ihn, mir bitte unauffällig den Inhalt des Schließfachs Nummer 62 auf mein Zimmer zu bringen. Es sei wichtig, daß er nicht gesehen werde, er habe ja beide Schlüssel, und ich vertraue ihm voll und ganz, vielen Dank, Licenciado, und entschuldigen Sie die Umstände, und nein, Señor Giustozzi, ich bitte Sie, selbstverständlich, stets zu Diensten.

Er war wirklich in Ordnung. Einige Minuten später stand er in meinem Zimmer, und obwohl er vor Neugier platzte, stellte er keine einzige Frage. Ich schenkte ihm ein gezwungenes Lächeln, als ich den Hausschuh in meinen Händen hielt, dankte ihm, daß er die Quittung eigenhändig zerriß, und bitte, machen Sie mir meine Rechnung fertig, ich komme gleich herunter.

»Nur um eine letzte Gefälligkeit möchte ich Sie noch bitten, Licenciado«, sagte ich mit ausgesuchtester mexikanischer Höflichkeit. »Rufen Sie bitte heute abend Señora Hilda Fernández unter der Nummer an, die ich Ihnen gegeben habe, und sagen Sie ihr, ich sei wegen einer dringenden Angelegenheit nach Argentinien zurückgekehrt. Und sagen Sie ihr bitte auch, daß ich sie nie vergessen werde.«

Der Mann sah mich mit einem verständnisvollen, offenherzigen Lächeln an und nickte.

»Selbstverständlich, seien Sie ganz unbesorgt.«

Als er gegangen war, beeilte ich mich, ins Badezimmer zu kommen. Ich schüttete das Kokain ins Klo und zog die Spülung. Dann zündete ich einen Geldschein nach dem anderen an. Ich weiß nicht, ob Sie schon einmal dreißigtausend Dollar verbrannt haben, aber es ist seltsam: Es brennt wie ganz normales Papier, wie Zeitungspapier. Der Rauch riecht auch nicht anders, es ist einfach nur brennendes Papier. Da fällt jede Erregung von einem ab, und man denkt, Geld ist wirklich ein Scheißdreck. Die kleinen Franklingesichter schrumpften in flüchtigen, sich windenden Lächeln dahin, und ich mußte unwillkürlich denken, wie absurd es doch war, daß so viele Menschen sich von Dollars verrückt machen ließen.

Ich ging ins Zimmer zurück und setzte mich an den Rauchtisch, um die letzten Zeilen dieses Textes zu schreiben. Ich fühlte mich erledigt, als hätte ich eine Woche lang Zementsäcke geschleppt. Ich war traurig und bedrückt und hätte am liebsten geweint. Als ich den Kopf hob, sah ich mich im Spiegel; ein ergriffener José Giustozzi schaut mich daraus an. Sein Gesicht ist das vollkommene Abbild der Einsamkeit und Verlassenheit. Ich sage zu ihm: »Du bist tot. Du sprichst zwar noch, aber du bist tot und weißt es nur nicht.«

Ich werde jetzt meine Tasche packen. Und dann hinuntergehen und die Schlüssel abgeben. Und die Rechnung bezahlen.

Mexiko-Paris-Buenos Aires
August 1983 / Juni 1985

empo Giardinelli

ißer Mond

na caliente. Roman.
s dem argentinischen Spanisch von Curt Meyer-Clason.
) Seiten. Geb.
ıch in der Serie Piper 1097 lieferbar)

e Revolution auf dem Fahrrad

man. Aus dem argentinischen Spanisch von Willi Zurbrüggen.
Seiten. Geb.

Geschichte eines alternden Revolutionärs, der ein Leben lang
en die wechselnden Diktaturen seiner Heimat Paraguay
ämpft hat und immer noch von einem Sieg träumt. Für
rdinelli ist »Die Revolution auf dem Fahrrad« eine Parabel
die völlige Unverhältnismäßigkeit der Mittel bei allen
egungen, die den Umsturz von unten versuchen.

ER

Rubem Fonseca

Bufo & Spallanzani

Roman
Aus dem brasilianischen Port. von Karin von Schweder-Schreiner.
283 Seiten. Geb.

»Fonseca demaskiert den Magierglauben und den vermeintlichen Frohsi der inmitten des Elends bestehen soll, als Legende.
Indem er das abgenutzte Lokalkolorit schonungslos anprangert, rührt Fonseca an den Nerv einer rachitischen und trägen Gesellschaft, der komplexen und widersprüchlichen Gesellschaft des heutigen Brasilien.«
El Paí

»Dieser Roman, den man auskosten muß wie einen Leckerbissen, spricht Phantasie und Sinne gleichermaßen an. Rubem Fonseca hat dieses Buch als ganz und gar uneigennütziger Hedonist geschrieben, den Leser zum Komplizen seiner Vergnügen macht.« Istoé/Brasilie

Das vierte Siegel

Erzählungen
Aus dem brasilianischen Port. von Karin von Schweder-Schreiner.
187 Seiten. Geb.

Der Abkassierer

Erzählungen
Aus dem brasilianischen Port. von Karin von Schweder-Schreiner.
204 Seiten. Serie Piper 1120

Diese Erzählungen faszinieren und überzeugen durch die Kompromißlosigkeit und Wahrhaftigkeit, mit der sie Einblick in das Lebe der städtischen Unterschicht vermitteln. Dazu benötigt Fonseca weder Slumromantik noch Wehleidigkeit. Pralle Literatur für Erfahrungshungr ntonio Skármeta

r Aufstand

man. Aus dem Spanischen von Joco Dehmann.
3 Seiten. Serie Piper 555

Roman handelt vom Leben in der nicaraguanischen Stadt Léon wenige chen vor dem Sieg der Sandinistischen Befreiungsfront, von den Ängsten, umen und Heldentaten der Bevölkerung.

n Buch ... über die kleinen Leute in Nicaragua für die kleinen Leute in opa.«

Rias Berlin

t brennender Geduld

man. Aus dem Spanischen von Willi Zurbrüggen.
Seiten. Geb.
ch in der Serie Piper 768 lieferbar)

onio Skármetas Roman lebt von der Liebe des Autors zu seinen Figuren, der Verbundenheit eines Schriftstellers mit den Menschen seines Volkes, r Gemeinschaft vitaler, skurriler und eigenwilliger Personen. »Mit nnender Geduld« ist ein blendend erzählter, unangestrengter, norvoller Roman, ein Kleinod in unserer literarischen Landschaft.

ármetas Werk ist ein begeisternder Roman über Poesie, Politik und denschaft. Gewisse Dialoge lesen sich wie ein glänzend geschriebener rgang in Ästhetik. Diese Gespräche kreisen um Metaphern – Skármetas k ist voller Bilder, der ganze Roman ist metaphorisch zu lesen.«

Neue Zürcher Zeitung

selben Autor ist lieferbar:

mkehr auf Widerruf – Chile im Umbruch?

tische Reflexionen.
Seiten mit 11 Abbildungen, biographischer Notiz und Werkverzeichnis.
e Piper 1138

ER

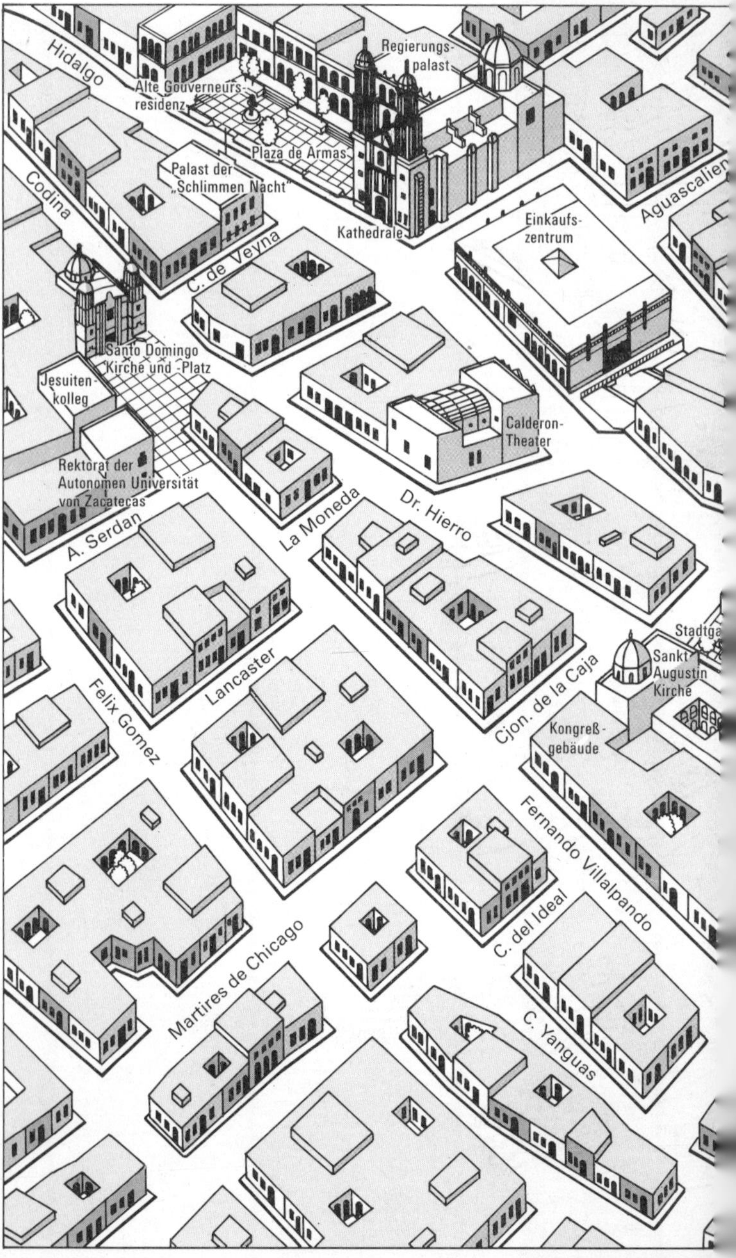
Hidalgo
Regierungs-palast
Alte Gouverneurs-residenz
Plaza de Armas
Palast der „Schlimmen Nacht"
Codina
Kathedrale
Aguascalien
Einkaufs-zentrum
C. de Veyna
Santo Domingo Kirche und -Platz
Jesuiten-kolleg
Calderon-Theater
Rektorat der Autonomen Universität von Zacatecas
A. Serdan
La Moneda
Dr. Hierro
Stadtga
Sankt Augustin Kirche
Lancaster
Felix Gomez
Cjon. de la Caja
Kongreß-gebäude
Fernando Villalpando
C. del Ideal
Martires de Chicago
C. Yanguas